# 古典詩歌研究彙刊

第三二輯

龔鵬程 主編

## 第10冊

## 方岳詞研究

劉宥均 著

國家圖書館出版品預行編目資料

方岳詞研究／劉宥均 著 -- 初版 -- 新北市：花木蘭文化事業有限公司，2022〔民 111〕

目 2+178 面；17×24 公分

（古典詩歌研究彙刊 第三二輯；第 10 冊）

ISBN 978-986-518-917-4（精裝）

1.CST：（宋）方岳 2.CST：宋詞 3.CST：詞論

820.91 11100976

古典詩歌研究彙刊

第三二輯 第 十 冊 ISBN：978-986-518-917-4

# 方岳詞研究

作　　者 劉宥均

主　　編 龔鵬程

總 編 輯 杜潔祥

副總編輯 楊嘉樂

編輯主任 許郁翎

編　　輯 張雅淋、潘玟靜、劉子瑄 美術編輯 陳逸婷

出　　版 花木蘭文化事業有限公司

發 行 人 高小娟

聯絡地址 235 新北市中和區中安街七二號十三樓

電話：02-2923-1455 ／傳真：02-2923-1452

網　　址 http://www.huamulan.tw 信箱 service@huamulans.com

印　　刷 普羅文化出版廣告事業

初　　版 2022 年 9 月

定　　價 第三二輯共 11 冊（精裝）新台幣 22,000 元 

# 方岳詞研究

劉宥均 著

## 作者簡介

劉宥均，臺灣彰化縣人，一九九五年生，現居臺北市。畢業於東吳大學中國文學系，東吳大學中國文學系碩士。研究領域為詞學，曾發表論文有〈林正大櫽括詞探析〉、〈論皇帝召見對辛棄疾詞之影響〉及〈〈壽樓春〉詞牌詞情轉變與原因探析〉。

## 提　要

方岳（1198 ～ 1262），字巨山，號秋崖，徽州祁門縣（今安徽省祁門縣）人，生於南宋寧宗慶元四年（1198），卒於南宋理宗景定三年（1262），享年六十四歲。其被後人歸類為江湖詩派詩人，又被認為是辛派詞人，著作《秋崖集》存詩上千首，詞九十一首，散文、書信、奏摺繁多，著作豐富，無奈過去研究皆偏重於詩作方面。

本論文自方岳的生平背景與著作版本著手，釐清方岳科舉及第以前的學問淵源，爬梳他為官以後的坎坷經過，最後整理著作的流變，以期對方岳一生有系統性的了解。由個人至時代，了解方岳的生平後，再進一步探討方岳與南宋政壇的關係，以及他的政治理念，並且考證其詞作中有往來唱酬的對象，藉此剖析方岳詞作之背景與創作立場。

詞作方面，《秋崖集》幾經方家子孫收集，現今存詞九十一首，加之《全宋詞》中收錄的一首，針對總共九十二首詞作，本論文就詞作內容將之分類為：一、「報國與求歸的仕隱衝突」，其中包含愛國詞、仕隱衝突詞與隱逸詞。二、「獨出一格與自我檢視的壽詞」，依據祝壽的對象再細分為壽官場朋友詞、壽父詞與自壽詞。三、「色彩繽紛的生活紀實」，針對方岳生活化的一面，依照內容又分為品蟹、節令、詠花三類。在前人研究過的部分承前人成果，加以申論，在前人未提及的部分，新闢觀點，以補學界之缺憾。了解作品內容後，再進行詞作特色的深入探討，分別可見方岳詞好用典故、詞類多樣和喜作長調的特性。

最後，就方詞繼承辛詞的風格上，比較兩人詞作的差異與原因，使人能更進一步了解方詞的特殊之處，望能對學界的方岳研究盡一番心力與貢獻。

# 目次

# 第一章　緒　論

## 第一節　研究動機與目的

一時代有一時代的文學，詞初自唐代興起，本為燕樂歌辭，僅作娛賓遣興之用，又稱曲子詞。到了詞體興盛的北宋，宋人稱其為「歌詞」，又或者稱作「小歌詞」、「小詞」，即便是知名詞家，仍對詞抱著輕賤態度，宋人李清照（1084～1155）的《詞論》云：

> 晏元獻、歐陽永叔、蘇子瞻，學際天人，作為小歌詞，直如酌蠡水於大海，然皆句讀不葺之詩爾。〔註1〕

可見到了北宋晚期，詞與經國大業之文章相比，仍是微不足道的小技，詞名遠播如李清照，仍稱詞作為「小詞」，「小詞」一語最能體現北宋人對詞體的態度，北宋時期經濟繁盛，國家富足，文人對於詞體的喜愛，不過是滿意它的娛樂功能。〔註2〕

然而北宋滅亡，宋人被迫南渡以後，娛樂與生活不及前朝，民族的愛國意識被喚起，也連帶帶動了詞體功能的轉變，南宋的尊體運動，使詞多了社會功利的目的，文人強調必須做「雅詞」，張炎《詞源》有

---

〔註1〕〔宋〕李清照撰：〈詞論〉，收於何廣棪撰：《李易安集繫年校箋》（臺北：花木蘭出版社，2009年），頁185～187。

〔註2〕謝姚坊撰：《中國詞學史》（成都：四川人民出版社，2015年），頁26～27。

言：「詞欲雅而正之，志之所之，一為情所役，則失其雅正之音。」〔註3〕要求詞必須意趣高雅，合乎社會倫理規範，詞因此擴大了題材，一方面重視社會功能，另一方面則走上了典雅的道路。〔註4〕因此，許多民族情感強烈的詞人自覺的要求詞體反映社會現實生活，關注國家和民族命運，南宋詞人方岳（1198～1262）正是誕生在這樣的時代氛圍之下。

方岳字巨山，號秋崖，徽州祁門縣（今安徽省祁門縣）人，生於南宋寧宗慶元四年（1198）縣城內的何家塢（約今江蘇省阜寧縣），也作荷葭塢或荷嘉塢，卒於南宋理宗景定三年（1262），享年六十四歲，死後亦葬於何家塢。方岳一生經歷南宋寧宗、理宗時期，進士及第以前，在鄉里間又深受理學薰陶，使得他的詞作可說是在宋人詞體觀念與理學衝突中氤氳而生〔註5〕，他一生雖未有詞論，但透過本論文剖析研究可見，其詞絕非單純娛賓遣興之作，而是在家國飄搖中展現了南宋文人傲骨的風格，值得深入探究。

不過，詳觀今日的學界研究，方岳的詞作成就幾乎被自己的詩作光芒所掩蓋，觀覽他的作品，相較於詩作一千三百餘首，詞作僅有九十二首，不論與自己或與歷代詞家比較，在數量上都不特出，更遑論其詩的數量堪稱大家，在宋人作品中名列前茅。〔註6〕目前學界最早的方岳研究是中國方面1936年宛敏灝的單篇論文〈方岳與《秋崖詞》〉〔註7〕，

---

〔註3〕〔宋〕張炎撰：《詞源》（北京：人民出版社，1963年），頁29。

〔註4〕謝姚坊撰：《中國詞學史》，頁34。

〔註5〕宋南渡以後，宋人詞體觀念產生了政治價值與審美價值的矛盾衝突。另北宋中興的理學，堅決否定文學的特性和社會功能，主張「滅私欲則天理明」，而小詞卻是滿足人們私欲的東西，所以他們對它表示深惡痛絕。見謝姚坊撰：《中國詞學史》，頁31。

〔註6〕據前人推測，方岳詩的數量在宋代詩人中可名列前十五位。詳見吳樹燊撰：《方岳詩詞研究》（漳州：閩南師範大學中國古典文學碩士論文，2008年），頁13。

〔註7〕宛敏灝撰：〈方岳與秋崖詞〉，《學風》第6卷第2期（1936年），頁1～4。

可惜的是方岳詞研究此後再無論述，直至 1994 年才又有關於方岳的論文研究，張宏生撰〈偏離群體的「別調」——論方岳詩〉〔註 8〕一篇，將方岳定位為特殊的江湖派詩人探討。而後 1998 年，由秦效成先生校注，黃山書社出版的《秋崖詩詞校注》〔註 9〕一書，才讓方岳的作品有了第一本也是目前唯一的一本校注本及年譜，也是本論文考證方岳詞作所依據的底本。

該書問世以後，才逐漸有零星的方岳詞單篇論文研究，學位論文則僅有 2008 年吳樹燊《方岳詩詞研究》涉及了詞作的研究，且其中針對詞作的探討也僅僅七頁，大多數論述仍將詩詞並呈，並多觀注於愛國與隱逸詞作的討論，對於方岳數量極多的壽詞與生活實錄較無著墨。此外，臺灣方面關於方岳的研究，2012 年鄭定國、許竹宜發表了〈方岳田園詩歌書寫的主題——走出江湖詩派〉〔註 10〕，並於 2013 年再發表〈梅花吐蕊綻幽香——南宋詩人方岳詠梅詩之探析〉〔註 11〕共兩篇單篇論文，在學位論文上，目前則僅有 2011 年邱伶美《南宋方岳詩歌研究》，可見臺灣學界對於方岳的關注，仍停留在他的詩作研究。

綜合上述可見，至今學界對於方岳詞的探討尚停留在單篇論文的範疇，據統計，中國學界與臺灣學界有關方岳的單篇論文研究共計有二十二篇，學位論文五本，然而其中關於詞作的學位論文研究僅有吳樹燊《方岳詩詞研究》中的一小部分，前段已論，可見方岳詞缺乏完整的深入詳析，研究者少，對於已有校注本作品集以及年譜的方岳來說

〔註 8〕張宏生撰：〈偏離群體的「別調」——論方岳詩〉，《江蘇社會科學學報》第 3 期（1994 年），頁 96～100。

〔註 9〕〔宋〕方岳撰，秦效成校注，祖保泉、何慶善審訂：《秋崖詩詞校注》（合肥：黃山書社，1998 年）。後文引用此書皆以此為版本，不再詳注出版資訊，僅以書名與頁碼標注。

〔註 10〕鄭定國、許竹宜撰：〈方岳田園詩歌書寫的主題——走出江湖詩派〉，《漢學研究集刊》第 14 期（2012 年 6 月），頁 85～104。

〔註 11〕鄭定國、許竹宜撰：〈梅花吐蕊綻幽香——南宋詩人方岳詠梅詩之探析〉，《漢學研究集刊》第 16 期（2013 年 6 月），頁 65～88。

相當可惜，故本論文除了以現今唯一的校注本《秋崖詩詞校注》為底本外，將再輔以《全宋詞》〔註12〕與《景印文淵閣四庫全書》收錄的《秋崖集》〔註13〕對照，從他的生平歷程與為官背景切入，對他的詞作做系統性的分類與論述，最後再探討被定位為辛派詞人的方岳與辛棄疾有何異同，試圖釐清他身為辛派詞人的正當性，以期能對方岳相關研究及詞作領域有所補充。

## 第二節　前人研究概況

當今學界方岳的研究多集中於詩，歷來評價也以對他詩的讚許較佳，如胡雲翼曾稱讚他的田園詩作「絕不在范成大之下」、是「白描的聖手」〔註14〕，陳訏則有評：「秋崖詩工於琢鏤，清雋新秀，高逸絕塵，挹其風致，殆如雲中白鶴，非塵網所能羅也。」〔註15〕等等，不過自《秋崖詩詞校注》出版以後，學界對於方岳的關注度確實提高了許多，也逐漸有更多不同面向的研究，今日統整可知目前對方岳的研究可分為（一）生平與著作版本研究、（二）詩作研究、（三）詞作研究與（四）用韻、理論與散文研究等方面。

### 一、方岳生平與著作版本研究

方岳雖然科舉及第，也有官職在身，無奈的是整個《宋史》中未有傳，可能和他官名不顯，又經常得罪當朝權臣有關。文獻中僅能從元代歙縣人洪焱祖所撰的〈秋崖先生傳〉以及他的作品和散落於各書的生

〔註12〕唐圭璋編：《全宋詞》（北京：中華書局，1965 年）。本論文所引皆以此版本為主。

〔註13〕〔宋〕方岳撰：《秋崖集》，見於《景印文淵閣四庫全書》（臺北：臺灣商務印書館，1983 年），第 1182 冊，後文引此書皆以此為版本。

〔註14〕胡雲翼撰：《宋詩研究》，收錄於《民國時期文學研究叢書．第一編》（臺中：文听閣圖書，2011 年），第 20 冊，頁 187。

〔註15〕〔清〕陳訏輯：《宋十五家詩選》，收錄於《續修四庫全書》（上海：上海古籍出版社，2002 年），第 1621 冊，頁 257。

平描述來汲取生平資料。1998 年 5 月秦孝成的〈方岳研究三題〉〔註 16〕是目前唯一對方岳生平與著作版本較深入的探討論文，他試圖釐清並判別方岳生卒年的爭議，並對他作品的流傳做了脈絡與各版本優劣的分析，其中的研究成果最後都收錄於該年末出版的《秋崖詩詞校注・方岳年譜》中，該年譜也是目前研究方岳的最佳生平依據。

而 2014 年則有郭瑾撰〈《秋崖小稿》的成書及刊行流傳〉〔註 17〕一篇，試圖考究方岳親手編定的《秋崖小稿》約成書於何時，又如何演變為方岳長孫方石、從子方貢孫所編的《秋崖新稿》，以及論析南宋期間作品散佚的原因，可惜內容較簡略，多引用現成文獻，未能確實舉證推論的真實性。

## 二、方岳詩作研究

方岳一生留存了上千首詩作，在早期即受到了學界的重視，除了基本的詩作內容、風格研究外，其中尤以方岳是否為江湖詩人的身分定位討論最為熱烈。研究方岳詩的第一篇單篇論文為 1994 年張宏生〈偏離群體的「別調」——論方岳詩〉〔註 18〕，以方岳為江湖詩人為前提，探討方岳與一般江湖詩人的差異，如詩作中尚有江西風骨，又常以理趣入詩等等，可見方岳的複雜性很早就被學界所關注。期間 1998 年郭濟龍〈聞歌思田園，詩中有稼牆——方岳〈農謠五首〉賞析〉單純對方岳詩作進行了賞析。直到 2009 年，朱秀敏〈方岳是否江湖詩人辨〉〔註 19〕一文使方岳的派別問題再度浮上檯面，承張宏生的別調之說，認為不該以「江湖詩派」的身分將他的詩作一概而論。2014 年朱秀敏

〔註 16〕秦孝成撰：〈方岳研究三題〉，《黄山學刊（哲學社會科學版）》第 11 卷第 4 期（1998 年 5 月），頁 81～86。

〔註 17〕郭瑾撰：〈《秋崖小稿》的成書及刊行流傳〉，《青年作家》第 20 期（2014 年），頁 188。

〔註 18〕張宏生撰：〈偏離群體的「別調」——論方岳詩〉，頁 96～100。

〔註 19〕朱秀敏撰：〈方岳是否江湖詩人辨〉，《蘭州教育學院學報》第 4 期（2009 年 12 月），頁 29～31。

〈方岳詩歌中的江西風調論析〉〔註 20〕一文可說是對方岳詩風複雜性的進一步揭示。

除派別問題外，學界也有對於方岳詩主題性的研究，如 2011 年李丹霞〈方岳詠物詩初探〉〔註 21〕探討方岳的詠物詩。2017 年尹文淼〈方岳詩歌理趣研究〉〔註 22〕關注到了方岳詩與理學的關係，只是內容太簡，將宋詩的理趣都歸咎於蘇軾一人的影響，過於籠統，無法明其脈絡。2018 年張靜〈論方岳的論詩詩〉〔註 23〕透過議論詩作為沒有留下詩學理論的方岳整理了他的詩學觀念。臺灣方面雖較晚關注到方岳詩的研究，也在 2012、2013 年分別有鄭定國、許竹宜發表的〈方岳田園詩歌書寫的主題——走出江湖詩派〉、〈方岳山居詩群之抒寫主題探析〉〔註 24〕及〈梅花吐蕊綻幽香——南宋詩人方岳詠梅詩之探析〉等針對主題詩類的探討。

而在學位論文中，方岳詩研究明顯受到了最多的重視，中國學界 2008 年有朱秀敏的《方岳詩歌研究》〔註 25〕，是第一本從方岳的生平歷程開始，全面探討方岳詩作的內容、詩風淵源以及表現手法的系統性論文，同年再有吳樹燊的《方岳詩詞研究》〔註 26〕除了詩以外也關注到了詞作，無奈詞作方面內容簡略，大抵還是依傍於詩的探討之下。

---

〔註 20〕朱秀敏撰：〈方岳詩歌中的江西風調論析〉，《懷化學院學報》第 1 期（2014 年 1 月），頁 84～85。

〔註 21〕李丹霞撰：〈方岳詠物詩初探〉，《南昌教育學院學報》第 5 期（2011 年），頁 34、36。

〔註 22〕尹文淼撰：〈方岳詩歌理趣研究〉，《文學教育》第 5 期（2017 年），頁 185。

〔註 23〕張靜撰：〈論方岳的論詩詩〉，《常州工學院學報》第 6 期（2018 年 12 月），頁 28～33。

〔註 24〕鄭定國、許竹宜撰：〈方岳山居詩群之抒寫主題探析〉，《文學新論》第 16 期（2012 年 12 月），頁 61～82。

〔註 25〕朱秀敏撰：《方岳詩歌研究》（濟南：山東師範大學碩士學位論文，2008 年）。

〔註 26〕吳樹燊撰：《方岳詩詞研究》（漳州：閩南師範學院碩士學位論文，2008 年）。

2015 年則有郭瑾的《方岳詩集箋注》〔註 27〕，不過該論文僅有針對校注本箋注提出訛誤與疏漏整理，並未有研究論點的拓展，較為可惜。2020 年黃蓉蓉《方岳詠物詩研究》〔註 28〕進一步縮小範圍，在方岳上千首詩作中針對約 220 首的詠物詩進行詠物題材、手法與詩體運用的分析，使學界對方岳詩作有更詳細的認識。臺灣方面對於方岳的研究起步甚晚，也未獲得長遠的關注，學位論文僅有 2011 年邱伶美《南宋方岳詩歌研究》〔註 29〕，文中針對方岳詩的寫作技巧多有著墨，只是對於前人研究的掌握甚少，詩作多為賞析，且有格式與資料的訛誤〔註 30〕，較為可惜。

## 三、方岳詞作研究

方岳的詞名遠遠不及他的詩名興盛，除了數量上無法比擬以外，大約同期的詞人如楊萬里（1127～1206）、范成大（1126～1193）及劉克莊（1187～1269）等等，皆享負盛名，吸引了大部分的學界目光，名氣相對不如大家的方詞便被冷落了。方岳詞的相關研究，就單篇論文來說，與詩作研究算旗鼓相當，共有七篇。濫觴於中國學界 1936 年宛敏灝的單篇論文〈方岳與《秋崖詞》〉，其後關於方詞的研究，一直到校注本問世後才逐漸普遍，單篇論文如 2006 年朱秀敏〈方岳詞初探〉〔註 31〕內容較簡略，僅針對他的愛國情懷做闡發，沈文凡、李博昊〈宋代

〔註 27〕郭瑾撰：《方岳詩集箋注》（大連：遼寧師範大學碩士學位論文，2015 年）。

〔註 28〕黃蓉蓉撰：《方岳詠物詩研究》（蘭州：西北師範大學碩士學位論文，2020 年）。

〔註 29〕邱伶美撰：《南宋方岳詩歌研究》（嘉義：南華大學碩士學位論文，2011 年）。

〔註 30〕在《南宋方岳詩歌研究》之前，中國學界的方岳研究已經相當興盛，論文中卻未提及與引用，而多聚焦於江湖詩派的相關研究，又如附錄二〈方岳親屬表〉中有人物的錯誤，詳見本論文第二章註 90。參見邱伶美撰：《南宋方岳詩歌研究》，頁 5～6。

〔註 31〕朱秀敏撰：〈方岳詞初探〉，《時代文學》第 6 期（2006 年），頁 79～80。

方岳壽詞的文化意蘊及藝術表現〉〔註 32〕開始有專篇論文注意到方岳大量的壽詞創作，雖內容有部分訛誤〔註 33〕但對於他自壽詞的分析終於有較深入的探討。又單芳的〈辛派詞人方岳〉〔註 34〕跟隨學界的看法，指出了方岳詞中「以文為詞」的辛派風格，而 2008 年則有吳樹燊發表了〈試論方岳及其隱逸詞〉〔註 35〕、〈醉眼渺河洛，遺恨夕陽中——論方岳詞〉〔註 36〕兩篇單篇論文，觀內容與後來出版的學位論文相同，應是取自他該年正在撰寫的碩士論文。2010 年李智的〈南宋徽州詞人方岳詞作特點〉〔註 37〕提出了方岳詞有題材的多樣化、情感的複雜化及詞作的散文化的特徵，是單篇中較為全面提到方岳各類詞作特色的研究論文。而臺灣學界，則是至今都無專篇論文針對方岳詞作來探討。

在學位論文方面，方岳詞則一直比不上他的詩作受到重視，觀今中國與臺灣的研究，僅有吳樹燊的《方岳詩詞研究》〔註 38〕針對詞作論述，且全本中也僅七頁概括方岳校注本中的九十一首詞作，也未指出校注本與《全宋詞》中的收錄差異，實屬可惜。

〔註 32〕沈文凡、李博昊撰：〈宋代方岳壽詞的文化意蘊及藝術表現〉，《長沙理工大學學報》第 4 期（2006 年），頁 80～84。

〔註 33〕該論文中指出方岳〈瑞鶴仙‧壽丘提刑〉一詞祝壽對象是丘崈（1135～1208），丘崈字宗卿，隆興元年（1163 年）癸未科木待問榜進士第三人。然而據《方岳年譜》，兩人出生相差超過一甲子，丘崈過世時，方岳尚只有十歲，不可能作壽詞贈之。方岳贈詞對象，應為端平年間曾任提刑官的舊識丘岳，丘岳字山甫，嘉定十年（1217）進士。兩人皆曾於趙葵幕下，理念相合，多有交流。見沈文凡、李博昊撰：〈宋代方岳壽詞的文化意蘊及藝術表現〉，頁 81。

〔註 34〕單芳撰：〈辛派詞人方岳〉，《甘肅廣播大學學報》第 6 卷第 3 期（2006 年 9 月），頁 15～17。

〔註 35〕吳樹燊撰：〈試論方岳及其隱逸詞〉，《重慶科技大學學報》第 3 期（2008 年），頁 138～139。

〔註 36〕吳樹燊撰：〈醉眼渺河洛，遺恨夕陽中——論方岳詞〉，《湖北經濟學院學報》第 1 期（2008 年 1 月），頁 110～111。

〔註 37〕李智撰：〈南宋徽州詞人方岳詞作特點〉，《長春理工大學學報》第 2 期（2010 年 2 月），頁 65～66。

〔註 38〕吳樹燊撰：《方岳詩詞研究》，頁 22～28。

### 四、用韻與散文研究

在研究方岳的單篇論文中，較特殊的是除了文類的分析，還有人關注他的詩詞用韻及其中的哲學思想，方岳一生未留下文學理論，這樣的分析使後人能稍微一窺方岳創作中的細節之處。如 2013 年高永安〈方岳詩詞用韻考〉〔註 39〕，是目前唯一針對方岳詩詞提出用韻分析的論文，他指出方岳用韻謹慎，導致他韻字的使用較少，集中於某些韻部，以及在格律詩、古體詩及詞作上，會因應文體的不同而顯現出不同風格。又如 2017 年章輝〈南宋徽籍名士方岳詩詞中的休閒哲學〉〔註 40〕一文，指出方岳有尚賢的心態，並論其厭惡官場，對事功型生活加以否定，其中雖舉證眾多，卻單看方岳的隱逸作品一面，而忽略了他多次出入官場的掙扎，但不失為學界的一種嶄新視野。2019 年，鄭愛馨的〈方岳散文之成就論析〉〔註 41〕將學界對於方岳的關注境界更加擴大，方岳不只留下詩詞，還有大量的書信、駢文等創作，該篇論文針對這些文章剖析其中的內容特色及方岳慣用的寫作筆法，為方岳的研究增添了更豐富的色彩，也為未來更深入的研究提供了方向。

## 第三節　研究材料與方法

### 一、研究材料

本論文從方岳的生平經歷、政治觀點與南宋政壇的交友關係著手，輔以前人整理的〈年譜〉、現今留存的方岳書信、散文等，藉此對他複雜多樣的詞作深入探析，了解他詞作的深刻內涵與價值，最後再從詞界普遍認可的「辛派詞人」身份中，探討方岳詞的獨特之處。研究材料

---

〔註 39〕高永安撰：〈方岳詩詞用韻考〉，《語言研究》第 2 期（2013 年 4 月），頁 43～49。

〔註 40〕章輝撰：〈南宋徽籍名士方岳詩詞中的休閒哲學〉，《阜陽師範學院學報》第 2 期（2017 年），頁 59～63。

〔註 41〕鄭愛馨撰：〈方岳散文之成就論析〉，《連雲港職業技術學院學報》第 3 期（2019 年 9 月），頁 46～49。

方面，詞作的底本以唯一的校注本《秋崖詩詞校注》為主，並與《景印文淵閣四庫全書》收錄之《秋崖集》、同時有收錄方岳詞作的《全宋詞》互相對照，以補收錄上的缺漏。再參照《秋崖集》中方岳之書信、散文一類，並輔以前人研究資料，為詞作詳析提供完備的理解。本論文所引用之材料出處分述如下：

### （一）傳記資料引用

方岳於《宋史》中無傳，生平主要參考年代最接近的元代歙縣人洪焱祖所撰的〈秋崖先生傳〉，現今有收錄於《宋史翼》〔註 42〕與《安徽省弘治徽州府志》〔註 43〕中，《秋崖詩詞校注》則有標點版本。除〈秋崖先生傳〉以外，秦效成編〈方岳年譜〉可知方岳詳細的活動歷程，另《宋人傳記資料索引》亦有收錄方岳與其親屬之資料，再參照《秋崖集》中保存的大量書信、散文等類，可協助拼湊方岳生活的具體經過。

### （二）方岳詩詞引用

方岳詩、詞現今皆有收錄於《秋崖詩詞校注》中，因此凡本論文所引用的詩、詞作品皆出自此本，唯校注本發現缺漏或用字有疑義時，再以《秋崖集》、《全宋詞》做補充，並另外加注。

### （三）方岳散文、書信引用

由於校注本《秋崖詩詞校注》中僅收錄詩與詞作，至今方岳所留存的書信、散文或奏摺等文類尚無標點版本，因此本文所引，仍參照《秋崖集》中之原稿，再依照文意為其句讀，以利討論。

### （四）詞話、詞評引用

除引用前人研究方岳詞時所作的評論，本論文引用之詞話、詞評，皆出自唐圭璋編《詞話叢編》〔註 44〕，故不再一一詳注出版資訊。

---

〔註 42〕〔清〕陸心源編：《宋史翼》（北京：中華書局，1991 年）。

〔註 43〕詳見〔明〕彭澤修，汪舜民纂：《安徽省弘治徽州府志》，收入於《天一閣藏明代方志選刊》（臺北：新文豐出版公司，1985 年），卷七，頁 704～705。

〔註 44〕唐圭璋編：《詞話叢編》（北京：中華書局，2005 年）。

## 二、研究方法

本論文採章節編排，透過章節循序漸進，首先闡明本論文的研究動機與目的、前人研究的概況以及使用的研究材料與方法，其次進入論述階段，從方岳的生長背景到為官經歷了解，再論及他的政治理念與政壇交友情形，次則深入探析方岳詞作的內涵、價值與特色，最後歸納方岳作為學界所認同的辛派詞人，有何相同、相異之處。各章概要如下：

第一章「緒論」，共分為「研究動機與目的」、「前人研究概況」及「研究材料與方法」三節。首先說明撰寫本論文的動機，以及所欲達成的成果。再歸納現今已發表之前人研究成果，了解方岳相關研究中較完備與欠缺的部分，以利本論文彌補前人之缺憾。最後是收集與確認方岳相關之作品與文獻資料，分類整理後擬定論文大綱，並開始分章撰寫。

第二章「方岳生平與著作」，本章共有四小節。方岳家族不顯，自嘲本是耕田夫，又屢次科舉不第，初入朝為官已是三十四歲的青壯年，他個性又倔強自傲，時常得罪權貴，遂於官場中多次沉浮。本章將其生平以大事件為依據，分為「生於祁門，七歲能詩」、「進士及第，忠君愛國」及「得罪權臣，坎坷仕途」三個階段，深入剖析他風雨飄搖的一生，第四小節則是他這一生中留存的著作整理，並對於後代所流傳之版本做系統之歸納，以作為後文作品研究的依據。

第三章「方岳詞與南宋政壇」，本章分為「政治理念」與「政壇交友」兩部分，方岳詞作中所唱和、贈與的對象，多為在官場上熟識的同僚，或立場一致的政治人物，因此了解方岳的政治立場與政壇交友狀況，成為了解方岳詞作前必須釐清的課題。本章透過方岳的政治理念定位出與方岳交好的一派文人政客，再依序歸納介紹方岳詞作中曾經提及與互動的對象，從而與他的詞作進行連結，有助於理解其創作之背景。

第四章「詞作內容」，本章開始全面分析方岳留存的共九十二首詞作，可以說是本論文的主幹章節，首先將他的詞作依照內容分類為「報國與求歸的仕隱衝突」、「獨出一格與自我檢視的壽詞」及「色彩繽紛的生活紀實」三小節，並探討三類不同詞作之價值與成就。

第五章「詞作風格特色」，在了解方岳九十二首詞作內容之後，針對他的風格與特色深入歸納與分析。可以得出方岳詞風格豪放，在寫作技巧上，他繼承稼軒、好用典故。在詞體運用上，他詞類多樣，不拘泥於一格。最後在慣用的詞牌上，他喜豪放之音，擅長作長調詞，正呼應了他作為豪放詞人的定位。

第六章「辛詞與方詞之比較」，前人研究常指出方岳雖為辛派詞人，卻能夠自成一格，針對兩人詞作的相同處歷來已有許多論述，因此本章歸納出了兩人詞作中不同的三個部分進行比較，並進一步探討其成因，此三部份分別為「時代背景不同：北人與南人」、「隱逸情懷有別：被動與主動」及「詞情心態落差：執念與嚮往」，藉此可知方岳雖學步辛詞，卻能夠成就自己詞風的原因。

第七章「結論」，總結本論文各章之研究成果。

# 第二章　方岳生平與著作

方岳雖出生於宋寧宗朝，卻直至理宗紹定五年（1232）才進士及第〔註1〕，故其一生為官多在理宗一朝。方岳的生平行跡，正史中並無記載，所幸清人陸心源所輯的《宋史翼》一書，有收錄元代歙縣人洪焱祖所撰的〈秋崖先生傳〉，簡稱〈洪傳〉，由於時代最為接近，是當今研究方岳生平最可靠的材料，其餘生平資料亦可見於《徽州府志・方岳傳》〔註2〕及方岳自身的文集、詩、詞之中。

詞人生平與其詞作必息息相關，因此本章即蒐羅各書有關方岳之記載，以秦效成先生所編〈方岳年譜〉為依據，輔以各方資料，先明其身世與家庭背景，再依次探究方岳愛國瀟灑的幕府時期，以及脫離幕府後力抗奸臣，三次罷官的官海浮沉經過，最後整理其傳世之作品版本，望能對其生平有完整之了解。

## 第一節　生於祁門，七歲能詩

方岳出生於徽州祁門縣的何嘉塢內，其有作〈荷家塢記〉自言：「並吾廬而北，有山環焉，版圖姓之曰何家塢，自吾之家于斯也。」〔註3〕

---

〔註1〕〔宋〕方岳撰，秦效成校注，祖保泉、何慶善審訂：《秋崖詩詞校注》，〈方岳年譜〉，頁688。

〔註2〕該傳內容大抵與〈洪傳〉皆同，應是抄錄自〈洪傳〉。參見於《天一閣藏明代方志選刊：安徽省弘治徽州府志》，卷七，頁704～705。

〔註3〕〔宋〕方岳撰：《秋崖集》，卷三十六，〈荷家塢記〉，頁584。

方氏一門並無顯赫之家世，家族祖籍嚴州，方岳詩有自注云：「余家自嚴徙徽，而譜系遠矣。」〔註 4〕而詩中又言：「宗派倘容詩嗣續，橫枝吾亦是兒孫。」〔註 5〕據此可以推知方氏家族或為晚唐詩人方乾（809～888）之後代。〔註 6〕

方岳之祖父不詳，其詩中有「八齡失吾祖」〔註 7〕一語，可知祖父在方岳八歲時已經離世，父親為方欽祖（生年不詳，卒於 1239 年），鄉稱長者，以岳故，賜宣義郎。〔註 8〕據文集記載有宋代〈明堂恩封官制〉：

> 臧否貪廉而刺舉之，使吏姦澄而民氣舒，斯稱朕臨遣之意可。
>
> 董洪父自脩、王公瑾父囦、岳父欽祖、趙子森父復先、陳子椿父千期、朱炎父師友、孫鏞父价以。〔註 9〕

明堂恩為宋代每三年一次舉行的祭天盛典上對百官的賞賜，是官員子孫獲得蔭補的主要途徑之一。宋承唐代門蔭之法，擴充為恩蔭制度，與科舉並行。〔註 10〕可見方欽祖應有官職，但地位不高。方岳有詞〈酹江月・壽老父〉：

> 幅巾雲麓。笑人生甕等，何時是足。莫道年來無好處，第一

〔註 4〕〔宋〕方岳撰，秦效成校注，祖保泉、何慶善審訂：《秋崖詩詞校注》，〈次韻范文正公〉，頁 134。

〔註 5〕〔宋〕方岳撰，秦效成校注，祖保泉、何慶善審訂：《秋崖詩詞校注》，〈次韻范文正公〉，頁 134。

〔註 6〕〔宋〕方岳撰，秦效成校注，祖保泉、何慶善審訂：《秋崖詩詞校注》，〈方岳年譜〉，頁 683。

〔註 7〕〔宋〕方岳撰，秦效成校注，祖保泉、何慶善審訂：《秋崖詩詞校注》，〈祭詩〉，頁 512。

〔註 8〕昌彼得、程元敏、王德毅、侯俊德編：《宋人傳記資料索引》（臺北：鼎文書局，2001 年），頁 53。

〔註 9〕〔宋〕洪咨夔撰：《平齋文集》（臺北：臺灣商務印書館，1966 年），卷十八，頁 13～14。

〔註 10〕趙翼《廿二史札記》：「宋開國時，設官分職，尚有定數，其後薦辟之廣，恩蔭之濫，雜流之猥，祠祿之多，日增月益，遂至不可紀極。」注二云：「恩蔭」，謂遇朝廷慶典，官員子孫承恩入國子監讀書並入仕。詳見〔清〕趙翼撰，董文武注：《廿二史札記》（北京：中華書局，2008 年），頁 206。

> 秫田新熟。孫息乘鸞，大兒薦鶚，翁已恩袍綠。笑談戎幕，盡教岳也碌碌。　　是則江南江北，月明飛夢，認得溪橋屋。多少睡鄉閒日月，不老柯山棋局。唱個曲兒，吃些酒子，檢點茅檐竹。問梅開未，一枝初破寒玉。〔註 11〕

此詞為壽詞，開篇即勸解父親，莫說此年到頭來都沒有什麼好事，除了秫田新熟的好消息，還有「孫息乘鸞，大兒薦鶚，翁已恩袍綠。」直言孫息婚姻美滿，大兒此指岳之伯兄，「薦鶚」即是薦賢，受到鄉薦的意思。而父親自己則是「恩袍綠」，此處即是指因方岳之故而授宣義郎，綠袍加身之意。〔註 12〕可見方氏一家生活並不富足，再觀覽下闋的清散閒適，父親此時恐也無官職在身。而方岳文中也曾自言「某本耕田夫耳」〔註 13〕，可知其家世門第不高，出仕以前，多以農耕自給度日，生活並不富裕。

雖然方岳並非生於書香世家，卻自幼天賦異稟，〈洪傳〉有記載：

> 秋崖方先生岳，字巨山，居邑北隅也。七歲能賦詩。長入郡庠，嚴陵葉子儀教授，挾多聞困苦學者，升論堂，點請諸生覆誦《通鑒》，為秋崖與方瑑能抗之。相約每舉《通鑒》某事，即須舉其事及人姓名，使見某卷終至某卷，覆問之，葉遂語塞。〔註 14〕

可見方岳自小聰穎，書本詩文能熟練覆誦，七歲即能作詩，未十歲則於鄉里之間已能「操筆立就，一座盡驚」〔註 15〕，盡顯文學之長才。〈洪傳〉評其是「詩文與四六不用古律，以意為之，語或天出。」〔註 16〕

〔註 11〕〔宋〕方岳撰，秦效成校注，祖保泉、何慶善審訂：《秋崖詩詞校注》，頁 630。

〔註 12〕〔宋〕方岳撰，秦效成校注，祖保泉、何慶善審訂：《秋崖詩詞校注》，頁 630。

〔註 13〕〔宋〕方岳撰：《秋崖集》，卷二十五，〈與邵武同官〉，頁 445。

〔註 14〕〔元〕洪焱祖撰：〈秋崖先生傳〉，見於《秋崖詩詞校注》，頁 673。

〔註 15〕〔宋〕方岳撰，秦效成校注，祖保泉、何慶善審訂：《秋崖詩詞校注》，〈方岳年譜〉，頁 684。

〔註 16〕〔元〕洪焱祖撰：〈秋崖先生傳〉，見於《秋崖詩詞校注》，頁 675。

《宋詩鈔》則言其詩「詩主清新，工於鏤琢，故刻意入妙，則逸韻橫流。」〔註17〕而況周頤〈秋崖詞跋〉有言：「疏渾終有名句，不墜宋人風格。應酬率意之作，亦較它家為少。置之六十家中，不在石林、后村下也。」〔註18〕將方岳詞抬到了極高的地位，值得後世深入探討。

## 第二節　進士及第，忠君愛國

方岳雖自幼聰穎，受鄉里讚賞，仕宦之路卻非一帆風順，甚至可以說是坎坷多舛。南宋權臣把持朝政，嘉定十七年（1224）寧宗駕崩，當朝右相史彌遠（1164～1233）矯詔貴誠嗣位，即理宗。〔註19〕《宋史》有載：

> 初，彌遠既誅韓侂胄，相寧宗十有七年。迨寧宗崩，廢濟王，非寧宗意。立理宗，獨相九年，擅權用事，專任憸壬。〔註20〕

濟王趙竑（生年不詳，卒於1225年）為南宋皇儲，原應當繼承寧宗之位，卻與史彌遠長期不合，史彌遠作矯詔改立趙昀（即趙貴誠，1205～1264）為太子，成為後來的宋理宗。據〈方岳年譜〉記載：「時休寧人程珌（1164～1242）直學士院，彌遠夜召入禁中，珌一夕擬制誥二十又五。」〔註21〕時論紛紛譏之，方岳詩〈內翰程端明挽詩〉有言：「八十磻溪才事業，百年落水自平章。」〔註22〕即指擬「矯詔」一事。

方岳正是在這樣混亂的朝政氛圍中開始他的求官之路，宋理宗寶

〔註17〕〔清〕吳之振、呂留良等編：《宋詩鈔》（北京：中華書局，1995年），頁2771。

〔註18〕施蟄存主編：《詞籍序跋萃編》（北京：中國社會科學出版社，1994年），頁331。

〔註19〕〔宋〕方岳撰，秦效成校注，祖保泉、何慶善審訂：《秋崖詩詞校注》，〈方岳年譜〉，頁685。

〔註20〕〔元〕脫脫撰：《宋史》（北京：中華書局，1985年），〈列傳・史彌遠〉，頁12418。

〔註21〕〔宋〕方岳撰，秦效成校注，祖保泉、何慶善審訂：《秋崖詩詞校注》，〈方岳年譜〉，頁685。

〔註22〕〔宋〕方岳撰，秦效成校注，祖保泉、何慶善審訂：《秋崖詩詞校注》，頁406。

慶二年（1226），時年方岳二十八歲，初次秋闈落第〔註 23〕，其詩〈次韻梁倅秋日白牡丹〉云：

自掩窗紗護夕陽，碧壺深貯溜晴光。可曾見此春風面，淨洗鉛華試曉霜。（《秋崖詩詞校注》，頁 94）

梁倅為寶慶年間徽州通判梁鈅（生卒年不詳），與岳交深，互相唱酬多。〔註 24〕方岳此詩次其韻，前二句「自掩窗紗護夕陽，碧壺深貯溜晴光。」應可看作方岳自比，科舉未能及第，他將自身才華比作夕陽、晴光，只是無奈無法發揚光大。「可曾見此春風面，淨洗鉛華試曉霜。」則寓遭黜之意。

次年春方岳亦曾用梁倅作詞〈沁園春・用梁權郡韻餞春〉一首：

鶯帶春來，鵑喚春歸，春總不知。恨楊花多事，杏花無賴，半隨殘夢，半惹晴絲。立盡碧雲，寒江欲暮，怕過清明燕子時。春且住，待新篘熟了，卻問行期。　問春春竟何之。看紫態紅情難語離。想芳韶猶剩，牡丹知處，也須些個，付與荼蘼。喚取聘婷，勸教春醉，不道五更花漏遲。愁一餉，笑車輪生角，早已天涯。（《秋崖詩詞校注》，頁 610）

此詞上闋皆透露對於春去的憾恨，不論黃鶯、杜鵑鳥如何啼叫，春總毫無知覺的逝去，又言「恨楊花多事，杏花無賴」楊花即是柳絮，杏花亦是開在春季的花種，兩者一再提醒詞人春正逝去，最後言「怕過清明燕子時」。而在春季佇足的當下，待新篘熟了，篘指取酒的酒籠，新篘代指新酒〔註 25〕，卻到了春要離去的時候，只能問其出行的時程，此處

〔註 23〕〔宋〕方岳撰，秦效成校注，祖保泉、何慶善審訂：《秋崖詩詞校注》，〈方岳年譜〉，頁 686。

〔註 24〕〔宋〕方岳撰，秦效成校注，祖保泉、何慶善審訂：《秋崖詩詞校注》，〈方岳年譜〉，頁 686。

〔註 25〕篘，漉以取酒的酒籠。亦名篘篗。見〔宋〕方岳撰，秦效成校注，祖保泉、何慶善審訂：《秋崖詩詞校注》，頁 611。又新篘可代指新酒，如唐・段成式〈怯酒贈周繇〉詩：「大白東西飛正狂，新篘石凍雜梅香。」見於中華書局編：《全唐詩》（北京：中華書局，1996 年），卷五百八十四，頁 6767。

或也指詞人對自身仕途茫然的自問。

下闋言春終究無法回答詞人的詢問，最後也只能將殘存的芳華，都「付與荼蘼」〔註 26〕，也暗示春去。最終詞人只能醉飲，憂愁片刻，自己則早已在天涯之遠。此處的愁，應指傷春的愁緒，亦也暗指自己科舉失意的愁思。而詞中所傷的「春」，既是春季，恐也是暗喻詞人所胸懷的抱負，因為科場失利而正遠去。

初次的挫敗並沒有使方岳放棄求官之路，宋理宗紹定二年（1229），方岳再度挑戰科舉，沒想到卻是二度落第〔註 27〕，第二次的挫折使方岳無處抒發懷才不遇的憂憤，不禁於詞中有所埋怨，其有作〈酹江月・和君用〉：

> 槎牙詩骨，想生來無分，史闌經幄。呵護九關多虎豹，誰道去天一握。奏賦兩都，聞韶三月，雁遠書難託。一寒如許，蟾枝莫倚高擢。　　空使滿壑風煙，半村雪月，孤負梅花約。渺渺愁予初度也，山冱同雲垂幕。鶴帳何如，牛衣無恙，麥隴佔優渥。不如歸去，檐花深夜春酌。（《秋崖詩詞校注》，頁632～633）

此處的君用為方岳之族弟，生卒年不詳。〔註 28〕方岳在詞中對族弟訴說自身的不滿與悲憤，上闋中的「呵護九關多虎豹，誰道去天一握。」直指當朝右丞相史彌遠操縱朝政，結黨營私。九關為天帝所居，代指朝廷〔註 29〕，據《宋史》載史彌遠獨相九年，宋朝以左相為尊，史彌遠

〔註 26〕荼蘼又稱酴醾，在春季末夏季初開花，凋謝後即表示花季結束，所以有完結的意思。如宋・辛棄疾的〈滿江紅・餞鄭州厚卿席上再賦〉詞：「莫折荼蘼，且留取、一分春色。」見於〔宋〕辛棄疾撰，鄧廣銘箋注：《稼軒詞編年箋注》（上海：上海古籍出版社，1993 年），頁 232。

〔註 27〕〔宋〕方岳撰，秦效成校注，祖保泉、何慶善審訂：《秋崖詩詞校注》，〈方岳年譜〉，頁 687。

〔註 28〕〔宋〕方岳撰，秦效成校注，祖保泉、何慶善審訂：《秋崖詩詞校注》，頁 633。

〔註 29〕〔宋〕方岳撰，秦效成校注，祖保泉、何慶善審訂：《秋崖詩詞校注》，頁 633。

卻屢次「依前右丞相兼樞密使」〔註 30〕屈居於右，至其卒無人敢越其位，蓋方岳詞中所指「虎豹」皆為史彌遠之黨，並批判其「去天一握」，獨攬大權。詞人將自己的落第歸咎於奸臣獨掌朝廷，並以「奏賦兩都，聞詔三月，雁遠書難託。」自言，比喻自己應有如班固作〈兩都賦〉〔註 31〕的文才，且嗜於禮樂薰陶，無奈無人推薦自己。

下闋由景入情，秋試落第，冬日的景色令詞人格外心寒，認為自己「孤負梅花約」，方詞中喜詠梅花，或以梅花自比文人自身的品格高潔，是受到宋代學術風氣的影響：

> 宋人在理學振興的同時，在人格理想的建構中特別傾向於道德自律與品格自尊，……於是，梅花那種品格獨守、剛毅凜然、超逸清高的精神風貌便自然而然的進入了宋人的視野。〔註 32〕

方岳以與梅花有約，暗喻自己高潔的品格以及對於無法一展長材的黑暗朝廷感到灰心，下闋中的「鶴帳何如，牛衣無恙，麥隴佔優渥。」皆有隱逸之思，「鶴帳」可指隱逸者的床帳〔註 33〕，「牛衣」自比是貧寒之士〔註 34〕，可見詞人對於本是耕田夫的生活產生了懷念，甚至直言「不如歸去，檐花深夜春酌。」尚未出仕的方岳，在二度落第之後已產生了歸隱之情，相較於初次落第的傷春之愁，更加強烈怨憤。

---

〔註 30〕詳見〔元〕脫脫撰：《宋史》（北京：中華書局，1985 年），〈列傳．史彌遠〉，頁 12417。

〔註 31〕〔宋〕方岳撰，秦效成校注，祖保泉、何慶善審訂：《秋崖詩詞校注》，頁 633。

〔註 32〕榮斌撰：〈一代詠梅成正聲——論宋代詠梅詩詞創作熱〉，《東岳論叢》第 24 卷第 1 期（2003 年 1 月），頁 115。

〔註 33〕鶴帳，隱逸者的床帳。例：宋．毛滂〈浣溪沙．其十五〉：「別後倩雲遮鶴帳，來時和月寄漁船。」見於〔宋〕毛滂撰：《東堂詞》，現收於《景印文淵閣四庫全書》（臺北：臺灣商務印書館，1983 年），第 1487 冊，頁 310。

〔註 34〕喻貧寒。亦指貧寒之士。例：唐．袁朗〈和洗椽登城南阪望京邑〉：「狐白登廊廟，牛衣出草菜。」見於《全唐詩》，卷三十，頁 432。

然而受到理學薰陶的方岳，以天下為己任的強烈使命感〔註35〕，終究使他無法輕易放棄入世為官的念頭，在他進士及第之前，於鄉里之間交游甚廣：

> 方岳青壯年時期，理學熾盛。岳於朱門弟子婺源滕璘、滕珙、李季子、祁門謝璡和同輩學者滕和叔、程若庸、陳慶勉等，或師之、或友之，以是而學有淵源。〔註36〕

在這樣的學術氛圍下，方岳終於在紹定五年（1232）登進士第，時年三十四歲。〔註37〕據〈洪傳〉記載：「紹定五年，漕試及別省皆為首選，廷試本亦第一，以語傾彌遠，遂為甲科第七人。」〔註38〕由此可見方岳對當朝權臣史彌遠的不滿，以及他剛傲率直的性格，竟不惜觸怒當權者而丟失狀元。他在及第後的〈謝吳總侍〉一文中更言：「故雖試別闈主司喜韓愈之奇，然至對殿廬則當路斥子由之直。」〔註39〕吳總侍為吳潛（1195～1262），是當年的座主，方岳以「韓愈之奇」、「子由之直」自比，並暗指「當路」的史彌遠排除異己，因不喜方岳而奪其狀元之名。

理宗端平元年（1234），方岳調任滁州教授，在此期間結識了趙葵（1186～1266）。〔註40〕趙葵主戰而愛國，此年正月，宋蒙聯軍攻破蔡州（蔡州之戰，今河南省汝南縣），金朝滅亡，朝廷本欲收復失土，故趙葵上疏請戰：

> 端平元年，朝議收復三京，葵上疏請出戰，乃授權兵部尚書、

〔註35〕余英時撰：《士與中國文化》（上海：上海人民出版社，1987年），頁500～501。

〔註36〕〔宋〕方岳撰，秦效成校注，祖保泉、何慶善審訂：《秋崖詩詞校注》，〈方岳年譜〉，頁686～687。

〔註37〕〔宋〕方岳撰，秦效成校注，祖保泉、何慶善審訂：《秋崖詩詞校注》，〈方岳年譜〉，頁688。

〔註38〕〔元〕洪焱祖撰：〈秋崖先生傳〉，見於《秋崖詩詞校注》，頁673。

〔註39〕〔宋〕方岳撰：《秋崖集》，卷十九，〈謝吳總侍〉，頁369。

〔註40〕〔宋〕方岳撰，秦效成校注，祖保泉、何慶善審訂：《秋崖詩詞校注》，〈方岳年譜〉，頁690。

京河制置使，知應天府、南京留守兼淮東制置使。時盛暑行師，汴隄破決……兵多溺死，遂潰而歸。〔註41〕

此次出戰以敗仗收場，趙葵被降一秩，授兵部侍郎。此時期方岳與趙葵政治立場契合，遂於端平二年（1235）入趙幕府，趙葵亦對其才幹讚賞有加，曾言：「儒者知兵，吾巨山也。」蓋指此年蒙軍大舉南侵，岳受命平軍亂一事。〔註42〕

方岳居趙幕期間，愛國詩詞頗多，思深旨遠，詞氣豪邁，乃其前期竭力主戰思想的集中體現。〔註43〕也是方岳詞中對於辛派詞人最直接的繼承。而其與趙葵相互賞識，亦反映於詞作之中，其有詞〈沁園春．壽趙尚書〉：

蠢彼鼪鼯，嗟爾何為，敢瞰長淮。遣詩書元帥，又勞指畫，神仙壽日，不放襟懷。略已三年，可曾一笑，天豈慳吾老子哉。諸人者，且攜將雅頌，留待磨崖。　　我姑酌彼金罍。使小醉、寧辭鸚鵡杯。問今何時也，子其休矣，有如此酒，奚取吾儕。帝曰不然，政須卿輩，作我長城惟汝諧。凝望處，見紅塵飛騎，捷羽東來。(《秋崖詩詞校注》，頁611)

詞開篇斥責覬覦南宋疆土的元人為鼠輩一類，並以詩書元帥美譽趙葵，詞中的「略已三年」，指的即是端平元年（1234）戰敗至理宗嘉熙元年（1237）趙葵援黃州（今湖北省一帶）、安豐（今江蘇省一帶）有功，進刑部尚書的時間〔註44〕，此處的三年為實數，詞題以趙尚書稱之，可知此詞最早應作於此年。

下闋詞人舉杯邀醉，並讚皇帝對於趙葵的稱許，家國需要趙葵來守護和諧。《宋史．趙葵傳》中有記：

---

〔註41〕〔元〕脫脫撰：《宋史》，〈列傳．趙葵〉，頁12502。

〔註42〕〔宋〕方岳撰，秦效成校注，祖保泉、何慶善審訂：《秋崖詩詞校注》，〈方岳年譜〉，頁691。

〔註43〕〔宋〕方岳撰，秦效成校注，祖保泉、何慶善審訂：《秋崖詩詞校注》，〈方岳年譜〉，頁696。

〔註44〕〔元〕脫脫撰：《宋史》，〈列傳．趙葵〉，頁12502～12503。

帝曰：「卿父子兄弟，宣力甚多，卿在行陣又能率先士卒，捐身報國，此尤儒臣之所難，朕甚嘉之。」〔註45〕

由此可見方岳雖做壽詞，卻無過多阿諛奉承之語，乃句句屬實。詞的末三句言「凝望處，見紅塵飛騎，捷羽東來。」為詞人想像趙葵領軍歸來的景象，指的即是嘉熙元年（1237）援黃州一事。

方岳對於與自己理念相合者，不吝惜讚譽，對於與自己意見相左，把持權位者，向來也直言批判，這樣的直傲性格，其在詩、詞中都曾自言是「一生拗性舊秋崖」〔註46〕、「應自笑、生來孤峭」〔註47〕，詞人雖以此自豪，卻也為他的為官之路埋下禍根，屢屢得罪權臣，造就了三次罷官的坎坷經歷。

## 第三節　得罪權臣，坎坷仕途

端平二年（1235），方岳雖入趙葵幕府，兩人政治立場相合，多有相互讚揚，方岳的剛傲直言卻也得罪了趙葵。嘉熙二年（1238），趙葵進端明殿學士，奏拜刑部尚書，此年方岳在揚州，進禮兵部架閣，添差淮東制司干官。〔註48〕方岳有代趙葵擬〈除端明殿學士淮東制置大使謝表〉，隨後卻又作書簡〈與趙端明〉，其中直指趙葵的缺失並予以建言：

雖公相之為，始終如一日，坐久則神怠，立久則精疲，亦人情之常也……故某之所欲為公相言者，曰仗忠義、曰正體統、曰明紀律、曰重選辟。夫物必有所仗，熊虎仗爪牙、鵬仗羽翮、魚仗水、龍仗雲，一日而失所仗，則狐兔狎之，螻蟻咂之矣。至於人之所仗者何與？曰惟有忠義而已耳。然則捨忠

〔註45〕〔元〕脫脫撰：《宋史》，〈列傳．趙葵〉，頁12502。

〔註46〕〔宋〕方岳撰，秦效成校注，祖保泉、何慶善審訂：《秋崖詩詞校注》，〈李監餉四物各以一絕答之．甘蔗〉，頁108。

〔註47〕〔宋〕方岳撰，秦效成校注，祖保泉、何慶善審訂：《秋崖詩詞校注》，〈漢宮春．探梅用瀟灑江梅韻〉，頁627。

〔註48〕〔宋〕方岳撰，秦效成校注，祖保泉、何慶善審訂：《秋崖詩詞校注》，〈方岳年譜〉，頁696～697。

義之外，非所仗也。〔註 49〕

方岳在給趙葵的信中直言趙葵恐是「坐久則神怠，立久則精疲」，隨後指出為相應當仗忠義、正體統、明紀律、重選辟，又言人所能夠倚靠的，只有自己的忠義之心而已，可見其似乎對於趙葵的作為多有微辭。方岳在書簡中更是直言不諱自己在趙幕中所見的種種弊端：

公相之於莫府，日不過一見，見不過數刻，而諸將出入，無禁啟處，不時凡百軍謀，獨與參決。而所謂莫府者，僉文書於己，行數日之後，揣事情於茫然，不知之時誠知，庸庸無足以稱使令者，然而體統則不若是諸葛武侯所與謀者……。〔註 50〕

莫府即是幕府〔註 51〕，可知方岳所指應是他居於趙葵幕府所見，對於幕府中的決策、紀律鬆散多有批評，自此與趙葵有隙。

而方岳自端平二年（1235）至嘉熙二年（1238）入幕已有三年，此時進禮兵部架閣，應赴京就任，趙葵卻將其強留幕下，「添差干官」，實非所願。〔註 52〕其〈回饒宰〉一文中有：「某誤隨弓刀，落塵土，忽忽三年……」〔註 53〕一語，可見其不滿之情。

方岳性格耿直不屈，既與趙葵有隙，便在嘉熙四年（1240）以服父喪為由，毅然脫離趙幕，其有作〈祭詩〉云：「今年誤一出，竟犯時輩怒。去國不及炊，觸熱到環堵。」〔註 54〕即指此事，可見他深知自己觸怒趙葵，卻不言後悔。隔年理宗淳祐元年（1241）方岳赴臨安求官

〔註 49〕〔宋〕方岳撰：《秋崖集》，卷二十四，〈與趙端明〉，頁 420～421。

〔註 50〕〔宋〕方岳撰：《秋崖集》，卷二十四，〈與趙端明〉，頁 422。

〔註 51〕莫，通「幕」。古代軍中將帥治事的地方。〈廉頗藺相如傳〉：「市租皆輸入莫府，為士卒費。」〈集解〉如淳曰：「將軍征行無常處，所在為治，故言『莫府』。莫，大也。」莫當作幕，字之訛耳。詳見〔漢〕司馬遷撰：《史記》（北京：中華書局，1989 年 9 月），卷八十一，〈廉頗藺相如傳〉，頁 2449。

〔註 52〕〔宋〕方岳撰，秦效成校注，祖保泉、何慶善審訂：《秋崖詩詞校注》，〈方岳年譜〉，頁 697。

〔註 53〕〔宋〕方岳撰：《秋崖集》，卷二十六，〈回饒宰〉，頁 469。

〔註 54〕〔宋〕方岳撰，秦效成校注，祖保泉、何慶善審訂：《秋崖詩詞校注》，〈祭詩〉，頁 512。

遲遲未有結果，期間有作詞〈玉樓春．秋思〉一闋：

> 木犀過了詩憔悴。只有黃花開又未。秋風也不管人愁，到處相尋吹短袂。　　露滴碧觴誰共醉。腸斷向來攜手地。夜寒篋與月明看，未必月明知此意。（《秋崖詩詞校注》，頁 649）

詞題為秋季，此時方岳正獨自一人於臨安求官，木犀開花表示秋季的到來，黃花指菊花，亦是此季節的花種。而秋風應帶著涼意，使穿著短袖的人們都感到寒冷，這樣的自然現象在詞人眼中是「不管人愁」的行為，可見此時的方岳心中有愁緒。下闋的「露滴碧觴誰共醉」的自問，以及對於明月不知意的感慨，有寄託自己不得知遇之感。

雖然這樣的尋官生活沒有持續太久，淳祐二年（1241），方岳起為刑工部架閣〔註 55〕，好不容易重返官場，卻是遭人算計的報復，也就此開啟方岳三次罷官的歷程，依時間敘述如下：

### （一）第一次罷官：語侵史嵩之，挾怨報復

史嵩之（1189～1257），字子由，嘉定十三年（1220）進士，史彌遠之侄。嘉熙二年（1238），黃州圍解，降詔獎諭，拜端明殿學士，詔入覲，拜參知政事。〔註 56〕此年元蒙遣使者王楫來朝，嵩之主議和，方岳此時尚在趙幕，為趙葵代擬書稿，語侵嵩之：

> 其吞噬窮北之國十六七，率皆以和誤之。而我朝之縉紳大夫不以覆轍之當戒，叛全銜命，徒以辱國，賊楫再致，暴兵隨之。〔註 57〕

文中直指元蒙使者為賊，大斥主和派喪權辱國，不知以被併吞國土為戒，自此主戰派的方岳得罪主和派的權臣史嵩之，招致淳祐二年（1241）的挾怨報復。

淳祐二年（1241），岳起為刑工部架閣，居官五十六日，罷職閒

---

〔註 55〕〔宋〕方岳撰，秦效成校注，祖保泉、何慶善審訂：《秋崖詩詞校注》，〈方岳年譜〉，頁 703。

〔註 56〕〔元〕脫脫撰：《宋史》，〈列傳．史嵩之〉，頁 12425。

〔註 57〕〔宋〕方岳撰：《秋崖集》，卷二十四，〈代與史尚書〉，頁 424。

居。〔註 58〕〈洪傳〉記載甚詳：「秋崖嘗代葵稿書，責嵩之，以此取怒，嵩之入相，差充刑、工部架閣；而嗾言者論列，閒居四年。」〔註 59〕由此可見，方岳此次被任命架閣，完全是史嵩之專權的報復作弄，明起用而暗貶斥。那年除夕，方岳有作詩〈除夜〉六首，其中〈其二〉云：

莫笑青衫霜葉枯，六年不改舊稱呼。人間書疏非吾事，菜縷春盤何處無。(《秋崖詩詞校注》，頁 112)

詩中「六年不改舊稱呼」即是方岳自嘲六年以來，自己任架閣一職未曾改變。他自嘉熙二年（1238）除禮兵部架閣，至遭史嵩之論罷，始終擔任架閣的職位。〔註 60〕詩中末兩句「人間書疏非吾事，菜縷春盤何處無」則透露了方岳為官不順，有不如歸去的感慨。方岳此年亦有作詞〈最高樓．壬寅生日〉自壽：

溪南北，本自一漁舟。煙雨幾盟鷗。白魚不負鸕鶿杓，青蓑不減鷫鸘裘。怎無端，貪射策，覓封侯。　既不似、古人能識字。又不似、今人能識事。空老去，自宜休。帝鄉五十六朝暮，人間四十四春秋。問何如，茅一把，橘千頭。(《秋崖詩詞校注》，頁 652)

此詞雖為壽詞，卻全然不見生辰的慶賀之語，而是詞人的心情紀實。詞上闋為詞人自言，自己不過一鄉村匹夫，與鷗鷺為友，鸕鶿杓為酒杯，應指其放達醉飲，鷫鸘裘相傳為司馬相如的裘衣〔註 61〕，或有暗喻自己隱逸的神仙生活之意。〔註 62〕詞人不解自己這樣的人，「怎無端，貪

〔註 58〕〔宋〕方岳撰，秦效成校注，祖保泉、何慶善審訂：《秋崖詩詞校注》，〈方岳年譜〉，頁 703。

〔註 59〕〔元〕洪焱祖撰：〈秋崖先生傳〉，見於《秋崖詩詞校注》，頁 673。

〔註 60〕〔宋〕方岳撰，秦效成校注，祖保泉、何慶善審訂：《秋崖詩詞校注》，注一，頁 113。

〔註 61〕〔宋〕方岳撰，秦效成校注，祖保泉、何慶善審訂：《秋崖詩詞校注》，頁 652。

〔註 62〕司馬相如的作品有道家及神仙思想之旨趣，詳見趙雷撰：〈司馬相如的道家與神仙思想〉，《濟寧師範專科學校學報》第 5 期（2006 年 10 月），頁 25～30。

射策，覓封侯。」無端被授與官職，原來是權臣的挾怨報復。下闋自嘲自己不如今古之人，不會順應世事環境，似乎也反映方岳的個性固執剛強。詞人認為自己不如獨自老去來得閒適，「帝鄉五十六朝暮，人間四十四春秋。」點出此次居官五十六日即被罷，而詞人此年已經四十四歲。最後自問，得出的結論是「茅一把，橘千頭。」此處用《三國志》注引〈襄陽記〉之典，直言自己與其為官，不如居於舊茅屋，為後人留下一點生計財富。〔註63〕至此可見方岳對於朝廷頗有不滿，似有歸隱之心。

### （二）第二次罷官：奏格不下，憤而自罷

方岳的第二次罷官是在邵武（今福建省邵武縣）任上，然而事件源頭卻可以追溯自淳祐八年（1248），方岳知南康軍（今江西省星子縣）任上，因為懲處時任京湖制置使兼湖廣總領賈似道（1213～1275）的部屬，與其爆發衝突，稱作「尋體統」事，據〈洪傳〉記載如下：

> 自言之朝，丐祠。差知南康軍，郡當揚瀾左蠡之沖，風濤險惡，置以便泊舟。湖廣總所綱稍，據閘口，邀民錢萬，始得入閘。民船有覆溺者。秋崖取綱稍，杖之百。荊湖閫總領賈似道怒謂「無體統」。移文令秋崖具析。秋崖怒謂湖廣總領所，豈可於江東郡尋體統。大書數百語，有曰：「豈不知天地間有一方岳。」還其文，似道益不堪，遂劾諸朝。〔註64〕

從文中可見方岳不畏權勢、剛傲敢言的性格，不顧綱稍為賈似道人馬，公正不阿，甚至大斥天地間有一方岳，足見方岳對於自身的自信與驕傲，然而也因此招致調職，淳祐九年（1249），方岳差知邵武軍，〈洪傳〉曰：「朝不直似道，因兩易秋崖為邵武軍。」〔註65〕此舉卻也不能令方岳噤聲，他作〈兩易邵武軍謝廟堂〉又再提此事：

---

〔註63〕李衡呼橘為奴，畜橘養家。指可以維持生計的家產，或指前人為後人創造財富。詳見〔宋〕方岳撰，秦效成校注，祖保泉、何慶善審訂：《秋崖詩詞校注》，注五，頁652。

〔註64〕〔元〕洪焱祖撰：〈秋崖先生傳〉，見於《秋崖詩詞校注》，頁674。

〔註65〕〔元〕洪焱祖撰：〈秋崖先生傳〉，見於《秋崖詩詞校注》，頁674。

獨有湖廣之綱稍，敢據康廬之石閘。簿人於險，竟致漂淪。吁天何辜，有來赴愬，然則為之長者得不追而杖之夫！奚桀黠吏之單辭，已觸權貴人之盛怒。〔註 66〕

方岳為官清廉正直，由此可見，這樣的性格，卻也造就了他第二次的罷官。

淳祐十年（1250），方岳甫到任邵武就平定了作亂的賊寇，〈洪傳〉有記：「未至邵武二百里，峒頑作，馳急足榜諭之。寇知威名，迎拜車下而散。」〔註 67〕可見方岳威名遠播，可惜欲進一步誅討惡賊時，卻遭到朝廷的冷漠對待：

郡之廖姓，峒丁派也。教諭廖复之者，與峒表里，殺人殖貨，為郡梗。秋崖奏乞竄廖复之而誅廖宗禹。复之等多貲，先為計，奏格不下。〔註 68〕

方岳上奏請懲處廖姓，奏格卻延宕未果，自淳祐十年（1250）直至理宗寶祐元年（1253）冬，方岳憤而自動棄職返里，〈洪傳〉謂其「三上疏丐去」〔註 69〕，其此次罷官為憤恨自罷，去前有作詞〈水調歌頭·癸丑生日〉一闋：

老子興不淺，歸矣復言歸。不知歸又何處，知我者何希。幸有青山一片，付與白雲千載，便可樂漁磯。且盡一杯酒，春甕曉生肥。　　倩梅花，邀澗叟，醉林扉。五年今已如此，莫倚健於飛。日月籠中雙鳥，今古人間一馬，五十五年非。歸去不歸去，未了北山薇。(《秋崖詩詞校注》，頁 663～664）

詞上闋首四句表達自已有歸去之思，並控訴「知我者何希」，可推斷應是奏格不下一事，又使詞人感到朝廷知音難遇。下五句直言所幸有青山白雲可以託付，透露出對垂釣樂飲的歸隱生活的嚮往，可知官場不

〔註 66〕〔宋〕方岳撰：《秋崖集》，卷十九，〈兩易邵武軍謝廟堂〉，頁 373。
〔註 67〕〔元〕洪焱祖撰：〈秋崖先生傳〉，見於《秋崖詩詞校注》，頁 674。
〔註 68〕〔元〕洪焱祖撰：〈秋崖先生傳〉，見於《秋崖詩詞校注》，頁 674。
〔註 69〕〔宋〕方岳撰，秦效成校注，祖保泉、何慶善審訂：《秋崖詩詞校注》，〈方岳年譜〉，頁 722。

如意已使詞人感到倦怠。下闋的「五年今已如此」是實數，自方岳淳祐九年（1249）差知邵武軍，至寶祐元年（1253）罷官正是五年的時間，五年邵武軍任上，使詞人感到窒礙難行，「日月籠中雙鳥，今古人間一馬」是方岳自比，有坐困之感〔註 70〕，又言「五十五年非」，可見此詞作於罷官當年，方岳正過五十五歲的生日。「歸去不歸去，未了北山薇。」說明自己歸情未了，懷抱對歸隱的憧憬，也可看出其求去之心益切。

方岳憤而自動棄職之後，朝廷聞訊又以「氣憤詞率」為罪追罷其官〔註 71〕，因此方岳又作〈聞罷〉一詩，詩中有「一梨春與平生事，莫與諸公作話頭」〔註 72〕等語，又〈得歸〉詩言：「日日言歸使得歸，歸歟好在舊牛衣。」〔註 73〕傳達自己對於歸隱的渴望以及對南宋朝廷的失望。

### （三）第三次罷官：丁大全入相，報復不從

方岳自邵武罷官後，期間雖幾次任官，都辭而不就，直至寶祐四年（1256）八月，與方岳交好的右丞相程元鳳（1200～1269）薦知袁州才再次出仕，此時的方岳已經五十八歲。打破原本失望決意不仕的決心，卻也不抱任何期待，此年方岳有作詩〈自嘲〉一首：

> 耕雨雖微負郭田，臥雲抵用買山錢。春蓑健犢寧無語，又寫前銜見集賢。（《秋崖詩詞校注》，頁 129）

方岳此次看在程元鳳為相的份上出任，因此作此詩以自嘲自己辜負了隱居生活。而果真好景不長，寶祐六年（1258）四月，程元鳳罷相，《宋

〔註 70〕唐・杜甫〈衡州送李大夫勉赴廣州〉：「日月籠中鳥，乾坤水上萍。」浦起龍曰：「日月，至動也；自留滯者值之，覺年年坐困。」詳見〔宋〕方岳撰，秦效成校注，祖保泉、何慶善審訂：《秋崖詩詞校注》，注三，頁 664。

〔註 71〕〔宋〕方岳撰，秦效成校注，祖保泉、何慶善審訂：《秋崖詩詞校注》，〈方岳年譜〉，頁 722。

〔註 72〕〔宋〕方岳撰，秦效成校注，祖保泉、何慶善審訂：《秋崖詩詞校注》，頁 254。

〔註 73〕〔宋〕方岳撰，秦效成校注，祖保泉、何慶善審訂：《秋崖詩詞校注》，頁 255。

史・程元鳳傳》:「會大全謀奪相位，元鳳力辭。」〔註 74〕可見程之去位，乃丁大全（1191～1263）陰謀所致。丁大全隨後進右丞相兼樞密使，得以對方岳挾嫌報復。〔註 75〕

重返官場的方岳，剛傲之性依舊，〈洪傳〉記載:「時丁大全當國矣。以書屬是不從……除尚書左郎官。」〔註 76〕方岳因不從丁大全之命令〔註 77〕，理宗開慶元年（1259），改除尚書左郎官後，大全嗾九江制置使袁玠（生卒年不詳）劾罷之。〔註 78〕此次被罷官之後，袁玠更下岳於原郡，至袁州追討釘錢，勒索人民，更又追岳至故里，迫其售田償之，由此可見丁黨之惡。〔註 79〕方岳有詩〈被劾〉二首，即記遭丁大全索賄一事，〈其二〉有云:「每為世情三太息，不知吾亦是苞苴。」(《秋崖詩詞校注》，頁 130）方岳指控自己為朝廷、鄉里上策治世，卻遭人索賄。〔註 80〕

此次罷官方岳已經六十一歲，隔年賈似道再為相，雖欲起知撫州，方岳堅決不就，已無出仕意，可想見對於朝廷失望之情，大全一事恐對其傷害頗深，直至理宗景定三年（1262），方岳六十四歲，卒於家，期間皆未再出仕為官。

---

〔註 74〕〔元〕脫脫撰:《宋史》,〈列傳・程元鳳〉，頁 12522。

〔註 75〕〔宋〕方岳撰，秦效成校注，祖保泉、何慶善審訂:《秋崖詩詞校注》,〈方岳年譜〉，頁 728。

〔註 76〕〔元〕洪焱祖撰:〈秋崖先生傳〉，見於《秋崖詩詞校注》，頁 675。

〔註 77〕丁大全曾命岳為其造宅，差舟買釘，求買釘錢，岳不與。詳見〔宋〕方岳撰，秦效成校注，祖保泉、何慶善審訂:《秋崖詩詞校注》,〈方岳年譜〉，頁 728。

〔註 78〕〔宋〕方岳撰，秦效成校注，祖保泉、何慶善審訂:《秋崖詩詞校注》,〈方岳年譜〉，頁 729。

〔註 79〕〔元〕洪焱祖撰:〈秋崖先生傳〉，見於《秋崖詩詞校注》，頁 675。

〔註 80〕三太息，賈誼數上疏陳政事，長太息者六，誼僅曰三，唐・顏師古注曰:「誼上疏言可為長太息者六，今此至三而止，蓋史家直取其要切者耳。故下贊云掇其切於世事者者於傳。」推測方岳此意指自己上策論政事等作為，詳見〔漢〕班固撰、〔唐〕顏師古注:《漢書》(北京:中華書局，1987 年)，卷四十八，頁 2260；苞苴，納賄於人。〈荀子・大略〉:「苞苴行與？」楊倞注:「貨賄必以物苞裹，故謂之苞苴。」見〔宋〕方岳撰，秦效成校注，祖保泉、何慶善審訂:《秋崖詩詞校注》，注二，頁 130。

## 第四節　著作甚豐，詞作甚少

方岳一生著述豐富，現今留存詩有上千餘首，其詩以江湖派著稱。關於其著作，〈洪傳〉有記：「有《秋崖小稿》行於世，重修《南北史》一百一十卷，《宗維訓錄》十卷，未傳。」〔註 81〕而如前文於「前人研究概況」已述，前人學者研究多偏重於詩的成就，專論詞者甚少。方岳詞於《全宋詞》中收錄僅七十四首，所依據的應是明刊本的《秋崖先生小稿》〔註 82〕，與族人方謙所刊刻的明嘉靖四年（1525）重刻本最為接近，據前人研究指出，現存最早的刊刻本即是方謙所刊本。〔註 83〕方岳親自編撰的宋本已未見，又《全宋詞補輯》再補充方岳詞四首〔註 84〕，總共七十八首詞作，也可見即使是明刊本的《秋崖先生小稿》，方岳著作流傳至明代也已經多有散失，正如方謙序言所述：「自元徂今，二百年矣，斷簡殘篇，零落無幾。」〔註 85〕而今由秦效成先生所校注的《秋崖詩詞校注》一書則有詞作九十一首，其中也包含《全宋詞》與《全宋詞補輯》共七十八首的詞作。此書為研究方岳詩詞最佳之校注本，本論文便以此書為研究的底本。

方岳詞為其詩之盛名埋沒，觀覽他的著作版本，詩與詞皆流傳已久，雖不免經歷散佚，卻大抵能保持原貌，這有賴其後代子孫的貢獻，

---

〔註 81〕〔元〕洪焱祖撰：〈秋崖先生傳〉，見於《秋崖詩詞校注》，頁 675。

〔註 82〕《全宋詞》中記載方岳所著有《秋崖先生小稿》，另有「園景元本秋崖先生小稿卷之三十八」的字樣，可知翻印自宋、元、明時期刊本，而《秋崖先生小稿》今存僅見明刊本，而未有元刊本，可見所指應為明刊本《秋崖先生小稿》八十三卷。詳見唐圭璋編：《全宋詞》，頁 2834、2850。

〔註 83〕郭瑾撰：〈《秋崖小稿》的成書及刊行流傳〉，《青年作家》，頁 188。

〔註 84〕《全宋詞補輯》據明抄本《詩淵》第二十五冊一書補方岳詞四首，分別為〈滿江紅・壬子生日〉、〈水調歌頭・癸丑生日〉、〈滿庭芳・甲寅生日〉及〈江神子・丙辰生日〉幾年詩骨雪槎牙。《全宋詞補輯》：「這裡有方岳的四首詞，它們和《全宋詞》中方岳的詞語言、格調完全一樣。說明方岳的詞有不少散失。」詳見孔凡禮輯：《全宋詞補輯》（臺北：源流出版社，1982 年），〈引言〉頁 4、頁 83～84。

〔註 85〕〔明〕方謙撰：〈秋崖先生集序〉，見於《秋崖詩詞校注》，頁 678。

如《秋崖詩詞校注》一書的版本依據：

> 《秋崖詩詞校注》，原作據清乾隆三十五年（1770）方岳十四世裔孫方鵬泰刊本《秋崖先生小稿》為底本，主要校以《四庫全書》收錄的《秋崖集》，同時參校了光緒乙未（1895）祁門知縣黃澍芬、胡廷琛的《秋崖先生小稿》重刊本。乾隆本為明嘉靖中方岳裔孫方謙刊本的重刊，分詩三十四卷、詞四卷。……此次整理，凡《四庫》本對篇目所做改、刪、增補者，一般出校說明。〔註86〕

秦效成先生所述方岳著作之版本甚詳。其在單篇論文〈方岳研究三題〉〔註87〕中有詳細考證，並指出明嘉靖四年（1525）乙酉方謙（生卒年不詳）〔註88〕重刻的《秋崖小稿》本為方岳後裔三輩人的合作結晶〔註89〕，其對於方岳著作流傳之貢獻有三：一是此刻本「保持方岳詩文原貌上具有真實可信的突出特徵，堪稱善本。」〔註90〕二是此刻本成為入清以後方氏後裔和邑人兩次「翻刻」的雙重依據。三是此刻本大量保留了明嘉靖刻工的名姓。〔註91〕清代的兩次翻刻，指的即是後來的方鵬泰（生卒年不詳）〔註92〕刊本《秋崖先生小稿》及清光緒乙未（1895）的《秋崖

〔註86〕〔宋〕方岳撰，秦效成校注，祖保泉、何慶善審訂：《秋崖詩詞校注》，〈前言〉，頁15。

〔註87〕秦效成撰：〈方岳研究三題〉，頁81～86。

〔註88〕方謙，岳九世孫，字純吉，祁門城北人，明弘治十二年（1499）進士，曾任工部主事督蕪湖關稅，著有《偉溪稿》。參見於〔清〕黃虞稷撰：《千頃堂書目》（上海：上海古籍出版社，2001年7月），卷二十一，頁538。

〔註89〕秦效成撰：〈方岳研究三題〉，頁83。

〔註90〕秦效成撰：〈方岳研究三題〉，頁84。

〔註91〕秦效成撰：〈方岳研究三題〉，頁84。

〔註92〕方鵬泰，岳十四世裔孫，居城北。因方岳入祀名宦鄉賢祠，乾隆三十年（1765）曾出資首倡重修鄉賢祠。前人論文《南宋方岳詩歌研究》於〈附錄二．方岳親屬表〉中將其誤植為方謙。《祁門縣志．學宮》載教諭姜承梅〈新建名宦鄉賢祠碑記〉：「有方生鵬泰者，與候選郡司馬張君德馨，暨其子蘭芝，毅然請任其事……。」詳見〔清〕周溶修、汪韻珊纂：《祁門縣志》（臺北：成文出版社，1975年），卷十七，〈學校志．學宮〉，頁691～693。

先生小稿》重刊本，由此可見方氏後代對方岳作品保存的重要性。

而據《全宋詞》本與《秋崖詩詞校注》兩相比對，校注本中缺漏一首〈八六子．子壽父〉〔註 93〕，其餘皆相同，因此《全宋詞》共有七十三闋與《秋崖詩詞校注》相同，有一闋校注本未收錄。再根據秦效成先生對《秋崖詩詞校注》的版本說明，可知此校注本是以《秋崖先生小稿》乾隆本為底本，輔以《秋崖集》、光緒乙未（1895）祁門知縣黃澍芬、胡廷琭的《秋崖先生小稿》重刊本，今查閱《秋崖集》，亦無收錄〈八六子．子壽父〉一闋，若《秋崖先生小稿》乾隆本又是明嘉靖中方岳裔孫方謙刊本的重刊本，而《秋崖集》又是以方謙本為底本〔註 94〕，那所收應與《全宋詞》所依據的版本相同，恐是《秋崖先生小稿》乾隆本重刊時有缺漏，又或者《秋崖集》編訂時遭到刪減〔註 95〕，今已未可考證，只可推知方岳現今存詞實有九十二首。而《秋崖詩詞校注》因主要是以《秋崖集》的版本作為校對依據，因此據兩相比對，所收錄詞作皆為九十一闋，版本皆同，故可見《秋崖詩詞校注》未收錄〈八六子．子壽父〉一闋，乃是因為其以《秋崖集》作為校對依據的關係。

蓋本小節筆者所欲整理的方岳著作版本，前人已有部分研究，然多夾雜論證，平舖直述，閱覽不易。在蒐羅資料中也發現，明嘉靖年間方氏家族曾有家塾刊本，前人皆未提及。因此筆者在前人研究基礎上，加以歸納，並補充前人整理缺漏之部分，爬梳成表格如下，使後人讀者易於查閱：

〔註 93〕詳見唐圭璋編：《全宋詞》，頁 2850。

〔註 94〕據前人研究指出，《秋崖集》是以所載較完備的明嘉靖乙酉本《秋崖小稿》為主要底本，除把底本的「詩集」置前「文集」移後和併原本八十三卷為四十卷外，其整體篇目次序基本上仍保持明嘉靖本《小稿》的原貌。詳見秦效成撰：〈方岳研究三題〉，頁 85。

〔註 95〕前人研究指出，四庫本《秋崖集》擅刪擅改嚴重，對《秋崖小稿》原收詩文都有刪減、改字，導致許多篇章已失原貌，也使《秋崖集》在版本方面成為具有嚴重缺陷的次品。詳見秦效成撰：〈方岳研究三題〉，頁 86。

| 書　名 | 刊刻者 | 刊刻時間 | 備　註 |
| --- | --- | --- | --- |
| 《秋崖小稿》 | 方岳 | 南宋淳祐五至六年（1245～1246）刊本，今未見。 | 《秋崖小稿》原是方岳親手編訂，其詩有「小稿曾經到講台」〔註96〕、「斷稿略堪供醬瓿」〔註97〕等語，均寫於淳祐五至六年。〔註98〕 |
| 《秋崖新稿》三十一卷 | 方石、方貢孫 | 南宋寶祐五年（1257）刻本，今未見。 | 方謙有言：「《秋崖集》宋臨安有刻本，勝國時竹溪書院有刻本，又有耐軒高世私刻本。」〔註99〕李汛序言：「迨先生之後咸淳進士曰貢孫，寶祐進士曰石者，又翻刻於竹溪書院。」〔註100〕其中臨安刻本即為淳祐年間的《秋崖小稿》，耐軒高世私刻本為方石所刻〔註101〕，皆翻刻於竹溪書院。 |
| 《方秋崖先生全集》八十三卷 | 方謙 | 明嘉靖四年（1525）重刻本。 | 方謙序言：「自元徂今，二百年矣，斷簡殘篇，零落無幾。」〔註102〕可見宋本已難見其全貌。此本為明代收錄方岳著作最全的刊本。〔註103〕 |
| 《秋崖先生小稿》八十三卷 | 方氏家塾 | 明嘉靖六年（1527）祁門方氏家塾刊本。 | 正文卷端題「宋方巨山先生著《秋崖小藁》工部草堂藏板」又有收錄方謙〈秋崖先生集序〉及李汛〈秋崖小稿序〉兩序。〔註104〕 |

〔註96〕〔宋〕方岳撰：〈次韻章太博遷近承不入〉之三，見於《秋崖詩詞校注》，頁355。

〔註97〕〔宋〕方岳撰：〈次韻辟雍同舍用予魁字韻〉，見於《秋崖詩詞校注》，頁410。

〔註98〕秦效成撰：〈方岳研究三題〉，頁82。

〔註99〕〔明〕方謙撰：〈秋崖先生集序〉，見於《秋崖詩詞校注》，頁678。

〔註100〕〔明〕李汛撰：〈秋崖小稿序〉，見於《秋崖詩詞校注》，頁675。

〔註101〕秦效成撰：〈方岳研究三題〉，頁83。

〔註102〕〔明〕方謙撰：〈秋崖先生集序〉，見於《秋崖詩詞校注》，頁678。

〔註103〕秦效成撰：〈方岳研究三題〉，頁84。

〔註104〕此本應為明嘉靖四年（1525）方謙本之翻刻，現有藏於國家圖書館善本書室。

| 《秋崖先生小稿》 | 方鵬泰 | 清乾隆三十五年（1770）庚寅本。 | 〈秋崖小稿敘〉：「其刊自開化建陽與竹溪書院者，率皆逸於兵火；此本成於嘉靖乙酉間，迄今散亡者又不啻十之一二矣。」〔註 105〕由此可見此本乃依據明嘉靖乙酉本翻刻。 |
|---|---|---|---|
| 《秋崖集》四十卷 | 乾隆間四庫館臣 | 清乾隆四十六年（1781）刊本。 | 此本以浙江鮑士恭〔註 106〕家藏本為底本，即為知不足齋藏本。《四庫全書總目提要・秋崖集四十卷》：「其集世有二本，一為《秋崖新稿》，凡三十一卷，乃從宋寶祐五年刻本影鈔。一為《秋崖小稿》，凡文四十五卷，詩三十八卷，乃明嘉靖中其裔孫方謙所刊。今以兩本參校，嘉靖本所載較備，然寶祐本所有而嘉靖本所無者，詩文亦尚各數十首。又有別行之本，題曰《秋崖小簡》，較之本集多書札六首。謹刪除重複，以類合編，併成一集，勒為四十卷。」〔註 107〕 |
| 《秋崖先生小稿》 | 黃澍芬、胡廷琭 | 清光緒乙未（1895）重刊本。 | 據黃氏所撰可知其為祁門縣令，他於〈秋崖小稿光緒本後記〉有言：「余今年來官祁門，公余征考文獻，得此讀之，即所云嘉靖本也。旋從其裔得原刊板檢校，計缺若干頁，亟思補刻。適胡君廷琭先有是志，與商之，毅然從事。爰屬鈔付手民，復歸完美。」〔註 108〕 |

〔註 105〕〔清〕陳淼撰：〈秋崖小稿敘〉，見於《秋崖詩詞校注》，頁 679。

〔註 106〕鮑士恭，歙縣長塘人。清朝藏書家。生卒年不詳，藏書家鮑廷博（1728～1814）之子。

〔註 107〕〔清〕永瑢、紀昀等撰：《四庫全書總目提要》（臺北：臺灣商務印書館，1976 年 12 月），別集類十七，〈秋崖集四十卷〉，頁 3422。

〔註 108〕〔清〕黃澍芬撰：〈秋崖小稿光緒本後記〉，見於《秋崖詩詞校注》，頁 681～682。

# 第三章　方岳詞與南宋政壇

方岳生於南宋寧宗末年，二十六歲時理宗即位，此年他尚未科舉及第，可以說一生為官都在理宗時期。宋理宗在位四十年，總共更換了八次年號，力求朝政平穩，可見當時的南宋政壇動盪不安。方岳直到三十四歲才登進士第，於鄉里之間已多有交游。任官以後經歷了史彌遠、史嵩之、賈似道、丁大全等奸臣先後把持朝政，三次罷官，前文已有詳述。

然而方岳為官期間亦不乏較順遂的時刻，如他自端平二年（1235）至嘉熙四年（1240）居趙幕期間，代葵為文，廣交諸閫政要，詩聲隨之益顯〔註1〕，故方岳的詩詞之中有許多與官場權臣的交游。又如淳祐五年（1245）為左丞相范鍾（生年不詳，卒於1249年）起復為禮兵部架閣以來，屢遷升，廣交游，所作詩文頗多，聲明益高。〔註2〕方岳詩文之豐，前人已有研究，而於詞作部分，方岳所論及的對象較詩文稀少，且多屬官宦人士，應與詞本娛賓遣興之聲，廣為應酬之用有關，又他的交流對象深受他政治理念的影響，也因此使方岳的詞作與南宋政壇息息相關。

---

〔註1〕〔宋〕方岳撰，秦效成校注，祖保泉、何慶善審訂：《秋崖詩詞校注》，〈方岳年譜〉，頁701。

〔註2〕〔宋〕方岳撰，秦效成校注，祖保泉、何慶善審訂：《秋崖詩詞校注》，〈方岳年譜〉，頁714。

## 第一節　政治理念

方岳的科舉之路兩次落第，直至三十四歲登第，正如前章所論，在其金榜題名以前，已經於鄉里小有名氣，且受時代理學盛行之影響，思想也受到了理學的薰陶，前人研究方岳者，多有關注到此一現象：

> 方岳的學術思想就是以朱熹學說為核心的程朱理學，對其影響主要有兩點：其一是性格道德情操方面，其二是創作中的理趣方面。這對我們理解其一生的經歷和文學創作有很大的幫助。〔註3〕

承前人所言，程朱理學尤其在方岳的為官態度上影響甚深，以天下為己任的使命感造就了他的愛國情懷，也影響了他於官場上的交游來往，多是忠義為國之士。

端平二年（1235），方岳於進入趙幕期間平定「高郵軍哄」一事，〈洪傳〉有記載：「高郵軍卒哄，（岳）以制命往易置其事，戮首惡數人，一城帖然。趙葵曰：『儒者知兵，吾巨山也。』」〔註4〕可知方岳非紙上談兵的文人，其不僅在詞體上繼承了辛派詞人的愛國風格，也與少年起義，奉表南歸的辛棄疾（1140～1207）一般知兵能戰。

淳祐五年（1245），方岳從閒居中復出，受左丞相范鍾所召，任禮兵部架閣〔註5〕，他稱此次復出是「及時之復，群陰伏而微陽升矣。小人以退，君子以進。」〔註6〕可見即使一度閒居，方岳仍心懷治世的理想。方岳也於此年獲得論對的機會，〈洪傳〉記：

> 論對，首言化瑟雖更，王心未一。謂之剛果，時而陰柔；謂之清明，時而陰晦。殫土木以彰寵賂，何以訓吏；廉污環列以示暱私，何以杜憸謁。奏畢，言東西閫和戰之議，且述代

〔註3〕吳樹燊撰：《方岳詩詞研究》，頁7～8。

〔註4〕〔元〕洪焱祖撰：〈秋崖先生傳〉，見於《秋崖詩詞校注》，頁673。

〔註5〕〔宋〕方岳撰，秦效成校注，祖保泉、何慶善審訂：《秋崖詩詞校注》，〈方岳年譜〉，頁707。

〔註6〕〔宋〕方岳撰：《秋崖集》，卷二十四，〈與吳尚書〉，頁436。

> 書掇怒之由，上再三嘉嘆。〔註 7〕

〈洪傳〉此處記載的論對，即指方岳所撰的〈第一札子〉，首先果敢直言皇帝王心不定，決策搖擺，則官吏難以信服，寵賂盛行，清廉與汙吏之官並列，何以正朝廷風氣。「奏畢，言東西閫和戰之議，且述代書掇怒之由」再解釋淳祐二年（1242），他代趙葵擬稿書，責備史嵩之而遭挾怨報復的緣由，乃是因為史嵩之擅權專政，主張與蒙古議和之故。〔註 8〕此論也受到皇帝的讚賞。他在〈第一札子〉又指出：

> 所謂一德者，天德也。於更化乎，何有不然？元祐一更化也，紹聖又一更化也。事會無極，臣懼焉而已矣。惟陛下留神取進止。〔註 9〕

更化可指變革之意。〔註 10〕方岳擔憂南宋奸臣把持的朝政，會步上如北宋元祐、紹聖年間新舊黨爭，因人易政的政策反覆使得人民與官員無所適從的後塵，足見其直指當朝弊端的見解。他也同時堅持自身愛國主戰之理念，解釋「代書掇怒之由」，是指於趙幕期間，多次為趙葵代書而觸怒史嵩之一事。方岳政治理念分明，堅持不與元議和的觀點，為皇帝所讚賞，乃遷岳為太學正兼榮王邸教授。〔註 11〕

除了洞悉朝廷弊端及堅持主戰之理念，他代范鍾所擬的〈代范丞相〉奏札中更提出十點政見，分別依序列舉為一正人心、二定國本、三

---

〔註 7〕〔元〕洪焱祖撰：〈秋崖先生傳〉，見於《秋崖詩詞校注》，頁 673。

〔註 8〕〔宋〕方岳撰，秦效成校注，祖保泉、何慶善審訂：《秋崖詩詞校注》，〈方岳年譜〉，頁 703。

〔註 9〕〔宋〕方岳撰：《秋崖集》，卷十八，〈論對第一札子〉，頁 348。

〔註 10〕元豐八年（1085 年）三月，支持王安石變法的宋神宗病逝，舊黨人士重新掌權，宋哲宗繼位時年僅十歲，改年號「元祐」，太后干政，全盤推翻變法，稱作「元祐更化」。哲宗對此不滿，高太后去世後，哲宗重新掌權，推翻「元祐更化」，改年號「紹聖」，意為承紹聖人（指其父神宗）。王夫之稱哲宗親政後：「在位十四年中，無一日而不為亂媒，無一日而不為危亡地，不徒紹聖為然矣。」詳見〔清〕王夫之撰：《宋論》（臺北：金楓出版，1986 年），卷七，〈哲宗四〉，頁 197。

〔註 11〕〔宋〕方岳撰，秦效成校注，祖保泉、何慶善審訂：《秋崖詩詞校注》，〈方岳年譜〉，頁 709。

別人材、四謹王言、五節邦用、六計軍賞、七徽士習、八清仕途、九結人心、十祈天命。〔註 12〕此文可以說為方岳對於國家的政治見解的展現。而方岳也對於朝廷未來局勢能夠居安思危，從長遠而論，淳祐六年（1246），方岳第二次論對〔註 13〕，此年為丙午之年，歷來凶事居多，方岳在〈第二札子〉中謂「今茲丙午為自古厄運」、「臣恐憂世之言，有時而驗也」〔註 14〕表達對於此年的憂慮，並指出左丞相范鍾已老，深恐朝廷無以為繼。

方岳的政治理念在於為國治世，主戰以保全國家，並且政見具體而不空談，因此於官場交游之中多結識同類之人，影響了他詞作中愛國情懷的展現以及唱和贈與的對象，下節則以詞作有提及者為依據介紹之。

## 第二節　政壇交友

方岳於鄉里間潛心苦讀，至三十四歲才金榜題名，此前亦結交不少鄉友，多有詩唱和，而有趣的是方岳詞作中所唱和贈與的對象，幾乎都以為官時期的官員同僚為主，與鄉友、故友的唱和較少。據邱伶美所撰的《南宋方岳詩歌研究》中可見，方岳詩作所贈與、唱和的對象除了官員同事外，還包含了鄉友、同榜進士、朋友、學生等等〔註 15〕，相較於詩作，方岳詞作所提及的對象則多以官場為主，鮮少與親友間的交往痕跡，可推知方岳習慣以詞作應酬，也由此可見詞體本娛樂應酬之用的特性。

方岳為官期間，主要以趙幕時期的端平二年（1234）至嘉熙四年（1240）之間，以及淳祐五年（1245）為左丞相范鍾起復為禮兵部架閣以來，至淳祐八年（1248）在臨安（今浙江省杭州市）、南康（今江西

〔註 12〕〔宋〕方岳撰：《秋崖集》，卷十八，〈代范丞相〉，頁 336～343。
〔註 13〕〔宋〕方岳撰，秦效成校注，祖保泉、何慶善審訂：《秋崖詩詞校注》，〈方岳年譜〉，頁 710。
〔註 14〕〔宋〕方岳撰：《秋崖集》，卷十八，〈論對第二札子〉，頁 350。
〔註 15〕詳見邱伶美撰：《南宋方岳詩歌研究》，頁 11～25。

省星子縣）活躍的期間交游最廣，詞中提及的許多對象也結識於此期。故本節即以詞作中可明確知悉對象者為主，以與對象相關者為輔，並約略依照方岳為該對象所作之詞的數量多寡排序，論述方岳詞中的交游情形。

### （一）趙葵

趙葵（1186～1266），字南仲，號信庵，一號庸齋。京湖制置使方之子，衡山（今屬湖南）人。嘉定十年（1217）金將高琪犯襄陽，趙葵率兵擊破之。嘉定十四年（1221）進兵唐州（今襄陽東北部），以戰功知棗陽軍。嘉定十五年（1222），任廬州（今安徽省合肥市）通判。端平元年（1234）出兵河南收復三京，為蒙古軍大敗，史稱端平入洛。嘉熙元年（1237）以寶章閣學士知揚州，二年（1238）以應援安豐（今江蘇省一帶）捷，奏拜刑部尚書，進端明殿學士。咸淳元年（1265），加少傅，曾任右丞相兼樞密使。咸淳二年（1266）坐船返回湖南，至小孤山（今江西省彭澤縣），卒於舟中，年八十一。贈太傅，諡忠靖。著有《行營雜錄》，趙葵工繪畫，傳世作品有《杜甫詩意圖》卷。〔註16〕

方岳與趙葵相關的詞作最多，也有詩作，他曾作七言絕句〈書趙相公梅卷〉〔註17〕應是為趙葵畫作題詩，又有〈次韻趙端明萬花園〉四首〔註18〕稱讚趙葵所建的萬花園等。除了詩詞外，方岳與趙葵的書稿也相通頻繁，其中影響兩人關係最劇的，乃是方岳於嘉熙二年(1238)作的〈與趙端明〉一書，直言趙葵缺失，日後欲離開幕府，又遭趙葵強留，兩人嫌隙日深。〔註19〕《秋崖集》四庫總目提要則有言：「……與

---

〔註16〕〔元〕脫脫撰：《宋史》，〈列傳．趙葵〉，頁12499～1250。

〔註17〕趙相公即趙葵，詩曰：「一梢兩梢曉灘月，三花五花暮江雪。春風到手眼生寒，煙水村深有茅蕝。」詳見〔宋〕方岳撰，秦效成校注，祖保泉、何慶善審訂：《秋崖詩詞校注》，頁125。

〔註18〕〔宋〕方岳撰，秦效成校注，祖保泉、何慶善審訂：《秋崖詩詞校注》，頁169～170。

〔註19〕〔宋〕方岳撰，秦效成校注，祖保泉、何慶善審訂：《秋崖詩詞校注》，〈方岳年譜〉，頁696。

趙葵書，責葵馭軍之失，指陳切直，不失為忠告。」〔註 20〕即是指此篇書簡，本文於第二章第三節中已有詳論。在方岳居趙葵幕府的時期，他也時常為趙葵代筆，如端平二年（1235）七月，朝廷追謚趙葵之父趙方（嘉定十五年，1222 年卒）謚號「忠肅」，方岳為趙范（趙葵兄，1183～1240）、趙葵兄弟代作〈趙忠肅賜謚謝表〉〔註 21〕，又如趙范卒後，有代趙葵作祭文〈祭趙龍圖〉〔註 22〕等。

趙葵一生為官經歷豐富，位及丞相，且戰功彪炳，皇帝親讚其是「在行陣又能率先士卒，捐身報國」。〔註 23〕方岳於端平元年（1234）任滁州教授期間結識趙葵〔註 24〕，正是趙葵初嘗端平入洛敗績，官遭削一秩的時期，詳細已見前文趙葵生平處。方岳為趙葵戰敗不平，兩人理念可說是一拍即合，方岳有作詞〈沁園春・壽趙尚書〉，詞中「略已三年，可曾一笑，天豈慳吾老子哉。」〔註 25〕稱讚趙葵自戰敗中奮起，嘉熙元年（1237）援黃州（今湖北省一帶）、安豐（今江蘇省一帶）有功的事蹟。於趙幕期間亦有許多相處的點滴於詞作之中，如〈酹江月・萬花園用朱行甫韻呈制帥趙端明〉中「油幕文書談笑了，余事盡堪茶酒」〔註 26〕寫兩人同遊趙葵的萬花園，又如〈浣溪沙・趙閣學餉蝤蛑酒春螺〉：「半殼含潮帶靨香，雙螯嚼雪迸臍黃」直言兩人品蟹的美味過程，蝤蛑為蟹類，味美而性寒。〔註 27〕詞題中的「餉」有贈與食物之

〔註 20〕〔宋〕方岳撰：《秋崖集》，〈提要〉，頁 182。

〔註 21〕〔宋〕方岳撰：《秋崖集》，卷十七，〈趙忠肅賜謚謝表〉，頁 321。

〔註 22〕〔宋〕方岳撰：《秋崖集》，卷三十九，〈祭趙龍圖〉，頁 606。

〔註 23〕〔元〕脫脫撰：《宋史》，〈列傳・趙葵〉，頁 12502。

〔註 24〕〔宋〕方岳撰，秦效成校注，祖保泉、何慶善審訂：《秋崖詩詞校注》，〈方岳年譜〉，頁 689。

〔註 25〕〔宋〕方岳撰，秦效成校注，祖保泉、何慶善審訂：《秋崖詩詞校注》，頁 611。

〔註 26〕〔宋〕方岳撰，秦效成校注，祖保泉、何慶善審訂：《秋崖詩詞校注》，頁 632。

〔註 27〕〔宋〕方岳撰，秦效成校注，祖保泉、何慶善審訂：《秋崖詩詞校注》，頁 638。

意〔註 28〕，可推測趙葵贈蟹與方岳。觀前文所提及兩人密切的詩文來往，以及屢次為趙葵作代筆，甚至包辦重要至親的祭文等等，可見兩個人的關係深厚。

方岳於趙幕時期廣交友，如其有〈別子才司令〉詩〔註 29〕與詞作〈滿庭芳．壽劉參議〉〔註 30〕，全子才（生卒年不詳）〔註 31〕及劉參議子澄（生卒年不詳）〔註 32〕皆為趙葵下屬，方岳與二人是透過趙葵而相識。無奈方岳直傲進言得罪趙葵，於生平經歷中已見，使得趙葵日後亦成為方岳對官場不滿，多有埋怨的來源之一，其詞作〈江神子．發金陵〉有「縱使鍾山青眼在，終不似，侶漁樵。」〔註 33〕一語，直言縱使趙葵對自己賞識，也不如隱居與自然為友，可見趙葵對於方岳為官生涯與詞作內容影響之深。

### （二）吳柔勝、吳淵、吳潛

吳柔勝（1154～1224），字勝之。寧國府宣城縣（今安徽省宣州）人，淳熙八年（1181）進士，授南康軍都昌縣主薄。曾因慶元黨案爆發被牽連，罷官，閒居十餘年。歷知太平州，終朝奉大夫、秘閣修撰。主朱熹之學，宋寧宗嘉定十七年（1224）卒，年七十一。有子吳淵、吳潛，

〔註 28〕餉，贈與食物。例見唐．王維〈積雨輞川莊作〉詩：「積雨空林煙火遲，蒸藜炊黍餉東菑。」典出〔唐〕王維撰，陳鐵民校注：《王維集校注》（北京：中華書局，1997 年），頁 444～445。

〔註 29〕〔宋〕方岳撰，秦效成校注，祖保泉、何慶善審訂：《秋崖詩詞校注》，頁 132。

〔註 30〕〔宋〕方岳撰，秦效成校注，祖保泉、何慶善審訂：《秋崖詩詞校注》，頁 259。

〔註 31〕端平元年（1234），八月癸酉，詔：「全子才任關陝制置使、知河南府、西京留守。」與趙葵同主戰。詳見〔元〕脫脫撰：《宋史》，〈本紀．理宗〉，卷四十一，頁 803。

〔註 32〕劉子澄，字清叔，泰和人。嘉定十二年（1220）進士，官棗陽令，以較畫軍事忤賈似道遭貶。後隱廬山，有玉淵唫集。除軍器監簿兼淮西安撫司參議官制，原趙葵帳下參議官。見昌彼得等編：《宋人傳記資料索引》（臺北：鼎文書局，2001 年），頁 3919。

〔註 33〕〔宋〕方岳撰，秦效成校注，祖保泉、何慶善審訂：《秋崖詩詞校注》，頁 656。

謚正肅。〔註34〕

吳淵（1190～1257），字道父，號退庵，祖籍宣州寧國（今安徽省宣州）人，秘閣修撰吳柔勝第三子，宋寧宗嘉定七年（1214）進士。理宗紹定三年（1230 年）除秘書丞，直煥章閣、知平江府，次年提點浙西刑獄。寶祐五年（1257）以援川蜀有功拜觀文殿學士、正奉大夫、兵部尚書、參知政事，卒謚莊敏。好興學養士，為政嚴酷，撰有《周易解》，今佚。另有《退庵集》，存詞 6 首，今有收於《全宋詞》。〔註35〕

吳潛（1195～1262），字毅夫，號履齋，宣州寧國（今安徽省宣州）人，秘閣修撰吳柔勝第四子，宋寧宗嘉定十年（1217 年）丁丑科狀元。淳祐十一年（1251）入京為參知政事，授右丞相兼樞密使。開慶元年（1259）進封許國公。景定元年（1260）因忤逆賈似道，七月謫建昌軍，十一月竄湖州（約今浙江省湖州市）。景定三年（1262）六月，被毒死於循州（約今廣東省惠州市）謫所。〔註36〕「循人聞之，咨嗟悲慟」可見其為人，德佑元年（1275），追復原官，次年，贈少師。著有《許國公奏議》四卷、《履齋詩餘》，梅鼎祚（1549～1615）輯其遺文成《履齋遺稿》四卷。〔註37〕

方岳與吳氏父子均友善，進士及第以前，曾兩次師從吳柔勝〔註38〕，有作〈答吳丈〉提及：「念辱交賢父子間。」〔註39〕另有詞〈酹江月・送吳丞入幕〉〔註40〕贈之。而方岳與吳淵、吳潛兄弟亦多有來往，

---

〔註34〕〔元〕脫脫撰：《宋史》，〈列傳・吳柔勝〉，頁 12148。

〔註35〕〔元〕脫脫撰：《宋史》，〈列傳・吳淵〉，頁 12465～12468。

〔註36〕〔宋〕方岳撰，秦效成校注，祖保泉、何慶善審訂：《秋崖詩詞校注》，〈方岳年譜〉，頁 731。

〔註37〕〔元〕脫脫撰：《宋史》，〈列傳・吳潛〉，頁 12515～12520。

〔註38〕〔宋〕方岳撰，秦效成校注，祖保泉、何慶善審訂：《秋崖詩詞校注》，〈方岳年譜〉，頁 685。

〔註39〕〔宋〕方岳撰：《秋崖集》，卷二十八，〈答吳丈〉，頁 495。

〔註40〕〔宋〕方岳撰，秦效成校注，祖保泉、何慶善審訂：《秋崖詩詞校注》，頁 633～634。

吳潛為方岳進士及第那一年的座主〔註 41〕，對他多有賞識，兩人也不乏詞作唱和，吳潛有作〈沁園春．多景樓〉〔註 42〕一首，而方岳有〈水調歌頭．九日多景樓用吳侍郎韻〉〔註 43〕和之。另也曾作〈賀新涼．寄兩吳尚書〉與兄弟二人：

> 雁向愁邊落。渺汀洲、孤雲細雨，暮天寒角。有美人兮山翠外，誰共霜橋月壑。想朋友、春猿秋鶴。竹屋一燈棋未了，問人間，局面如何著。風雨夜，更商略。　　六州鐵鑄從頭錯。笑歸來、冰鱸堪鱠，雪螯堪嚼。莫遣孤舟橫浦漵，也怕浪狂風惡。且容把、釣綸收卻。雲外空山知何似，料清寒，只與梅花約。逋老句，底須作。（《秋崖詩詞校注》，頁 622）

嘉熙三年（1239）四月，吳淵權工部尚書，五月吳潛為兵部尚書兼沿海制置使〔註 44〕，從「雁向愁邊落」、「笑歸來、冰鱸堪鱠，雪螯堪嚼」等句可看出時值秋季，此年秋方岳返里服父喪，此詞寫於當時。由詞中可見方岳雖居家中，卻仍心繫朝廷，「問人間，局面如何著」、「莫遣孤舟橫浦漵，也怕浪狂風惡」等語可見其憂慮家國之情，此年史嵩之為右相，方岳所言浪狂風惡，應指當時的朝廷氛圍，於是方岳將希望寄於吳氏兄弟二人，「料清寒，只與梅花約」以梅花比喻品格高潔之人，是他詞中常見手法，望兩人對於國事前途能盡一分心力，也可見方岳對吳氏兄弟二人的稱許與認可。

### （三）趙尉

趙尉（生卒年不詳），淳祐七年（1247）至九年（1249）祁門縣尉。淳祐七年（1247）方岳自金陵（今江蘇省一帶）趙葵幕返里，此年方岳

〔註 41〕〔宋〕方岳撰，秦效成校注，祖保泉、何慶善審訂：《秋崖詩詞校注》，〈方岳年譜〉，頁 688。

〔註 42〕唐圭璋編：《全宋詞》，頁 2729。

〔註 43〕〔宋〕方岳撰，秦效成校注，祖保泉、何慶善審訂：《秋崖詩詞校注》，頁 604。

〔註 44〕〔宋〕方岳撰，秦效成校注，祖保泉、何慶善審訂：《秋崖詩詞校注》，頁 622。

四十九歲，因早年與趙葵有隙〔註45〕，僅居趙幕五、六月。〔註46〕返里時有作〈答趙尉〉迎趙來縣，其文中言：「驚年歲之既老，嘆人事之不齊，而幸其黃犢夕陽，得自安於水之南、山之北也。」〔註47〕對趙尉吐露渴望歸鄉之感。淳祐九年（1249）方岳築秋崖館，即為趙尉所催促，方岳有作詩題名〈趙尉催築秋崖〉。〔註48〕

方岳與趙尉常有詩詞唱和，無奈趙尉作品今日皆未能見，於《秋崖詩詞校注》中，方岳次韻或用趙尉韻的詩作即有七首，內容多日常小品，如〈趙尉送菜〉三首，而方岳常在與趙尉的作品中透露歸隱之想，其詩中有作「飛食肉奚關我事，乳蒸豚亦為誰供」〔註49〕等語，比喻自己無意於升官封侯。於詞作中亦有〈沁園春〉五首與之唱和，詞中有言「君知不，那貧猶易忍，懶最難醫」〔註50〕、「問君何敢於斯，語鷗鷺勿令兒輩知」〔註51〕等，方岳自言懶，卻又不願後輩步上自己的後塵，此心態與淳祐七年（1247）至九年（1249）官運不順，使他萌生退意有關。由此可見趙尉也能作詩詞，且方岳多對其抒發內心之思，兩人的好交情自不在話下。

### （四）丘岳

丘岳（生卒年不詳），字山甫，號煦山，丹徒（今江蘇省一帶）人。嘉定十年（1217）進士，有文武才。官至兩淮制置使，誓死報國，理宗

〔註45〕指嘉熙三年（1239）方岳撰〈與趙端明〉後，兩人產生嫌隙之事，此次往金陵亦為趙葵所迫。

〔註46〕〔宋〕方岳撰，秦效成校注，祖保泉、何慶善審訂：《秋崖詩詞校注》，〈方岳年譜〉，頁713。

〔註47〕〔宋〕方岳撰：《秋崖集》，卷三十二，〈答趙尉〉，頁540。

〔註48〕〔宋〕方岳撰，秦效成校注，祖保泉、何慶善審訂：《秋崖詩詞校注》，頁214。

〔註49〕〔宋〕方岳撰，秦效成校注，祖保泉、何慶善審訂：《秋崖詩詞校注》，頁347。

〔註50〕〔宋〕方岳撰，秦效成校注，祖保泉、何慶善審訂：《秋崖詩詞校注》，頁668。

〔註51〕〔宋〕方岳撰，秦效成校注，祖保泉、何慶善審訂：《秋崖詩詞校注》，頁668～669。

御書「忠實」二大字以賜，封東海侯〔註52〕，曾任趙范幕下參議官。據《南宋制撫年表》載，寶祐元年（1253）以寶文閣學士知健康，端平間知真州（今江蘇省儀征市）有戰功，進為淮東提刑。〔註53〕淳祐五年（1245）八月，自江東轉運判官知江州（今江西省九江市一帶）。〔註54〕淳祐六年（1246）四月，丘岳兼兩淮屯田副使。淳祐八年（1248）五月除兵部侍郎，依舊淮東撫制兼知揚州。淳祐九年（1249）曾詔岳職事修舉，十年（1250）詔，稱其樽節軍用，特進一秩。〔註55〕

方岳與丘岳相識甚早，應是在方岳入趙葵幕時期。從丘岳生平經歷，可見他的為人清廉正直，忠君愛國，與方岳可說是一拍即合。端平年間，丘岳進淮東提刑，方岳有作〈水調歌頭．壽丘提刑〉賀之，讚其是「綉衣去，錦衣還」〔註56〕隔年又有〈瑞鶴仙．壽丘提刑〉〔註57〕道賀，記載丘岳生日為12月29日，時方岳尚在趙葵幕下，可見彼此交情密切。淳祐六年（1246），丘岳在淮東，主漕運，兩人亦有書信來往，方岳曾撰〈回丘運使〉、〈與丘運使〉，其中有言：「惠我雙鯉魚，共喜甘芬之錯落……」〔註58〕可見書信來往欣喜之情，今可見兩人來往之書信共計有八篇。另方岳有詞〈百字謠．壽丘郎，七月二十四日〉一首，據考證此丘郎與丘岳生日相差甚遠，疑為贈與丘岳的子侄輩而作。〔註59〕

---

〔註52〕昌彼得等編：《宋人傳記資料索引》，頁509。

〔註53〕〔宋〕方岳撰，秦效成校注，祖保泉、何慶善審訂：《秋崖詩詞校注》，頁605。

〔註54〕〔清〕吳廷燮撰、張忱石點校：《南宋制撫年表》（北京：中華書局，1984年），頁460。

〔註55〕〔清〕吳廷燮撰、張忱石點校：《南宋制撫年表》，頁474。

〔註56〕綉衣比喻御史，指丘岳提刑身份，語本《漢書》，錦衣則美譽丘岳升官。詳見〔宋〕方岳撰，秦效成校注，祖保泉、何慶善審訂：《秋崖詩詞校注》，頁606。

〔註57〕〔宋〕方岳撰，秦效成校注，祖保泉、何慶善審訂：《秋崖詩詞校注》，頁642～643。

〔註58〕〔宋〕方岳撰：《秋崖集》，卷二十，〈回丘運使〉，頁376。

〔註59〕〔宋〕方岳撰，秦效成校注，祖保泉、何慶善審訂：《秋崖詩詞校注》，頁661。

### （五）朱澳

朱澳（生卒年不詳），字行父、行甫，號約山，廬陵（今江西省吉安市）人。生淳熙年間。宋寧宗嘉定十六年（1223）進士。官大理寺丞，衡州守。曾游揚州，作者與之唱和甚多。〔註 60〕原為趙葵幕下干官，與方岳為同僚，方岳於端平間在趙葵幕下與朱相識。〔註 61〕李曾伯（約1198～1268）有作詞〈沁園春・丙午和淮安朱贊府韻，以同在丙寅安陸圍中，朱八十餘矣〉一首，朱贊府即朱澳，可知其壽至八十餘。詞中讚其是「獨歲寒不改，老氣猶奇」。〔註 62〕

方岳與朱澳唱和極多，多數為詩，如〈次韻行甫小集平山〉詩，而後有〈再用韻〉、〈三用韻〉乃至〈五用韻〉〔註 63〕，可見兩人唱和頻繁。又有〈用趙尉韻寄題約山樓〉詩，應是為朱澳所建之樓題詩。方岳詞有兩首，皆為和朱澳韻，一是〈水龍吟・和朱行甫帥機瑞香〉，詠瑞香花。〔註 64〕此詞作於淳祐六年（1246），方岳時任太學博士，朱氏後轉為李曾伯幕機要官，故詞題中「帥機」應是對朱氏官職的尊稱。據詞作時間，可推知兩人離開趙幕後仍有交往，蓋因政治立場相合，意氣相投。另一闋詞是〈水龍吟・和朱行父海棠〉〔註 65〕，為詠海棠之詞，大抵不出宋代詠海棠詞之特色，可見兩人時常以詞唱和為樂，而方岳較少在與朱澳詞作中吐露不如意之情，不似其詩有「百年風物一杯酒，

〔註 60〕〔宋〕方岳撰，秦效成校注，祖保泉、何慶善審訂：《秋崖詩詞校注》，頁 248。

〔註 61〕〔宋〕方岳撰，秦效成校注，祖保泉、何慶善審訂：《秋崖詩詞校注》，〈方岳年譜〉，頁 711。

〔註 62〕〔宋〕李曾伯撰：《可齋雜稿》，現收於《景印文淵閣四庫全書》（臺北：臺灣商務印書館，1983 年），第 1179 冊，卷三十二，頁 488。

〔註 63〕〔宋〕方岳撰，秦效成校注，祖保泉、何慶善審訂：《秋崖詩詞校注》，頁 246～248。

〔註 64〕〔宋〕方岳撰，秦效成校注，祖保泉、何慶善審訂：《秋崖詩詞校注》，頁 634～635。

〔註 65〕〔宋〕方岳撰，秦效成校注，祖保泉、何慶善審訂：《秋崖詩詞校注》，頁 635～636。

嘆息人間兩觸蠻」〔註 66〕一語，引《莊子・則陽》篇典故〔註 67〕，以「觸蠻」相爭暗喻當朝官場為了私利爭鬥，感嘆國家遭到權臣把持的無奈。

## （六）程元鳳

程元鳳（1200～1269），字申甫，號訥齋，歙縣（今屬安徽省）人。宋理宗紹定二年（1229）王朴榜進士〔註 68〕，《宋史・程元鳳傳》作紹定元年（1228）進士。淳祐元年（1241）遷禮兵二部架閣，以父老不忍去側，遷太學正，以祖諱辭，改國子錄。〔註 69〕寶祐三年（1255），為簽書樞密院事兼權參知政事。寶祐四年（1256），拜右丞相兼樞密使，寶祐六年（1258）罷相，出判福州，為丁大全所陷，《宋史・程元鳳傳》有記載：「會大全謀奪相位，元鳳力辭。」〔註 70〕咸淳三年（1267），再為右相兼樞密使，又被陳宜中（生卒年不詳）〔註 71〕排擠離職，卒謚「文清」。

方岳與程元鳳同是安徽人，程元鳳早於方岳進士及第，後官又至

---

〔註 66〕〔宋〕方岳撰，秦效成校注，祖保泉、何慶善審訂：《秋崖詩詞校注》，〈次韻行甫小集平山〉之一，頁 246。

〔註 67〕《莊子・則陽》篇：「有國于蝸之左角者，曰觸氏，有國於蝸之右角者，曰蠻氏。時相與爭地而戰，伏屍數萬，逐北旬有五日而後反。」後比喻為私利、小事而爭鬥。典出錢穆撰：《莊子纂箋》（臺北：東大圖書，2015 年），雜篇第二十五，頁 218～219。例見〔宋〕劉克莊〈雜興十首・其十〉：「孔墨達觀無異道，觸蠻角立有爭端。」，參見於〔宋〕劉克莊撰，辛更儒箋校：《劉克莊集箋校》（北京：中華書局，2011 年），頁 1405。

〔註 68〕詳見：《弘治徽州府志》，卷六〈選舉〉：「紹定二年王朴榜：程元鳳，歙人。《詩經》省試第二人。」現收於《天一閣藏明代方志選刊》（臺北：新文豐出版公司，1985 年），頁 652。

〔註 69〕〔元〕脫脫撰：《宋史》，〈列傳・程元鳳〉，頁 12520。

〔註 70〕〔元〕脫脫撰：《宋史》，〈列傳・程元鳳〉，頁 12522。

〔註 71〕陳宜中，字與權，永嘉人，景定三年壬戌科進士，南宋末年的宰相。依附權臣賈似道，遷監察御史，賈似道授意他參劾程元鳳。《宋史・陳宜中傳》記：「程元鳳再相，似道恐其侵權，欲去之。宜中首劾元鳳縱丁大全肆惡，基宗社之禍。」詳見：〔元〕脫脫撰：《宋史》，〈列傳・陳宜中〉，頁 12529。

右丞相，可以說是方岳的上司，在仕途上對方岳影響甚大。而從方岳詞作中，可知兩人相識甚早，方岳有作詞〈滿江紅．和程學論〉一首：

蒼石橫筇，松風外、自調龜息。渾不記、東皋秋事，西湖春色。底處未嫌吾輩在，此心說與何人得。向海棠、爛醉過清明，酬佳節。　　君莫道，江鱸憶。吾自愛，山泉激。盡月明夜半，杜鵑聲急。人事略如春夢過，年光不啻驚弦發。怕醒來、失口問諸公，今何日。（《秋崖詩詞校注》，頁 602）

程學諭指的即是程元鳳，學諭官在國子錄之下，推知此詞應作於嘉熙三年（1239）程元鳳任學諭期間，當時方岳與趙葵不睦，初離幕府居家無職。詞上闋可見詞人隱居山林，不記朝廷世事，卻也有知音難尋的感慨，自問「此心說與何人得」。下闋先表明自己對於閒居的喜愛，然而「盡月明夜半，杜鵑聲急」，夜半聽聞杜鵑鳥啼，杜鵑聲悲，應是用典暗喻〔註 72〕，可推知詞人仍掛心國政，隱居實屬無奈。詞末三句道出了方岳的心聲，原來是「怕醒來、失口問諸公，今何日。」避世歸隱之間，卻難忘自身抱負與理想。詞中對程元鳳吐露真言，可見兩人交情。

官至右丞相的程元鳳與方岳理念相同，對於方岳的仕途影響亦甚大。寶祐四年（1256）八月，程元鳳上疏言人事，方岳被荐知袁州〔註 73〕，此次是方岳憤而自邵武歸家後再一次出仕，無奈最後程元鳳因丁大全奪位而罷相，方岳也受丁黨之人彈劾。兩人於官場可以說是患難與共，是方岳詞中「人生圓缺幾何其。且徘徊、與君同醉。」〔註 74〕的知己。

〔註 72〕杜鵑，相傳蜀主名杜宇，號望帝，死化為鵑。春月晝夜悲鳴，蜀人聞之，曰：「我望帝魂也。」例見唐．杜甫〈杜鵑行〉：「古時杜宇稱望帝，魂作杜鵑何微細。」引自：〔唐〕杜甫撰，〔清〕仇兆鰲注：《杜詩詳注》（臺北：里仁書局，1980 年），頁 752～753。

〔註 73〕〔宋〕方岳撰，秦效成校注，祖保泉、何慶善審訂：《秋崖詩詞校注》，〈方岳年譜〉，頁 727。

〔註 74〕〔宋〕方岳撰，秦效成校注，祖保泉、何慶善審訂：《秋崖詩詞校注》，〈哨遍．用韻作月對和程申父國錄〉，頁 646。

### （七）余玠

余玠（生年不詳，卒於 1253），字義夫，號樵隱。蘄州廣濟（今湖北省武穴市）人。幼年家貧落魄，曾為白鹿洞書生。嘗攜客入茶肆，毆賣茶翁死，失學後投軍。紹定三年（1230），組織義軍與金人戰，因功補進義副尉。嘉熙元年（1237），趙葵以寶章閣學士知揚州，事兼淮南東路制置使，余玠作長短句上謁，葵狀之，留之幕中。十月，奉趙葵命，提兵解安豐軍之圍。淳祐元年（1241），提兵應源安豐有功，拜大理少卿，升制置副使。淳祐二年（1242）權兵部侍郎、四川宣諭使。理宗曰：「卿人物議論皆不常，可獨當一面，卿宜少留，當有擢用。」〔註 75〕余玠之治蜀（今四川省），脩學養士，輕傜以寬民力，薄征以通商賈。蜀既富貴，自寶慶以來，未有能及之者。無奈後遭進讒言，理宗猜疑，寶祐元年（1253），聞有召命，余玠被召回，愈不自安，一夕暴下卒，或謂仰藥死。一傳是服毒自盡，蜀之人莫不悲慕如失父母。帝輟朝，特贈五官。〔註 76〕

余玠雖少年失學，但一生戎馬有功，為官執政清廉，地方人民視之如父母，由列傳中可見。其主戰立場與方岳相合，且也曾於趙葵幕下，可見兩人應熟識。安豐之圍對於主戰一派可說是士氣大振，方岳因此有詞〈喜遷鶯・和余義夫行邊聞捷〉道賀之：

> 淮山秋曉。問西風幾度，雁雲蛩草。鐵色驄驕，金花袍窄，未覺塞垣寒早。笳鼓聲中晴色，一羽不飛邊報。君莫道，怎乾坤許大，英雄能少。　　談笑。鳴鏑處，生縛胡雛，烽火傳音耗。漠漠寒沙，荒荒殘照，正恐不勞深討。但喜歡迎馬首，猶是中原遺老。關何事，待歸來細話，一尊傾倒。（《秋崖詩詞校注》，頁 637）

據年譜記載，方岳此詞作於嘉熙三年（1239）〔註 77〕，而余玠援安豐

〔註 75〕〔元〕脫脫撰：《宋史》，〈列傳・余玠〉，頁 12469。
〔註 76〕〔元〕脫脫撰：《宋史》，〈列傳・余玠〉，頁 12472～12473。
〔註 77〕〔宋〕方岳撰，秦效成校注，祖保泉、何慶善審訂：《秋崖詩詞校注》，〈方岳年譜〉，頁 699。

在嘉熙元年（1237）十月，詞中「鐵色驄驕，金花袍窄，未覺塞垣寒早。」形容余玠馳騁戰場，都不覺邊城寒冷。余玠與元人戰，故方岳言「生縛胡雛」，傳捷報而大喜，並期待余玠歸來，「關何事，待歸來細話，一尊傾倒。」一邊飲酒，一邊分享戰事情報。作此詞時，方岳尚在趙葵幕府，是其詞中愛國忠義正濃烈的時期，主戰派心懷理想，對戰勝的喜悅躍然於紙上。

除上述諸位於詞作中較常出現者，另有壽詞贈王邁（1104～1228）、王尉（生卒年不詳）〔註 78〕、潘釜（生卒年不詳）〔註 79〕、黃篪（生卒年不詳）〔註 80〕等人，其中皆不乏當朝名臣，亦或是故鄉的地方官員，由此可見方岳活躍於南宋政壇，雖仕途不順，卻是交友廣闊，唱酬極多。

〔註 78〕淳祐間祁門縣尉，名不詳，與方岳有詩唱酬。

〔註 79〕潘釜，祁門縣令，字君量，嘉熙三年（1239）到官。見〔清〕周溶修、汪韻珊纂：《祁門縣志》，卷二十一，〈職官志．名宦〉，頁 842。

〔註 80〕黃篪，淳祐二年（1242）祁門縣事，南昌人。方岳遭史嵩之罷斥後，與黃過從甚密。參見〔宋〕方岳撰，秦效成校注，祖保泉、何慶善審訂：《秋崖詩詞校注》，頁 653。

# 第四章　詞作內容

方岳詩詞於南宋時期已享有盛名，如前文所論，早在〈洪傳〉中就有評其詩文，歷來詩家點評亦多，依據現存的《秋崖集》觀之，其詩作多達一千三百多首，掩蓋了其詞作的鋒芒。方岳詞今存共九十二首，數量上無法與詩作並論，然而質量上卻不遜色於詩。方岳詞中的個人色彩鮮明，且多受他與官場交游的影響，又在詞體上繼承稼軒詞風，卻不全然相同，在詞界也有高度的評價，如況周頤〈秋崖詞跋〉中將方岳詞與劉克莊並呈，又如陳廷焯《白雨齋詞話》雖云：「陳經國（1218～1243）〔註1〕之〈沁園春〉，方巨山之〈滿江紅〉、〈水調歌頭〉……慷慨發越，終病淺顯。」〔註2〕卻又言：「此類皆慷慨激烈，髮欲上指。詞境雖不高，然足以使懦夫有立志。」〔註3〕都對方岳詞有相當的肯定。

現今方岳詞流傳的版本，以秦效成的《秋崖詩詞校注》最詳盡，存詞亦多方考證與補充，秦效成將方岳詩詞的風格總評為「疏放」，並

〔註1〕陳人傑（1218～1243），一作陳經國，字剛父，號龜峰，長樂（今福建省福州市）南宋愛國詞人，也是宋代詞壇上最短命的詞人，享年僅26歲。現存詞作31首，全用《沁園春》調，有《四印齋所刻詞》本。

〔註2〕〔清〕陳廷焯撰：《白雨齋詞話》，收錄於唐圭璋編：《詞話叢編》，卷二，頁3797。

〔註3〕〔清〕陳廷焯撰：《白雨齋詞話》，收錄於唐圭璋編：《詞話叢編》，卷六，頁3914。

將原因歸於方岳孤傲狂放的性格。〔註 4〕歷來研究方岳詞者，則多以「愛國詞」、「隱逸詞」與「壽詞」作為分類，然而細觀方岳詞作，他的愛國與隱逸之思可以說是互相交雜衝突，又壽詞也有別於宋代常見的祝壽之作，因此筆者將從詞作內容上重新分類，以「報國與求歸的仕隱衝突」、「獨出一格與自我檢視的壽詞」與「色彩繽紛的生活紀實」等三類論述之。

## 第一節　報國與求歸的仕隱衝突

方岳一生為官皆在理宗時期，因此他詩詞作品中所記述的經歷與背景，多與理宗時期的政治氛圍與事件息息相關。當時的宋朝已飽受外患侵擾多年，內憂則是權臣輪流把持朝政，《宋論》中對於當朝的局勢曾概括論之：

> 會女真以滅契丹，會蒙古以滅女真，旋以自滅，若合符券。懸明鑑於眉睫而不能知，理宗君臣之愚不可瘳，通古今天下未有不笑之者也。雖然，設身以處之，理宗之應此也亦難矣。〔註 5〕

從後人所評可見宋朝滅亡的脈絡，卻也對於當朝局勢的難處深表理解，更遑論當朝的臣子所面對的凶險與無奈。而當時正是理學思潮興盛的時代，方岳與理學先驅者程顥（1032～1085）、程頤（1033～1107）及集大成者朱熹（1130～1200）祖籍均在歙縣（即今安徽省祁門縣），從小長於程朱理學的他，志在用世，於許多詩句中都有對理學宗師、同鄉朱熹的崇敬之情〔註 6〕，如其曾嘆「藐余抱遺書，生世恨不早。」（《秋崖詩詞校注》，頁 464）懊悔自己出生的時代太晚，沒能與先賢相識。可見程朱理學很大的影響了方岳的道德情操，以及前文所提對於家國

〔註 4〕〔宋〕方岳撰，秦效成校注，祖保泉、何慶善審訂：《秋崖詩詞校注》，頁 10～11。

〔註 5〕〔清〕王夫之撰：《宋論》，卷十四，〈理宗三〉，頁 322。

〔註 6〕吳樹燊撰：《方岳詩詞研究》，頁 7。

的抱負之心，純正的理學教育使他身上體現著儒家的道德規範與精神，也注定了他與其他官員的交惡，進而為仕途坎坷埋下了伏筆。〔註7〕因此，從秋崖詞中可見的是一個忠心耿耿的愛國詞人，幾經朝廷政治鬥爭的掙扎，最後透露出渴望歸隱的矛盾憂愁，又在隱居生活中找到怡然自得的佳境。他的詞情複雜多面，單以「愛國詞」與「隱逸詞」的二分法概括過於單薄，其詞情轉變是鮮明而有跡可循的，下文將以三個階段分述之。

### （一）心懷家國：理想與現實的落差

紹定五年（1232）方岳登進士第那一年冬天，宋襄陽軍和元蒙軍合圍金主於蔡州，隔年理宗端平元年（1233）正月，金朝滅亡。〔註8〕無奈南宋最大的外患也因此從金人變成了元人，方岳是在這樣的背景下，進入趙葵幕府，為葵所讚：「儒者知兵，吾巨山也。」〔註9〕也因此如前章所論，結交了許多主戰派官員與名臣，如趙葵、趙范、吳淵、吳潛等人，在此時期創作了許多著名的愛國作品，他秉持的是「和之一字誤人國，今且百年遭禍機。」（《秋崖詩詞校注》，頁415）的主戰派立場，使其在詞壇上與志在抗金的辛棄疾站到了一起。如其作〈水調歌頭・平山堂用東坡韻〉：

> 秋雨一何碧，山色倚晴空。江南江北愁思，分付酒螺紅。蘆葉蓬舟千重，菰菜蒓羹一夢，無語寄歸鴻。醉眼渺河洛，遺恨夕陽中。　蘋洲外，山欲暝，斂眉峰。人間俯仰陳跡，嘆息兩仙翁。不見當時楊柳，只是從前煙雨，磨滅幾英雄。天地一孤嘯，匹馬又西風。（《秋崖詩詞校注》，頁603）

詞學家薛礪若首次將方岳列入「辛派詞人」一類，即是以此詞為代表

〔註7〕吳樹桑撰：《方岳詩詞研究》，頁8。

〔註8〕「帝自縊於幽蘭軒。末帝退保子城，聞帝崩，率群臣入哭，諡曰哀宗……末帝為亂兵所害，金亡。」詳見〔元〕脫脫撰：《金史》（北京：中華書局，1975年），〈本紀・第十八〉，頁403。

〔註9〕〔元〕洪焱祖撰：〈秋崖先生傳〉，見於《秋崖詩詞校注》，頁673。

作，並評論方岳詞是：「當宋室末造，其詞頗有叔世之感。」〔註10〕詞中的愛國情懷，是方岳作為辛派詞人的原因之一，雖然此詞作於方岳在揚州時期〔註11〕，此時金朝已經滅亡，在他大半的為官生涯中，對抗的是元人，不過抗戰對象上雖與辛棄疾不同，卻承載相同的愛國意識。

方岳此詞由景入情，詞開頭鋪開揚州秀麗的風景，是「秋雨一何碧，山色倚晴空」，美景當前，詞人卻有愁思無處發洩，只能「分付酒螺紅」，將愁緒都賦予酒杯之中。「菰菜蒓羹一夢」用典〔註12〕，比喻如前人思鄉歸隱的「蓴鱸之思」於自己不過是一場夢，志在抱負的方岳此時一心只有家國，頗與辛詞中「休說鱸魚堪鱠，儘西風、季鷹歸未。」〔註13〕的心情相合，詞人便說自己實在「無語寄歸鴻」沒有什麼要傳達給家鄉的想法，暗指自己不曾嚮往歸隱，上闋最末兩句「醉眼渺河洛，遺恨夕陽中」帶出了詞人憂愁的原因，酩酊之間遠望陷落的北方領土，透露出家國淪陷的憾恨。

平山堂位於今揚州市大明寺內，始建於宋仁宗慶曆八年（1048），為歐陽修所建，是專供士大夫、文人雅客吟詩作賦的場所，相傳坐於堂上，江南諸山盡收眼底，似與堂平，平山堂因此得名。而在距當時一百多年後的南宋時代，如今樓在而不見當時人事，故方岳下闋旨在感嘆時光流逝，蘇軾有「三過平山堂下」、「十年不見老仙翁」〔註14〕等語，

〔註10〕薛礪若撰：《宋詞通論》（臺北：臺灣開明書局，1978年），頁304。

〔註11〕歐陽文忠在揚州，作平山堂。每暑時輒攜客往游。方岳此詞作於揚州，應為趙幕時期。詳見：《秋崖詩詞校注》，注一，頁603。

〔註12〕典故出自《世說新語·識鑒》：張季鷹辟齊王東曹掾，在洛，見秋風起，因思吳中菰菜羹、鱸魚膾，曰：「人生貴得適意爾，何能羈宦數千里以要名爵？」遂命駕便歸。後引申為思鄉而辭官之舉。詳見〔南朝宋〕劉義慶撰、〔南朝梁〕劉孝標注：《世說新語校釋》（上海：上海古籍出版社，2011年），頁767。

〔註13〕〔宋〕辛棄疾撰、鄧廣銘箋注：《稼軒詞編年箋注》，〈水龍吟·登健康賞心亭〉，頁34。

〔註14〕〔宋〕蘇軾撰，石聲淮、唐玲玲箋注：《東坡樂府編年箋注》（臺北：華正書局，2008年），〈西江月·平山堂〉，頁140。

方岳則言「人間俯仰陳跡，嘆息兩仙翁」，又嘆「只是從前煙雨，磨滅幾英雄」此處詞人心中的英雄，指的恐是宋代以來主戰的抗金名臣與騷人墨客們，最後以「天地一孤嘯，匹馬又西風」自比，大有承接前人遺志的決心。

從此詞中即可看出方岳繼承辛詞的痕跡，又如另一首同調詞〈水調歌頭．九日多景樓用吳侍郎韻〉：

> 醉我一壺玉，了此十分秋。江濤還此，當日擊楫渡中流。問訊重陽煙雨，俯仰人間今古，此意渺滄洲。天地幾今夕，舉白與君浮。　　舊黃花，新白髮，笑重游。滿船明月猶在，何日大刀頭。誰跨揚州鶴去，已怨故山猿老，借箸欲前籌。莫倚闌干北，天際是神州。（《秋崖詩詞校注》，頁604）

多景樓位居鎮江（今江蘇省鎮江市），緊鄰長江，屬於邊防前線，歷來文人多有名作，如陸游曾作〈水調歌頭．登多景樓〉，吳潛有作〈沁園春．多景樓〉，詞中有嘆「憑欄久，問匈奴未滅，底事菟裘。」〔註15〕登樓所感，皆是憂心家國之情，方岳此詞即是用吳潛此韻，方岳也另有詩〈次韻吳殿撰多景樓見寄〉〔註16〕寫與吳淵，述別離之思。

據年譜所考，方岳此詞應寫於端平二年（1235）至嘉熙三年（1239）居趙幕時期，前章有述趙葵經歷「端平入洛」的敗績，南宋朝廷元氣大傷，邊防危急，此時身在幕中的方岳，可以說是感受最深。因此薛礪若評價此詞末兩句「莫倚闌干北，大際是神州。」是「深遇忠愛祖國之思者」〔註17〕，與辛詞中的「憑欄望，有東南佳氣，西北神州。」〔註18〕

---

〔註15〕唐圭璋編：《全宋詞》，頁2729。

〔註16〕詩中有言：「正爾相觀衣帶水，角聲孤起暮雲稠。」端平年間，吳淵反對趙葵倡用兵中原，入洛果大敗，吳淵知鎮江兼總領，時岳在揚州，隔江登樓相望。詳見〔宋〕方岳撰，秦效成校注，祖保泉、何慶善審訂：《秋崖詩詞校注》，頁371。

〔註17〕薛礪若撰：《宋詞通論》，頁304。

〔註18〕〔宋〕辛棄疾撰、鄧廣銘箋注：《稼軒詞編年箋注》，〈聲聲慢．滁州旅次登奠枕樓作，和李清宇韻〉，頁22。

寄寓相同的愛國情懷，方岳也有詩〈宿多景樓奉簡吳總侍〉云：「往事六朝南北史，晴江一片古今愁。」宋人登此樓多憶南北朝事，因身處南宋，歷經南北割據，頗有相似之感。（《秋崖詩詞校注》，頁 232）故方岳於詞中所述「江濤還此，當日擊楫渡中流。」應也是追憶當年英雄，擊楫渡江，今日江濤依舊，人卻已不在，而報國之志難成，如他詩中所言「此意政須諸老共，容分蘆雨寄漁舟。」（《秋崖詩詞校注》，頁 232）需有眾人一同努力，也是將心願寄托與吳潛。

詞中又問「滿船明月猶在，何日大刀頭」刀頭上有「環」，暗指收復失土的歸還之意。下二句「誰跨揚州鶴去，已怨故山猿老」用典，形容離隱出仕〔註 19〕，此處出仕所指即為嘉熙二年（1238）吳潛知鎮江府，再言「借箸欲前籌」，此語亦用典故〔註 20〕，形容吳潛能為人謀略、輔佐朝廷，也飽含了方岳對其的期許。

方岳對於北伐的殷切期盼及對戰勝的喜悅，也流露在他的詩作中，如〈十二月二十四日雪〉〔註 21〕一首，詩有小序描述：「時東師援肥水，捷書西來，走筆呈趙公，借官奴與幕友一醉。」（《秋崖詩詞校注》，頁 384）此詩即指嘉熙元年（1237）十二月，趙葵援安豐擊退蒙軍，方岳

---

〔註 19〕典出〔南朝齊〕孔稚珪（447～501）撰〈北山移文〉：「蕙帳空兮夜鶴怨，山人去兮曉猨驚。」唐．呂向注：「鍾山在都北。其先，周彥倫（周顒）隱於此山，後應詔出為海鹽令，欲卻過此山，孔先乃假山靈之意移之，使不許得至。」此句形容周顒出仕後舊居的淒涼，意在批評周顒的出仕。後用為比喻離隱出仕的典故。方岳此詞化用來讚吳潛知鎮江府一事。詳見〔南朝梁〕蕭統編，張啟成、徐達譯注：《昭明文選》（臺北：臺灣古籍，2001 年），卷四十三，〈北山移文〉，頁 3360。

〔註 20〕《史記．留侯世家》：「食其未行，張良從外來謁。漢王方食……良曰：『誰為陛下畫此計者？陛下事去矣。』漢王曰：『何哉？』張良對曰：『臣請藉前箸為大王籌之。』」指借筷子來指畫當前形勢，後比喻從旁為人計畫事情。方岳此處用此典，指吳潛有輔佐朝廷之能力。詳見：〔漢〕司馬遷撰：《史記》，卷五十五，〈留侯世家第二十五〉，頁 2040。

〔註 21〕前人研究中，詩名誤植為〈十二月十二日雪〉，今據《秋崖詩詞校注》考無此詩，觀內容與詩序應為〈十二月二十四日雪〉，錯誤處見吳樹燊撰：《方岳詩詞研究》，頁 13。

時在趙幕，喜出望外，「那知幕府文書外，更解飛瓊打陣圖」〔註 22〕飲酒慶祝，將此戰比作淝水之戰，可見其心繫家國，不僅期許北伐，也望國家富強。

然而這樣對於收復失土懇切期盼，主戰愛國的詞人，也終有感到疲倦的時候。初入幕府意氣風發的方岳，因為自己孤傲的性格吃了不少苦頭，在其愛國詞作中，亦有透露出倦怠疲憊的思緒，如其所作詞〈滿江紅・九日冶城樓〉：

> 且問黃花，陶令後、幾番重九。應解笑、秋崖人老，不堪詩酒。宇宙一舟吾倦矣，山河兩戒天知否。倚西風、無奈劍花寒，蚪龍吼。　　江欲釂，談天口。秋何負，持螯手。盡石麟蕪沒，斷煙衰柳。故國山圍青玉案，何人印佩黃金斗。倘只消、江左管夷吾，終須有。（《秋崖詩詞校注》，頁 601）

此詞寫於淳祐七年（1247），方岳本在臨安，後除秘書郎，赴健康、金陵一帶，充趙葵參議官，冶城即指金陵。〔註 23〕這是他上一次離開趙幕之後又再一次進入趙葵幕府，〈洪傳〉記載：「七年除秘書郎，適趙葵以元樞出督，辟充行府參議官……始至，即以禡祭（軍禮）違禮，又有欲括金陵隙地鬻蔬規利者，有以陣歿為死節者，秋崖力辟之。丐去，葵不許。」〔註 24〕由此可見此次去金陵，方岳與趙葵嫌隙未解，充參議官恐實非他所願，屢次求去，最後差知南康軍，結束此次僅五、六月的入幕經歷，並在離開前寫下〈江神子・發金陵〉詞，詞中有語：「縱使鍾山青眼在，終不似，侶漁樵。」（《秋崖詩詞校注》，頁 656）直道出不如歸去的心思。

詞上闋開頭先是借問黃花已過幾個秋季，帶出時光更迭之感。淳祐七年（1247）方岳四十九歲，「應解笑、秋崖人老，不堪詩酒。」詞

〔註 22〕飛瓊打陣圖，謂急速舉觴，以攻打同僚的酒陣圖。見〔宋〕方岳撰，秦效成校注，祖保泉、何慶善審訂：《秋崖詩詞校注》，注二，頁 384。

〔註 23〕〔宋〕方岳撰，秦效成校注，祖保泉、何慶善審訂：《秋崖詩詞校注》，〈方岳年譜〉，頁 711。

〔註 24〕〔元〕洪焱祖撰：〈秋崖先生傳〉，見於《秋崖詩詞校注》，頁 674。

人自嘲自己年老，不堪再將憂愁都賦與詩酒之中，緊接著無奈嘆問「宇宙一舟吾倦矣，山河兩戒天知否。」可見方岳對於家國的情懷與擔憂並沒有減退，只是仕途的不如意終使他感到疲倦，「兩戒」指中國疆域，有慨歎北方為蒙古佔領之意〔註 25〕，即使感到無力，他仍心繫家國，忍不住質問蒼天。下闋詞人將酒杯乾盡，秋日品蟹本是享受，放眼卻是「石麟蕪沒，斷煙衰柳」的場景，呼應方岳此時的心情，可說是以情寄託於景中。「故國山圍青玉案，何人印佩黃金斗」一句，青玉案與黃金斗皆是貴族所有、所配之物，亦可指詞人心中對於能否有名臣救國的期盼，最終卻只能嘆息「倘只消、江左管夷吾，終須有。」似也暗指當今朝廷沒有如管仲一般的名相輔佐，國家岌岌可危。

除此詞外，方岳在不少飽含愛國情懷的詞作中都透露出他的無奈與壯志未酬的憂憤，如同調的〈滿江紅・和程學諭〉有「底處未嫌吾輩在，此心說與何人得。」(《秋崖詩詞校注》，頁 602）的知音難遇之感，此詞雖作於閒居期間，卻又忍不住說自己其實是「怕醒來、失口問諸公，今何日。」(《秋崖詩詞校注》，頁 602）又如〈酹江月・八月十四，小集鄭子重帥參先月樓。是夕無月。和朱希真插天翠柳詞韻〉中，詞題明言今日登樓無月，詞中方岳「舉杯相屬，喚誰箋與天說」(《秋崖詩詞校注》，頁 629）抬頭不見明月，詞人有愁難言。可見方岳激昂的愛國詞作雖然不多，他的憂愁與乞歸之心卻都來自對家國未能有所抱負的糾葛心情，進而無奈歸隱，根據為官歷程的影響，他的愛國詞作，多半都集中在趙葵幕中與擔任京官時期。筆者認為，其愛國詞作是與隱逸詞作相輔相成又在情緒上互相衝突的，方岳在這樣的矛盾心情與不得不為的隱居生活中感到疲倦。

### （二）內心衝突：仕與隱的矛盾

前人研究指出，方岳詞的情感有複雜化的特徵，其詞可以體味到

〔註25〕〔宋〕方岳撰，秦效成校注，祖保泉、何慶善審訂：《秋崖詩詞校注》，注二，頁 601。

三種情感，分別是收復失土的期待、壯志難酬的鬱憤和田園生活的歌頌。〔註 26〕這三類的情感，筆者認為可以對應為一愛國詞作，指的是詞中可見家國情懷、壯志未酬的慨歎者，已見於前一小節。而所謂壯志難酬的鬱憤則是「仕與隱的衝突」一類，是同時飽含了對於家國的擔憂以及無法實現政治理想的不甘，在挫折下帶有乞歸之思的詞作。最後是隱逸詞作，以閒居時期所作為主，內容中有隱逸思想者為輔者。而正是深植在方岳心中的愛國意識，造就了他在仕與隱之間的衝突。閒居時期詞作〈滿江紅．和程學諭〉中的「怕醒來」一語即是如此，又如淳祐九年（1249），方岳在南康得罪賈似道一事，朝廷將其差知邵武軍走避風頭，方岳在其〈與吳參政〉一文中曾論及他離開南康的景象是：「幸無得罪於士民，呱泣之聲填街溢衢，兒戲綵旗所至，以千百數皆謝遣之。」〔註 27〕可見方岳在地方上受愛戴之程度，而有一人不肯去，以詩求其過目，詩曰：「秋崖秋壑兩般秋，湖廣江東各不侔。直至南康尋體統，江西自隔兩三州。」〔註 28〕即是嘲諷賈似道亦以秋為號，品行卻差距如此之大。方岳對此景感觸至深，也為自己憤恨不平，臨行前留下了〈水調歌頭．別廬山龍湖閣〉一詞：

> 宇宙一杯酒，暝色倚重湖。青山杳杳何處，煙水瀉愁予。別岸風濤噴薄，半夜魚龍悲嘯，能撼我詩無。李白醉不醒，喚起問何如。　　是耶非，天莽蒼，雪模糊。蒼顏白髮如此，空復笑今吾。寄語鷺朋鷗侶，好在風飧水宿，底處不煙蕪。吾亦從此逝，從我者誰歟。（《秋崖詩詞校注》，頁 608）

此詞上闋由景入情，詞人將愁思都賦予醉中，並嘆青山重湖〔註 29〕，有何處能發洩情緒。上闋後四句「半夜魚龍悲嘯，能撼我詩無。李白醉

〔註 26〕李智撰：〈南宋徽州詞人方岳詞作特點〉，頁 65。
〔註 27〕〔宋〕方岳撰：《秋崖集》，卷二十五，〈與吳參政〉，頁 445。
〔註 28〕〔宋〕方岳撰：《秋崖集》，卷二十五，〈與吳參政〉，頁 445。
〔註 29〕重湖指鄱陽（今江西省鄱陽縣）之南湖宮亭湖與北湖落星湖。見〔宋〕方岳撰，秦效成校注，祖保泉、何慶善審訂：《秋崖詩詞校注》，注二，頁 608。

不醒，喚起問何如。」用杜甫詩典，李白醉臥長安，詞人以此自比，前人研究認為這是方岳渴望寄身山林之感〔註 30〕，筆者則認為詞人所嚮往的是詩仙的狂放不羈，恐也寄寓自己保有「天子呼來不上船，自稱臣是酒中仙。」〔註 31〕不向權貴低頭的氣魄，暗指在南康賈似道尋體統一事，方岳依舊堅持自己的正當立場，並於詞的下闋大聲疾呼「是耶非，天莽蒼，雪模糊。蒼顏白髮如此，空復笑今吾。」的不甘，認為天地間是非何在，努力半生，如今已是白髮蒼蒼，世間不過是對自己的嘲弄。最終詞人只好安慰自己「寄語鷺朋鷗侶，好在風飧水宿，底處不煙蕪。」可以看出他對於田園生活的歌頌，實是出於無奈與不肯退讓的傲骨。與其說是遭到調職，方岳更相信是自己不屑與奸臣為伍。因此今日考年譜可知，淳祐九年（1249）差知邵武以後，方岳並沒有如其詞中所期望的從此歸隱，而是隨即在淳祐十年（1250）赴任邵武，甚至甫到任就降伏當地賊寇〔註 32〕，可看出方岳心中仍有對家國的企圖心與抱負，他的歸隱之思，不過是遭遇挫折時想要逃避的心靈慰藉罷了。

方岳內心仕與隱的衝突，在詞作之中清晰可見，如〈酹江月・和君用〉、〈賀新涼・寄兩吳尚書〉、〈滿江紅・九日冶城樓〉及〈賀新涼・己酉生日用戊申韻。時自康廬歸，猶在道也。〉等等，今再取具代表性的嘉熙三年（1239）詞作〈木蘭花慢・吳尚書宴客漣滄觀即席用韻〉一闋觀之：

> 慨清江渺渺，乘風下，倚滄浪。問許大乾坤，金焦兩點，曾幾興亡。平章古人安在，但青山、煙水共微茫。不道鷺嘲鷗笑，歸來鬢已蒼蒼。　　垂楊。舞盡斜陽。雙燕語，畫梁忙。黯柔情不管，花深傳漏，羽急飛觴。思量人間如夢，放半分、佯醉半佯狂。明日海棠猶舊，春風未老秋娘。（《秋崖詩詞校注》，頁 617～618）

〔註 30〕吳樹燊撰：《方岳詩詞研究》，頁 25。

〔註 31〕詳見〔唐〕杜甫撰、仇兆鰲注：《杜詩詳注》（臺北：里仁書局，1980 年），卷二，〈飲中八仙歌〉，頁 83。

〔註 32〕詳見本論文第二章，頁 20～22。

嘉熙三年（1239）五月，對方岳賞識有加的長官兼好友吳潛為兵部尚書，浙西制置使，知鎮江府，此詞應寫於道賀吳潛的宴席上。方岳另有〈賀吳尚書〉一文稱吳潛是「峻陟文昌，併提戎律，統六師，平邦國，已折佛貍窺江之萌。」〔註 33〕此年方岳於政治上與趙葵有隙，家庭上方父又病重，內外憂慮交雜，使方岳為吳潛慶賀的同時，對於自己的仕途疲憊，於詞中感嘆家國興亡，便說「不道鷺嘲鷗笑，歸來鬢已蒼蒼。」詞下闋大有看破人世的放蕩，「放半分、佯醉半佯狂。」許是方岳此刻的心願，佯有偽裝之意，將抱負交與他人，自己則想遊戲人間。但他終究不能真正放下，實在是被時局所迫，也僅能藉酒裝瘋，買醉澆愁罷了。

而在詩作中，他的矛盾情緒亦然，如其有詩作〈扣角〉一首，其中嘆到「不知讀此竟何用，蓬藋拄徑荒春田。」認為書中三千宇宙最後都成飛煙，最後不如放諸於田園，但這樣說著的同時，方岳卻又言「先生帶經駕黃犢，扣角前坡煙水綠。」（《秋崖詩詞校注》，頁 528）明明自嘲何用，駕牛卻仍手捧書冊，自比為先生，是作者有意將讀書考取功名與田家打麥、繅絲這兩種對立的人生取向進行對比〔註 34〕，可見他內心的強烈矛盾，也可看出即使是胸懷抱負的愛國詞人，終會有疲倦的時刻，因此方岳詞中的歸去之思與倦怠，可以說是貫穿了他的愛國與隱逸詞作，在他的這類詞作中，常有言「歸」或「倦」一語。以下筆者整理同時包含兩種情感者，依據詞作時間先後，列出其中「歸」或「倦」一語出現的詞句，並以備註說明選擇該詞的創作背景，欲分析造就方岳詞中常有歸隱之思的原因：

| 詞　牌 | 言「歸」或「倦」之詞句 | 備註說明 |
| --- | --- | --- |
| 〈酹江月・和君用〉 | 鶴帳何如，牛衣無恙，麥隴佔優渥。不如歸去，檜花深夜春酌。（《秋崖詩詞校注》，頁 632～633） | 紹定二年（1229），方岳二次落第返家，作詞與族弟指控史彌遠把持朝政，不如歸去。 |

〔註 33〕〔宋〕方岳撰：《秋崖集》，卷二十一，〈賀吳尚書〉，頁 384。
〔註 34〕吳樹桑撰：《方岳詩詞研究》，頁 17。

| | | |
|---|---|---|
| 〈木蘭花慢・吳尚書宴客漣滄觀即席用韻〉 | 平章古人安在，但青山、煙水共微茫。不道鷺嘲鷗笑，歸來鬢已蒼蒼。（《秋崖詩詞校注》，頁617～618） | 嘉熙三年（1239）秋，方岳離趙幕返家，時與趙葵有隙，感嘆前人安在，也嘆自身已老，言歸去之思。 |
| 〈賀新涼・寄兩吳尚書〉 | 笑歸來、冰鱸堪鱠，雪螯堪嚼。莫遣孤舟橫浦漵，也怕浪狂風惡。（《秋崖詩詞校注》，頁622） | 嘉熙三年（1239）離趙幕後，方岳因父病逝居家時期，將國事前途寄殷切於吳氏兄弟，對個人進退則流露惶惑感。〔註35〕 |
| 〈滿江紅・九日冶城樓〉 | 宇宙一舟吾倦矣，山河兩戒天知否。（《秋崖詩詞校注》，頁601） | 淳祐七年（1247），方岳與趙葵有隙，推拒不成而道出倦怠之意，一方面卻也對天控訴北方為元蒙佔領，有憂國之情。〔註36〕 |
| 〈賀新涼・己酉生日用戊申韻。時自康廬歸，猶在道也。〉 | 非我督郵猶束帶，這一歸，更落淵明後。君試看，長亭柳。（《秋崖詩詞校注》，頁623～624） | 此詞為淳祐九年（1249）方岳罷職南康，返家途中作。詞中控訴賈似道的無理，其為地方盡心卻落得遭劾下場，一方面又嘆自己不比陶淵明的灑脫，決意歸隱。 |
| 〈沁園春・賦子規〉 | 吾今倦矣，甕有餘春可共斟。歸來也，問淵明而後，誰是知音。（《秋崖詩詞校注》，頁609） | 淳祐十二年（1252）方岳因「奏格不下」憤而自罷，實屬負氣而歸，故言「倦」，又問誰是知音。 |
| 〈沁園春・和林教授〉 | 老子似之，倦遊久矣，歸曬漁蓑羹芋魁。（《秋崖詩詞校注》，頁614） | 此詞亦作於淳祐十二年（1252），方岳於邵武自罷。詞中「怎問春回」、「縱作賦問天天亦猜」等語可看出方岳不再寄希望於朝廷而自劾去職的無奈，「倦遊久矣」可說是他此次去職所感。 |
| 〈水調歌頭・九日醉中〉 | 夜何其，秋老矣，盍歸來。試問先生歸否，茅屋欲生苔。（《秋崖詩詞校注》，頁602） | 此詞雖無法編年，觀內容應為閒居時期，詞人自嘲老而歸，卻又有言「窮則簞瓢陋巷，達則鼎彝清廟，吾意兩悠哉。」可見對為官並非全無念想，實屬無奈下的歸隱。 |

〔註35〕〔宋〕方岳撰，秦效成校注，祖保泉、何慶善審訂：《秋崖詩詞校注》，注一，頁622。

〔註36〕〔宋〕方岳撰，秦效成校注，祖保泉、何慶善審訂：《秋崖詩詞校注》，注二，頁601。

方岳懷抱著的愛國情懷，不僅是收復失土方面，他為官一生為民為國，卻因為權臣把持而時常遭受刁難，不得不辭官歸隱，因此詞中多有仕隱衝突的情緒，表現在詞語上常有「歸」或「倦」一語，據表格統計，這樣的詞作就有八闋。更有其他雖沒有提及自己的倦怠感，卻表現出相同情緒的作品，如前文所述的〈江神子・發金陵〉、〈滿江紅・和程學諭〉、〈酹江月・八月十四，小集鄭子重帥參先月樓。是夕無月。和朱希真插天翠柳詞韻〉以及〈水調歌頭・別廬山龍湖閣〉等，共計十二闋詞作。這些詞作中的矛盾衝突自成一類，而根據前文所論與表格所見，可推知方岳在遭遇挫折的時候，習慣將「歸隱」作為逃避的手段，正如同南宋末年許多文人一般，只是他也僅能在詞中抒發牢騷，卻不曾徹底放棄仕途。

爬梳他的作品可得出使他萌生隱居念頭的原因有五：一是科舉落榜，但方岳並未真正放棄仕途，並於紹定五年（1232）登進士第。二是嘉熙三年（1239）與趙葵反目，正好方父病重而藉故返家，卻於淳祐元年（1241）再度赴臨安求官，淳祐七年（1247）又被迫與趙葵為伍，流露無奈倦怠之感。三是父親病重與兄長逝世，使方岳居家期間作詞，透露出對自己的前途徬徨不安之感。四是淳祐九年（1249）得罪賈似道一事，詞中雖言要效法陶淵明，卻於隔年如期出任邵武。五是淳祐十二年（1252）在邵武任上奏格不下，不被朝廷重視終使方岳憤而自罷，自此才終於一圓他的歸隱夢，於家中閒居三年，然寶祐五年（1257）又受程元鳳所薦起知袁州。由此可見，每當局勢尚未到達無法挽回的境界或稍微好轉，方岳總是無法放棄報國的理想，也因此仕與隱的衝突在他的作品中幾乎貫穿一生，這也是其詞作的一大特色。

### （三）歸隱鄉里：掙扎後的獨善其身

由前節詞作分析可知，方岳的歸隱情懷，肇因於許多種因素，包括科舉落第、與趙葵有隙、父親病重、得罪權臣及奏格不下等五種，其中大部分皆與仕途有關，可看出方岳的為官生涯坎坷多舛。學者胡雲翼有評：「方岳宦途失意，坎壈終身，其詩頗多田園之作，描寫亦極像真。」〔註37〕也因此除了激昂的愛國情懷以及嶄露仕隱衝突的作品外，數度歸隱的方岳也不乏田園歌頌之作，前人研究將方岳的隱居詞作分為對「現實黑暗的批判」與「純粹的隱逸」兩種〔註38〕，然而這樣的情緒切割過於二分對立，在方岳的隱逸詞中，並非除了批判以外就未有愁思與煩苦，他並非總是大聲疾呼自己的不滿，有時是隱藏在詞情或隱喻之中，沉鬱而低迴。故本文將他的隱逸詞作分類為富含了歸隱的喜悅及不甘的愁緒兩種面向的情緒探討：

1. 如願歸隱的喜悅

方岳詩〈山居十首〉(《秋崖詩詞校注》，頁176～179)中強調「我愛山居好」，表達對閒居的喜悅。又有詩〈山居十六詠〉，為棄官居家時所寫，全以所居之祁門縣荷家塢為背景，其中提到歸來館、草堂、秋崖亭等，均為方岳遭罷黜時建。〔註39〕觀〈歸來館〉一詩云：

> 歸來遽云出，既出又歸來。自處苟如此，淵明安在哉。(《秋崖詩詞校注》，頁3)

此館築於淳祐九年(1249)〔註40〕，方岳因得罪賈似道，從南康罷官返家，此詩雖為山居之詠，卻道出其在出仕與罷官之間反覆，笑自己「歸來遽云出，既出又歸來」。

帶著歸隱之喜的詞作，可觀淳祐七年(1247)，原本擔任秘書郎的方岳被迫赴建康任趙葵參議官，兩人嫌隙未解，本章第一節已有提及，傳記中記載了方岳對於自己被迫出任的不滿〔註41〕，幾度欲去，最後

〔註37〕胡雲翼撰：《宋詩研究》，頁187。

〔註38〕吳樹燊撰：《方岳詩詞研究》，頁24～26。

〔註39〕〔宋〕方岳撰，秦效成校注，祖保泉、何慶善審訂：《秋崖詩詞校注》，注一，頁4。

〔註40〕〔宋〕方岳撰，秦效成校注，祖保泉、何慶善審訂：《秋崖詩詞校注》，〈方岳年譜〉，頁718。

〔註41〕〔元〕洪焱祖撰：〈秋崖先生傳〉，見於《秋崖詩詞校注》，頁674。

僅在建康趙幕任職五、六個月，於七年初冬離開建康，八年（1248）差知南康軍，此年冬季方岳曾再返家度生日，寫下〈賀新涼・戊申生日〉一首：

> 一笑君知否。笑當年、山陰道士，行歌樵叟。五十到頭公老矣，只可鷺朋鷗友。便富貴、何如杯酒。好在歸來蒼崖底，想月明、不負攜鋤手。誰共酌，翦霜韭。　　乾坤許大山河舊。幾多人、劍倚西風，筆驚南斗。俯仰之間成陳跡，亡是子虛烏有。渺煙草、不堪回首。隔塢築亭開野徑，盡一笻、兩履山前後。春且為，催花柳。（《秋崖詩詞校注》，頁623）

詞中「五十到頭公老矣」點出此詞寫作時間在淳祐八年（1248），那年方岳五十歲，上闋道出自己活到五十這個年紀，垂垂老去，只能歸隱與鷺鷗為友，笑當年賀知章（659～744）晚節放誕，詞人有欣羨效仿之心。擁有富貴又如何？不如付諸一醉。詞人並慶幸自己歸來故居，可以不負農耕的生活，然而「誰共酌，翦霜韭。」似又有不遇知音的寂寞。下闋開頭感嘆那些「劍倚西風，筆驚南斗」的英雄豪傑，俯仰之間都成為過去，甚麼也沒有留下，此時方岳心態是一種不慕名利的避世之心。「隔塢築亭開野逕，盡一笻〔註42〕、兩履山前後。」最後自碼頭歸鄉，一根竹杖與鞋履走在小路之中，有閒散之情，只道春天即將來臨。此詞寫作背景是方岳在南康任上，離開趙幕後雖沒有對於官場的牢騷，卻可以看出詞作中對隱逸的喜悅和對仕途的不在乎，而其中問誰能共飲的寂寥，恐也跟詞人這段期間的經歷有關，他本以為與趙葵志同道合，最後卻分道揚鑣，而自己也僅能作為一個地方官僚，遠離權力核心，難以一展抱負。此詞作後兩年，方岳便又從南康罷歸，在趙尉的鼓勵下，修築了歸來館。此期間方岳雖然閒居時間短，卻寫下深切的歸隱渴望，對友人吐露心聲，如詞作〈沁園春・和趙尉重九〉：

---

〔註42〕笻，竹名，因笻竹可為杖，故稱杖為「笻」。唐・韓偓〈江岸閒步詩〉：「一手攜書一杖笻，出門何處覓情通。」見：〔唐〕韓偓撰，陳繼龍注：《韓偓詩註》（上海：學林出版社，2000年），卷二，頁163。

渺渺西風，獨立空山，吾亦快哉。盡雨蓬霜雪，竹深藏徑，半畦煙水，菘晚生臺。看作麼生，管他誰子，緊閉柴門不要開。且容臥，夕陽襏襫，秋雨蒿萊。　一筇兩屨徘徊。也不問白衣來不來。莫向黃花，談身外事，已將白日，付掌中杯。金屑琵琶，銀銜叱撥，畢竟面橫三尺埃。之人者，斷無詩問柳，有暇尋梅。(《秋崖詩詞校注》，頁666～667)

上闋描寫方岳歸家，面對山林景緻感到愉悅，直言快哉。「看作麼生，管他誰子，緊閉柴門不要開。」還需要多言什麼，管他來者何人，都閉門不出，可見詞人不僅嚮往歸隱，還包含著拒絕出仕的情緒，應與當時他為趙葵所迫前往金陵的經歷有關。下闋開頭寫自己憑一根竹杖與一雙鞋獨自徘徊，連送酒的白衣人都不過問，更凸顯詞人避世的堅決，「莫向黃花，談身外事，已將白日，付掌中杯。」再次強調對身外事務的不關心，自己已隱居山林，談笑對象惟有花草，莫提國家大事。最後言自己「有暇尋梅」，不談家國大事，卻有閒暇賞梅，在詞人心中，與竹、梅為伍才是他關心的事情。此詞相較於隱居的生活紀實，筆者認為更多的著墨出方岳此次歸家的心態，已經逐漸放下對為官的期盼，真正以隱居為志。

方岳此二次短暫歸家，與當時的祁門縣尉趙尉唱和極多，除前章有論詩外，詞亦有四首唱和，且多為抒發歸隱的渴望。前文已論一首，再論此首〈沁園春·再和韻〉：

客有謂予，野眺何如，予曰可哉。乃攜酒與魚，共尋秋徑，乘風化鶴，感慨荒台。能幾重陽，已無老子，人世何妨笑口開。蒼崖下，有二犁膏雨，十畝污萊。　掉頭只麼低回。彼軒冕時來自儻來。夜半飯牛，無心扣角〔註43〕，霜前擘蟹，

〔註43〕扣角指不遇之事求仕，典出《淮南子·道應訓》:「寧越欲干齊桓公……，寧越飯牛車下，望見桓公而悲，擊牛角而疾商歌。」寧越想向齊桓公謀求官職，以便能施展自己的才能。便在齊桓公經過的路旁「擊牛角而疾商歌」，引起桓公的注意，被其帶走，成就了事業。詳見〔漢〕劉

> 有手持杯。野屋雲深，帝城書斷，堅臥三年一硯埃。贏得底，
> 是唐詩晉帖，潛菊逋梅。（《秋崖詩詞校注》，頁 667）

此首詞為再和趙尉韻，故詞中之「客」應指趙尉，趙尉擔任祁門縣尉期間，兩人交往密切，相約野眺，攜魚酒相伴，方岳感慨「能幾重陽，已無老子，人世何妨笑口開。」可知此詞與前文的〈沁園春・和趙尉重九〉都作於重陽時節，詞人自問還能過幾個重陽，不如放下俗事一笑置之。下闋寫閒居的生活，「野屋雲深，帝城書斷」點出自己如今無官職在身，詞中所提的「堅臥三年」，從「三年」為線索判斷，可能指詞人自邵武自罷返鄉的寶祐二年（1254）至寶祐四年（1256），閒居三年中曾起知袁州及寧國府，皆未上任，可見方岳堅臥的決心。最後詞人言「贏得底，是唐詩晉帖，潛菊逋梅。」指的即是這段閒居期間，所獲得的是賦詩賞文，與竹、梅相伴的時光。

自邵武罷歸後一年（1254），方岳在家閒居，寫下〈滿庭芳・甲寅生日〉一首：

> 面帶蒼煙，須粘殘雪，幾年今日秋崖。梅花籬落，不減舊情懷。更覺神仙有分，一條冰、羽客官階。朝真外，研朱點易，風露滴松釵。　　蓬萊。清淺未，吾將遊戲，月塢雲齊。已相期汗漫，鶴蛻青鞋。一念人間塵土，為雛孫、留醉茅柴。今而後，村書雜字，盡有老生涯。（《秋崖詩詞校注》，頁 670）

詞上闋描述自己的閒居生活，方岳此年五十六歲，「面帶蒼煙，須粘殘雪，幾年今日秋崖。」應是感嘆自己面色衰老，鬢髮如雪，又度過了一年的生辰。自己如梅花一般高潔的風骨不減，只是歸隱更能稱心，就此做一名祀官或道士，除了朝拜真君，還研磨朱子、周易，與山林為伴。下闋寫的應是詞人對自己未來生活的期許，蓬萊可指仙境，方岳表達自己超脫俗世的渴望，從今而後，人間世事皆如塵土一般，自己只需

安撰，許匡一譯注：《淮南子》（臺北：臺灣古籍出版社，1996 年），卷十二，頁 778。此處的「無心扣角」應是方岳意指自己已沒有求官的心思。

「村書雜字，盡有老生涯。」全詞皆為隱逸之景，連一點罷官的悲憤與早年「怕醒來、失口問諸公，今何日。」（《秋崖詩詞校注》，頁 602）的矛盾都沒有了，足見年過半百的方岳對於朝廷的失望，終於放下抱負，決定貫徹前一年詞中所自言「歸去不歸去，未了北山薇。」（《秋崖詩詞校注》，頁 663～664）的歸隱之願。

2. 歸隱之下的愁緒

乍看是快活的閒居生活，詞人應該嚮往已久，字裡行間卻又可看出他對於官場的無奈，以下舉其此類隱逸詞作剖析，如〈最高樓‧和人投贈〉：

> 秋崖底，雲臥欲生苔。無夢到公臺。有月鋤，曉帶烏犍去，與煙蓑，夜釣白魚來。問誰能，供酒料，辦詩材。　君莫笑，閒忙棋得勢。也莫笑，浮湛魚得計。胸次老，雪崔嵬。付老夫，小小鸕鶿杓，盡諸公，袞袞鳳凰臺。且容儂，多種竹，剩栽梅。（《秋崖詩詞校注》，頁 654）

據年譜所載，此詞寫於淳祐二年（1242）至四年（1244）間，方岳因得罪史嵩之遭挾怨報復，居官五十六日被罷〔註 44〕，閒居時期作詞和友。詞上闋詞人寫自己睡臥家中，「公臺」指公堂、公庭等官署〔註 45〕，「無夢到公臺」似乎強調自己對官職不做他想，鋤田、夜釣都是隱居的娛樂，笑問誰能送酒吟詩。下闋開頭直言莫嘲笑他這樣隱逸的快樂，只需付予他「小小鸕鶿杓」，他就能暢飲買醉。「盡諸公，袞袞鳳凰臺。」化用杜詩之典，方岳眼看眾人步步高升，恐也有與杜甫（712～770）相同的不得意之感。〔註 46〕最後說自己還是「且容儂，多種竹，剩栽梅。」比起官職，還是讓自己隱居與竹、梅為伴，有獨立於官場沉淪之外的態度。

---

〔註 44〕詳見〔宋〕方岳撰，秦效成校注，祖保泉、何慶善審訂：《秋崖詩詞校注》，〈方岳年譜〉，頁 703。

〔註 45〕〔宋〕方岳撰，秦效成校注，祖保泉、何慶善審訂：《秋崖詩詞校注》，注二，頁 654。

〔註 46〕〔唐〕杜甫撰、仇兆鰲注：《杜詩詳注》，〈醉時歌〉，頁 174。

前人研究指出，方岳這一類的隱逸詞是純粹的隱逸，與世無爭，只願「種竹」、「栽梅」，一副悠然自得的樣子。〔註 47〕但值得一提的是，方岳眼見「盡諸公，袞袞鳳凰臺。」雖對官場表達了毫不眷戀的情操，卻也不免透露了杜甫作此詩的心境，仇兆鰲注杜甫〈醉時歌〉有言：「此詩多自道苦情，故以醉歌命題。」〔註 48〕詩雖是贈與鄭虔（691～759），卻隱含詩人對於時局的不滿，今觀方岳以此詞贈友，應當亦是如此。下闋末三句「且容儂，多種竹，剩栽梅。」看似悠閒，實際上是詞人無奈之下，選擇了與「竹」、「梅」為伍，竹有節，挺拔而長青，而梅亦代表「品格獨守、剛毅凜然、超逸清高的精神」〔註 49〕，凸顯了方岳所認同的及自我要求的道德如此之高，大有不願與世同流的決心，而非單純的描寫退隱生活。

再觀此時期另一首隱逸詞作〈行香子‧癸卯生日〉：

> 說與樵青，緊閉柴門，道先生檢校東屯。阿戎安在，未掃愁痕。且免歌詞，休載妓，莫攜尊。　梅自生春，雪立前村。道此杯、酒也須溫。無窮身外，付與乾坤。誰共耕山，閒釣水，飽窺園。（《秋崖詩詞校注》，頁 654）

此詞作於淳祐三年（1243）癸卯，方岳四十五歲生日，此時已落職返家三年。雖可視為壽詞，詞中卻不見喜慶之氣，反而是問「阿戎安在，未掃愁痕」〔註 50〕，詞人為何而愁？應當是對於家國的憂心，閒居並不能使他感到歡愉。因此說「且免歌詞，休載妓，莫攜尊。」不需歌舞，也不要準備酒器來慶祝。下闋又見「梅」，方岳生於冬季末，正是梅將綻放的時候，以雪的冷對應溫酒，詞人將自己放諸山水，卻也問「誰共耕山，閒釣水，飽窺園。」恐也有知音難覓，孤獨寒冷之感。

由前文所論可見，方岳的隱逸詞中雖然沒有「仕隱衝突」詞中露

〔註 47〕吳樹桑撰：《方岳詩詞研究》，頁 25。

〔註 48〕〔唐〕杜甫撰、仇兆鰲注：《杜詩詳注》，〈醉時歌〉，頁 174。

〔註 49〕榮斌撰：〈一代詠梅成正聲——論宋代詠梅詩詞創作熱〉，頁 115。

〔註 50〕阿戎為從弟的俗稱，見〔宋〕方岳撰，秦效成校注，祖保泉、何慶善審訂：《秋崖詩詞校注》，頁 654。

骨的批判和倦怠感，卻可以看出他對於時局隱藏的無奈與愁緒，並非全是閒適放下的心境，如〈行香子・癸卯生日〉中的「未掃愁痕」，另一闋詞〈沁園春・再和〉中更有句言：「問君何取於斯，語鷗鷺勿令兒輩知」(《秋崖詩詞校注》，頁 668～669）若真將歸隱視為正途，詞人又何必害怕後輩兒孫知曉？可見其擔憂家國的雄心未泯，也因此而憂愁傷感，這些都不是他自己所言的快哉情緒。

而方岳的隱逸詞作中，相較其他類型詞作，經常出現「梅」與「竹」，如〈最高樓・和人投贈〉中的「且容儂，多種竹，剩栽梅」、〈沁園春・和趙尉重九〉中的「斷無詩問柳，有暇尋梅。」和〈沁園春・再和韻〉的「贏得底，是唐詩晉帖，潛菊逋梅。」等等，可見詞人透過與梅、竹為伴，來凸顯自己的道德操守，是不隨世人沉浮，因此在方岳的隱逸詞作中，透露著對時局無奈而選擇「獨善其身」的思維，也象徵他對於自身保持高潔人格的追求，可以說是他一身傲骨的展現。

根據本節所論可知，方岳詞作中接近辛派詞人，附有叔世之感的激昂愛國詞作其實僅有三闋，分別是〈水調歌頭・平山堂用東坡韻〉(《秋崖詩詞校注》，頁 603)、〈水調歌頭・九日多景樓用吳侍郎韻〉(《秋崖詩詞校注》，頁 604）及〈喜遷鶯・和余義夫行邊聞捷〉(《秋崖詩詞校注》，頁 637)，他的愛國詞激情悲憤，滿懷想要有一番抱負的決心，這類型的愛國詞作雖然只有區區三首，卻不能否定他身為愛國詞人的定位。而他的愛國情懷又造就了他強烈的仕、隱衝突情緒，在未成大業與倦怠逃避的心境中掙扎，這一類詞作，如前文統計共有十二闋，筆者認為其風格是沉鬱低迴的，與獨善其身、故作閒適的隱逸詞有所差異，前人研究將這一類詞也歸入隱逸詞作中，根據兩者在心境與詞作風格的差異，方岳的「仕隱衝突詞」應該自成一類，不該忽略其中的愛國要素，這類詞作雖不似愛國詞的激憤，但在國家與挫折中的掙扎，卻也是奠定方岳愛國詞人地位的一部分。從前人學者指出的附有「叔世」之感的愛國詞作，到承接理學思想，以天下為己任的「淑世」精神，從幾欲統一北方到致力於對家國有所抱負，正是方岳詞情的轉變與人生掙扎。因此將愛國詞、仕隱衝突詞、隱逸詞分作三類探討，更能明其詞作情感複雜化的現象。

## 第二節　獨出一格與自我檢視的壽詞

宋代祝壽風氣的盛行，南宋更勝於北宋，根據前人研究統計，唐圭璋先生所編撰的《全宋詞》加上孔凡禮先生編撰的《全宋詞補輯》中壽詞就有 2554 首，若以年代判斷，其中北宋僅有 180 餘首，其餘皆為南宋詞人創作。〔註 51〕而此一現象歷來亦是學者討論的重點，南宋壽詞的發達，一是肇因於南宋偏安的政策與社會氛圍，國力孱弱使得朝臣醉心於歌舞昇平，逃避現實，詞體又本是娛賓遣興之作，適合交際應酬，帶動了創作的熱潮。二是國家經濟繁榮，國力雖弱，上層生活卻相當優渥。最後在文化上學者提出了理學的影響，理學思想中強調父子、君臣的觀念，強化了壽詞尊君、尊親的作用。〔註 52〕

方岳長於理學的時代，可詳觀本文二章中對其生平的考據，與朱門弟子多有交流，自也不免跟隨南宋壽詞興盛的文學潮流，宛敏灝曾評方岳壽詞是：「約占全集四分之一，大都阿諛之辭，無可取也。」〔註 53〕此評實則過於武斷，方岳所作壽詞，雖難脫時代風潮，卻種類多樣，且道賀之語多能切合對象經歷。

本文根據秦效成先生的《秋崖詩詞校注》一書所收錄的 91 首詞作，再加以校注本中缺漏的一首壽詞統計，方岳共有 33 首的壽詞〔註 54〕，

〔註 51〕劉尊明、甘松撰：《唐宋詞與唐宋文化》（南京：鳳凰出版社，2009 年），頁 313。

〔註 52〕王璇撰：〈淺析南宋壽詞興盛的原因〉，《湖南工業職業學院學報》第 10 卷第 5 期（2010 年 10 月），頁 76～77。

〔註 53〕宛敏灝撰：〈方岳與《秋崖詞》〉，頁 4。

〔註 54〕前人研究中對於方岳壽詞的計算多有分歧，朱秀敏〈方岳詞初探〉中指出：「方岳有 20 首祝壽詞，12 首抒寫自己的生辰的詞作……」沈文凡、李博昊撰〈宋代方岳壽詞的文化意韻及藝術表現〉則說：「方岳存詞 74 首，其中壽詞多達 26 首。」又如李智〈南宋徽州詞人方岳詞作特點〉：「壽詞是方岳創作較多的一種詞，共有 29 首。」眾說紛紜，且

12 首是詞人寫給自己的自壽詞。筆者將此 33 首詞作依據祝壽對象分類為壽官場朋友詞，即包含對象為政壇友人、長官或鄉友等等；壽父詞，即為壽親人詞，方岳壽親人之詞皆針對父親而作，故以壽父詞名之；以及自壽詞，此類多於詞題標示年歲，是詞人的自我體悟之作，再以秦效成先生的《秋崖詩詞校注》一書為底本，將他的壽詞依頁碼順序以表格列舉作品如下，並標注其所屬類別：

| 詞　作 | 類　別 | 《秋崖詩詞校注》／《全宋詞》頁碼 |
|---|---|---|
| 〈滿江紅・乙巳生日〉 | 自壽詞 | 頁 600 |
| 〈水調歌頭・壽丘提刑〉 | 壽官場朋友詞 | 頁 605 |
| 〈水調歌頭・壽吳尚書〉 | 壽官場朋友詞 | 頁 606 |
| 〈水調歌頭・壽趙文昌〉 | 壽官場朋友詞 | 頁 607 |
| 〈沁園春・壽趙尚書〉 | 壽官場朋友詞 | 頁 611 |
| 〈望江南・乙未生日〉 | 自壽詞 | 頁 615 |
| 〈賀新涼・戊戌生日用鄭省倉韻〉 | 自壽詞 | 頁 621 |
| 〈賀新涼・戊申生日〉 | 自壽詞 | 頁 623 |
| 〈賀新涼・己酉生日用戊申韻。時自康廬歸，猶在道也〉 | 自壽詞 | 頁 623～624 |
| 〈西江月・以兩鶴壽老父〉 | 壽父詞 | 頁 624 |
| 〈西江月・和鄭省倉韻，因以為壽〉 | 壽官場朋友詞〔註 55〕 | 頁 625 |
| 〈漢宮春・壽王尉〉 | 壽官場朋友詞 | 頁 626 |

僅有數據而未見所指究竟是哪些作品，唯一共同肯定的是壽詞佔據了方岳詞作中三分之一的數量。而據筆者對照，校注本缺少一闋壽父詞〈八六子・子壽父〉，今據《全宋詞》補，方岳所作壽詞應有 33 首。

〔註 55〕此詞中無表明對象，應非壽父之詞，又詞中「燕子催將初度，梨花指定清明。春風可是太多情。樂事良辰一併。」可見是春季，非方岳自壽的時節。觀詞題僅知用鄭省倉韻，鄭省倉為何人不詳，方岳常和其韻，如詩〈次韻鄭省倉〉、〈次韻鄭省倉見寄〉等，多表達隱逸之思，又有〈回鄭省倉〉簡，可知兩人應熟識，推測此詞可能為壽鄭省倉詞或和韻壽友人詞，故筆者分類為壽官場朋友一類。見〔宋〕方岳撰，秦效成校注，祖保泉、何慶善審訂：《秋崖詩詞校注》，頁 625。

| 〈酹江月・壽老父〉 | 壽父詞 | 頁 630 |
|---|---|---|
| 〈酹江月・戊戌壽老父〉 | 壽父詞 | 頁 631 |
| 〈浣溪沙・壽潘宰〉 | 壽官場朋友詞 | 頁 638 |
| 〈瑞鶴仙・壽丘提刑〉 | 壽官場朋友詞 | 頁 642～643 |
| 〈瑞鶴仙・壽宋倅〉 | 壽官場朋友詞 | 頁 643 |
| 〈鵲橋仙・辛丑生日小盡月〉 | 自壽詞 | 頁 648 |
| 〈最高樓・壬寅生日〉 | 自壽詞 | 頁 652 |
| 〈最高樓・壽黃宰〉 | 壽官場朋友詞 | 頁 653 |
| 〈行香子・癸卯生日〉 | 自壽詞 | 頁 654～655 |
| 〈水調歌頭・慶平交。七月十七〉 | 壽官場朋友詞 | 頁 656～657 |
| 〈瑞鷓鴣〉（中元過後恰三朝） | 壽官場朋友詞 | 頁 657 |
| 〈酹江月・壽松山主人。七月十九日。〉 | 壽官場朋友詞 | 頁 658 |
| 〈滿庭芳・壽劉參議。七月二十日〉 | 壽官場朋友詞 | 頁 659 |
| 〈滿庭芳・壽通判。七月二十日〉 | 壽官場朋友詞 | 頁 660 |
| 〈百字謠・壽丘郎。七月二十四日〉 | 壽官場朋友詞 | 頁 660～661 |
| 〈滿江紅・壬子生日〉 | 自壽詞 | 頁 662 |
| 〈水調歌頭・癸丑生日〉 | 自壽詞 | 頁 663～664 |
| 〈滿庭芳・甲寅生日〉 | 自壽詞 | 頁 670 |
| 〈江神子・丙辰生日〉 | 自壽詞 | 頁 671 |
| 〈最高樓・壽王貳卿〉 | 壽官場朋友詞 | 頁 671 |
| 〈八六子・子壽父〉 | 壽父詞 | 《全宋詞》頁 2850〔註 56〕 |

爬梳完方岳詞中的壽詞作品，即可從壽官場朋友詞、壽父詞以及自壽詞三個方面來分析方岳壽詞創作的獨特性與價值：

### （一）壽官場朋友詞：振興家國的期待

方岳少年時期閉門苦讀，直至三十四歲入仕，在鄉里交友廣闊，理學思想的薰陶即是始於此時。初入官場後又深受與自己立場相同的

〔註 56〕校注本所缺詞作〈八六子・子壽父〉一闋，今據《全宋詞》所收錄之頁碼，特別補充於表格最末。

長官賞識，因此在方岳的壽詞之中，自然不乏許多為長官、同僚祝壽的作品，在方岳 33 首壽詞之中，壽官場朋友詞佔了 17 首，是他壽詞中為數最多的一類，也是南宋祝壽風氣下的大宗。

張炎（1248～1320）的《詞源注》中曾談及詞的創作：「難莫難於壽詞，倘盡言富貴則塵俗，盡言功名則諛佞，盡言神仙則迂闊虛誕，當總此三者而為之，無俗忌之辭，不失其壽可也。」〔註 57〕張炎主張富貴、功名、神仙等頌揚之語皆不宜過多，應當總此三者，表達祝壽之意即好。又如沈義父（約 1237～1243 在世）《樂府指迷・壽曲》中說：「壽曲最難作，切宜戒壽酒、壽香、老人星、千春百歲之類。需打破舊曲規模，只形容當人事業才能，隱然有祝頌之意方好。」〔註 58〕今觀方岳的〈沁園春・壽趙尚書〉即可說是打破舊曲規模的典範：

> 蠢彼甦鼯，嗟爾何為，敢瞰長淮。遣詩書元帥，又勞指畫，神仙壽日，不放襟懷。略已三年，可曾一笑，天豈慳吾老子哉。諸人者，且攜將雅頌，留待磨崖。　　我姑酌彼金罍。便小醉、寧辭鸚鵡杯。問今何時也，子其休矣，有如此酒，奚取吾儕。帝曰不然，政須卿輩，作我長城惟汝諧。凝望處，見紅塵飛騎，捷羽東來。（《秋崖詩詞校注》，頁 611）

此詞本文二章已曾提及，詞中雖不免美言趙葵「遣詩書元帥，又勞指畫，神仙壽日，不放襟懷。」不過點到為止，且趙葵工繪畫，又能詩文，多次受朝廷重用，生平已見於前文，稱其為「詩書元帥」實屬事實。下闋藉皇帝之口表示家國需要趙葵的保衛，「凝望處，見紅塵飛騎，捷羽東來。」更是在端平入洛大敗之後，趙葵立下戰功的實錄，此詞雖為壽詞，卻言之有據，氣宇非凡，比起祝壽的喜慶之意，更貼近愛國詞作的磅礡和期許，實為方岳壽詞的一大特色。

---

〔註 57〕〔宋〕張炎注，夏承燾校注；〔宋〕沈義父撰，蔡嵩雲箋釋：《詞源注・樂府指迷箋釋》（臺北：木鐸出版社，1987 年），頁 28。

〔註 58〕〔宋〕張炎注，夏承燾校注；〔宋〕沈義父撰，蔡嵩雲箋釋：《詞源注・樂府指迷箋釋》，頁 78。

除長官趙葵外，方岳亦有為官場好友丘岳作壽詞，丘岳本居趙范幕下，兩人因政治立場相合，多有詩詞與書信來往，觀〈水調歌頭·壽丘提刑〉：

> 甓社有明月，夜半吐光寒。淮南草木飛動，秀出斗牛間。自有秦沙以後，試問少游而下，誰捲入毫端。補袞仲山甫，冰雪照雲鬟。　　霄漢近，繡衣去，錦衣還。江南且為梅醉，莫道歲將闌。三百六旬欲換，五百歲終纔始，日月兩循環。酌彼金錯落，澆此碧琅玕。(《秋崖詩詞校注》，頁 605)

此詞由景切入，甓社指甓社湖，在江蘇高郵縣西北，丘岳生於江蘇，於端平間知真州有功而提拔為提刑，地點亦在江蘇，推斷方岳此詞前四句以江蘇之景喻人，「甓社有明月，夜半吐光寒。淮南草木飛動，秀出斗牛間。」也化用黃庭堅（1045～1105）詩「甓社湖中有明月，淮南草木借光輝。」〔註 59〕凸顯丘岳為人的不凡，上闋最後兩句則以「補袞仲山甫，冰雪照雲鬟。」〔註 60〕美譽丘岳是能輔佐家國中興的人才，用典讚之，全不見壽詞中賀歲、壽老人星等俗用元素。

方岳與丘岳交往密切，除此詞外，丘岳擔任提刑期間，方岳另有作〈瑞鶴仙·壽丘提刑〉一首：

> 一年寒盡也。問秦沙、梅放未也。幽尋者誰也。有何郎佳約，歲云除也。南枝暖也。正同雲、商量雪也。喜東皇，一轉洪鈞，依舊春風中也。　　香也。騷情釀就，書味熏成，這些情也。玉堂深也。莫道年華歸也。是循環、三百六旬六日，生意無窮已也。但丁寧，留取微酸，調商鼎也。(《秋崖詩詞校注》，頁 642～643)

---

〔註 59〕〈呈外舅孫莘老〉詩之二：「甓社湖中有明月，淮南草木借光輝。」見〔宋〕黃庭堅撰，任淵、史容、史季溫注，黃寶華點校：《山谷詩集注》（上海：上海古籍出版社，2003 年），頁 249。

〔註 60〕規諫天子之失曰補袞。仲山甫，周之樊侯，宣王時卿士，輔佐中興，詩人美譽之。詳見〔宋〕方岳撰，秦效成校注，祖保泉、何慶善審訂：《秋崖詩詞校注》，注四，頁 605。

方岳此詞有序，序開頭言：「歲十二月二十有九日，實維綉衣使者煥章公紱麟盛旦也。」〔註 61〕觀前詞可知方岳喜以「綉衣」喻提刑一職〔註 62〕，此處指丘岳，其生辰在十二月二十九日，是一年之末，也是新年之始。因此詞開篇緊扣丘岳出生的時節，「一年寒盡也。」點出寒冬即將過去，而丘岳出生在這個時間點上，有暗喻春來的頌揚之意。「問秦沙、梅放未也。」觀前詞可知秦沙位於江蘇，是丘岳為官之地，此處問當地梅花開否，有尋梅之意，而尋梅之人正是壽詞的主角丘岳。方岳作詞喜以「梅」象徵人品高潔，受宋代喜梅風氣影響，前文也曾論及，此處以「佳約」來美言丘岳尋梅，也隱喻丘岳的正直清廉。「南枝暖也。正同雲、商量雪也。」由景物擬人，意境生動，上闋最後言「喜東皇，一轉洪鈞，依舊春風中也。」東皇乃春神，洪鈞指天〔註 63〕，在丘岳出生的時節，一別寒冷，有迎春的喜悅。

此詞上闋以景切入，下闋也未直言主角，而是以書味、騷情來側寫丘岳的文學涵養，且說莫道年華消逝，年歲只是一年年的循環，生生不息，就如同一年年的生辰一般，也有祝丘岳長壽之意。詞的最後是詞人的叮嚀與期許，提醒友人要「留取微酸，調商鼎也。」微酸應指調味的梅酸〔註 64〕，留梅可「調商鼎」，古人調鼎用梅醯也〔註 65〕，是一種

〔註 61〕〔宋〕方岳撰，秦效成校注，祖保泉、何慶善審訂：《秋崖詩詞校注》，頁 642。

〔註 62〕綉衣，語本《漢書．百官公卿表》：「侍御史有綉衣直指，出討奸猾，治大獄。」丘岳為提刑，故以「綉衣」喻之。詳見〔宋〕方岳撰，秦效成校注，祖保泉、何慶善審訂：《秋崖詩詞校注》，注五，頁 605。

〔註 63〕〔宋〕方岳撰，秦效成校注，祖保泉、何慶善審訂：《秋崖詩詞校注》，注三，頁 643。

〔註 64〕微酸指梅之酸，梅酸乃調味必需品，語出《尚書．說命》：「若作和羹，爾惟鹽梅。」指若需做羹湯，則鹽與梅酸乃不可或缺的調味，為殷高宗命傅說為相的言辭，後因用以稱美相業的言辭。詳見屈萬里撰：《尚書集釋》（臺北：聯經出版公司，1983 年），〈說命下〉，頁 318。

〔註 65〕調鼎，只烹調食物。古人調鼎用梅醯也。《左傳．昭公二十年》：「晏子對曰：『水、火、醯、醢、鹽、梅，以烹魚肉……。」見楊伯峻編著：《春秋左傳注》（臺北：洪葉文化，2015 年），頁 1419。

烹飪之法。「調鼎」同時又可指治理國家之意〔註 66〕，可推測方岳藉此雙關語，祝福友人為官順遂，為國效力。此詞雖為壽詞，卻不見傳統道賀之語，而是以景物緊扣丘岳生辰的時期，並以梅襯托壽星的人格特質。詞中言官場雖深，人生卻是生生不息的，並用典以含蓄之語祝福丘岳官運順遂，可以說是「隱然有祝頌之意」。在詞體上，此詞甚至採用了獨特的獨木橋體〔註 67〕，清代沈雄（生卒年不詳）云：「山谷（黃庭堅，1045～1105 年）〈阮郎歸〉全用山字為韻，稼軒〈柳梢青〉全用難字為韻。」〔註 68〕方岳承黃庭堅、辛棄疾之風，韻腳上全押「也」字，使詞讀來若短文一般，更可看出方岳獨出一格的壽詞作法，以及對於辛詞風格、詞體散文化的繼承。

方岳作壽官場朋友詞，喜根據對象生辰，以時節切入，為他此類壽詞的一大特色。如前文所舉〈瑞鶴仙．壽丘提刑〉，又如〈瑞鶴仙．壽宋倅〉（《秋崖詩詞校注》，頁 643）言：「中元才過節。……算佳辰恰是，下弦當日，天生俊杰。」〔註 69〕〈瑞鷓鴣〉（中元過後恰三朝）中「中元過後恰三朝，因甚庭闈喜氣飄。」〔註 70〕（《秋崖詩詞校注》，

〔註 66〕調鼎，又可喻任宰相治理國家。典出《韓詩外傳》卷七：「伊尹，故有莘氏僮也，負鼎操俎調五味，而立為相，其遇湯也。」詩例：唐．孟浩然〈都下送辛大之鄂〉詩：「未逢調鼎用，徒有濟川心。」見〔唐〕孟浩然撰，徐鵬校注：《孟浩然集校注》（北京：人民文學出版社，1998 年），頁 243。

〔註 67〕獨木橋體為宋詞的特殊體式，又叫獨韻詩、一字韻詩、福唐體。首次出現於黃庭堅的〈阮郎歸．效福唐獨木橋體作茶詞〉，學者推論認為此體可能出自福唐地區的古茶歌，以民歌之法入詞，其曲也被譜成〈阮郎歸〉調加以傳唱。後世詞人如辛棄疾、劉克莊都有此體詞作。源流考辨詳可見朱玲芝撰：〈宋詞獨木橋體源流考辨〉，《中國韻文學刊》第 31 卷第 4 期（2017 年 10 月），頁 91～95。

〔註 68〕〔清〕沈雄撰：《古今詞話》，收於唐圭璋《詞話叢編》，頁 845。

〔註 69〕宋倅，為方岳知邵武郡的副手，生卒年不詳，此詞有記載其生辰為七月二十三日，故言：「中元才過節。」詳見〔宋〕方岳撰，秦效成校注，祖保泉、何慶善審訂：《秋崖詩詞校注》，注一，頁 644。

〔註 70〕此首祝壽詞無詞題，以內文「李謫」句看為壽李某，「中元過後恰三朝」可推知其生日在七月十八日，詳見〔宋〕方岳撰，秦效成校注，祖保泉、何慶善審訂：《秋崖詩詞校注》，注一，頁 657。

頁 657）兩者皆是在中元節前後生日，方岳緊扣中元，趁機烘托對象是天生俊杰，良辰佳時。

再觀方岳以相同手法作〈滿庭芳・壽劉參議。七月二十日〉：

> 秋入西郊，律調夷則，韓堂風露清涼。洞天昨夜，響動玉玎璫。朱戶銀鏝放鑰，長庚夢，應誕星郎。垂弧旦，蓂飛五莢，簪履共稱觴。　　未施經濟手，暫參雄府，公論聲揚。便好趁昌辰，入輔吾皇。況是中興啟運，正當寧，夢想循良。從茲去，萬年佐主，福壽總無疆。（《秋崖詩詞校注》，頁 659）

劉參議子澄，字清叔，泰和人。嘉定十三年（1220）進士，與方岳皆同居於趙葵幕下〔註 71〕，政治立場相合，是官場同僚。方岳為其作壽詞，一樣由節令切入，「秋入西郊，律調夷則，韓堂風露清涼。」夷則為古十二律中的七月，劉子澄生日即在七月，並以韓世忠（1089～1151）〔註 72〕喻之。上闋以景為主體，《樂府指迷》曾指出壽曲宜戒壽酒、壽老人星，方岳此處不壽老人星，而是「長庚夢，應誕星郎。」長庚指傍晚的太白星，早晨在東方時則曰啟明星。〔註 73〕星郎指郎官，太白星明亮，方岳隱然有祝其官運亨通之意。呼應詞下闋，先是說明劉子澄目前是「未施經濟手，暫參雄府，公論聲揚。」指他暫居趙幕時期就已經頗有聲名，「便好趁昌辰，入輔吾皇。」期許他應該要趁這個好時節，更進一步輔佐皇帝。最後再以「從茲去，萬年佐主，福壽總無疆。」賀其長壽，並希冀他能夠永遠輔佐國家。詞最後雖不免有誇大福祿之語，全詞卻可說是跳脫窠臼，不盡言富貴，而是心繫劉子澄之才幹，望其能輔佐家國。

---

〔註 71〕詳細可見本文第三章，頁 31。

〔註 72〕韓世忠，字良臣，綏德軍（今陝西省綏德縣）人，南宋名將，有戰功。韓堂指韓世忠堂，自號清涼居士。詳見〔宋〕方岳撰，秦效成校注，祖保泉、何慶善審訂：《秋崖詩詞校注》，注三，頁 659。

〔註 73〕詳見〔宋〕方岳撰，秦效成校注，祖保泉、何慶善審訂：《秋崖詩詞校注》，注四，頁 659。

綜觀方岳幾闋贈與官場友人的壽詞，不壽吉祥道賀之語，不言富貴榮華之虛，唯一的共通點卻是氣勢宏大，飽含對壽星的官途期許，宛若愛國詞。如壽趙葵時說「帝曰不然，政須卿輩，作我長城惟汝諧。」是讚賀他凱旋而歸，並直言皇帝對趙葵的倚重，皇帝之言在宋代恐非能憑空杜撰，可見方岳詞中所言屬實。又如為好友丘岳壽，方岳提到「霄漢近，繡衣去，錦衣還。」或「但丁寧，留取微酸，調商鼎也。」等語，不外乎是祝賀升官順遂，且要能輔佐朝廷。對於同為幕府同事的劉參議他也說：「從茲去，萬年佐主，福壽總無疆。」祝福長壽之外，更強調的是「萬年佐主」，可見方岳對於官場友人，將他們視為傑出的英才，並在壽詞中寄予了他自身無法單獨完成的念想，那就是詞人胸中對於振興家國的期待。

### （二）壽父詞：事親需是孝

南宋壽詞興盛的其中一個原因，是受到當朝理學思想的影響，在前人研究中已經明確指出，王璇的〈淺析南宋壽詞興盛的原因〉說：

> 朱熹進一步強調了儒家學說中「父父子子」理論，提出「事親需是孝」，認為父子之間是統治與被統治的關係。……程朱理學的發展恰恰為祝壽禮儀和壽詞創作提供了社會機緣，通過祝壽禮儀和風俗能夠宣傳孝道和教化人民，封建禮教的觀念和道德則很容易被社會各個階層所認同和接受。〔註 74〕

除了理學影響外，李紅霞〈論南宋壽詞的興盛及其文化成因〉中也提出，宋代宗法社會中家族血緣的人倫本性，也使得壽親詞在南宋尤為興盛。〔註 75〕方岳從小就長於這樣的時代背景，自然也不能擺脫人倫的框架，在他的壽詞作品中，就有四首壽親之詞，對象皆是他的父親方欽祖。

〔註 74〕王璇撰：〈淺析南宋壽詞興盛的原因〉，頁 77。

〔註 75〕李紅霞撰：〈論南宋壽詞的興盛及其文化成因〉，《陝西師範大學學報》第 31 卷第 4 期（2002 年 7 月），頁 57。

本文二章中有舉壽父詞〈酹江月・壽老父〉一首〔註76〕，詞中可見孫兒生活美滿，父有官名在身，生活雖不富裕卻順遂安逸，「唱個曲兒，吃些酒子，檢點茅檐竹。」可見人生清幽，詞末又問梅花開否，凸顯其父或詞人自身的格調，自問自答道「一枝初破寒玉」，更有對父親生辰時節的賀喜之感，也是詞人希望自己能如寒冬之後綻放的梅花一般堅忍的期許。而除此詞外，再觀〈酹江月・戊戌壽老父〉一首：

> 且拌春醉。〔註77〕問人間，誰是十分如意。道不好來人又道，也有一分好處。管甚長貧，只消長健，切莫眉頭聚。儘教江路，梅花依舊留住。　　兒輩雖不如人，有何不可，怎敢嫌遲暮。但喜吾翁躔度轉，喚起煙霞深痼。否極而亨，剝餘而復，長至迎初度。龜圖羲畫，直從今日重數。（《秋崖詩詞校注》，頁631）

詞題「戊戌」為嘉熙二年（1238），方岳在詞末有自注云：「是年六十四，屬有末疾，而生日適冬至也。」〔註78〕由此注可知方岳作此詞時，父方欽祖年六十四，「末疾」指四肢不靈活，指出方父已行動不便，而生日在冬至，推測詞作於此年冬。據〈方岳年譜〉記載：「父欽祖病篤，兄病歿，岳欲攜父返故里。」〔註79〕此年方欽祖已病重，而方岳此時居於趙葵幕府，孝心急切，急欲歸鄉。方岳有作〈謝制使趙端明〉一文提到：

> 適老親一病幾危，而羈官百憂之交集。兄伯遽沉於泉壤，室廬久化於灰埃。坐銷少日之壯心，每拭故鄉之老淚。居官何

〔註76〕詳見本文第二章，頁11。

〔註77〕《秋崖詩詞校注》中「醉」標示為逗號，筆者據詞譜考證，「醉」應為韻腳，查方岳作此詞體式應為又一體，與張炎〈湘月〉（行行且止）同，又考方岳另一闋詞〈酹江月・萬花園用朱行甫韻呈制帥趙端明〉亦為此體，故此處修正其句讀為句號。詳見〔清〕陳廷敬主編：《康熙詞譜》（長沙：岳麓書社，2000年），頁842。

〔註78〕〔宋〕方岳撰，秦效成校注，祖保泉、何慶善審訂：《秋崖詩詞校注》，頁631。

〔註79〕〔宋〕方岳撰，秦效成校注，祖保泉、何慶善審訂：《秋崖詩詞校注》，〈方岳年譜〉，頁697。

樂？幸已近及瓜之期。將父言歸，豈但為誅茅之計。〔註80〕

方岳在予趙葵的書信中提到父親的病況危急，使他憂慮萬分，又適逢兄伯相繼逝世，居所都化為了塵埃。種種打擊使一心為國的方岳也逐漸「坐銷少日之壯心」，失去了做官的高昂志向，並說所幸已近及瓜之期〔註81〕，任期已滿，有離開趙幕的打算，攜父親返鄉，為誅茅之計，意指過結廬安居的生活。〔註82〕

此詞上闋開頭即安慰父親與自己，人生有誰能事事如意，即使眼下處境艱難，也未必沒有一件好事。「管甚長貧，只消長健，切莫眉頭聚。」道出詞人對於父親病重的關切，直說貧窮無妨，只需要長保健康，切莫整天皺眉煩擾。「儘教江路，梅花依舊留住」梅花再度於方岳詞作中出場，即使生活不順，也要如梅一般超脫堅毅，可當作詞人的自我喊話。下闋方岳自嘲「兒輩雖不如人，有何不可，怎敢嫌遲暮。」雖然自己沒有一番事業成就，但孝父心切，怎麼敢有半分嫌棄。「但喜吾翁躔度轉」〔註83〕言為父親的生辰感到欣喜，「否極」二句引卦象之意，望父親與自己都能否極泰來。〔註84〕「龜圖羲畫，直從今日重數。」是指六十四卦的卦象，剛好與六十四年重合，於今日又要重新計數了，也有恭賀父親六十四歲大壽的含意。從詞中描述可看出，方父可能對生活

〔註80〕〔宋〕方岳撰：《秋崖集》，卷十九，〈謝制使趙端明〉，頁368。

〔註81〕及瓜，指為官任職期滿，有成語言「及瓜而代」，至來年瓜食季節，當使人替代也。語出《左傳．莊公八年》：「齊侯使連稱、管至父戍癸丘，瓜時而往，曰：『及瓜而代。』」後指任期屆滿時，由他人來接替。方岳取「及瓜」之意，指居趙葵幕下期滿。詳見楊伯峻編著：《春秋左傳注》，頁174。

〔註82〕誅茅，亦作「誅茆」，芟除茅草。茅草多長於郊外或人煙稀少處，後引申為結廬安居之意。例見南朝梁．沈約〈郊居賦〉：「或誅茅而剪棘，或既西而復東。」典出〔明〕張溥撰：《漢魏六朝百三家集》（新北：新興書局，1963年），頁2893。

〔註83〕躔度，指日月星辰運行的度次，方岳父生辰為冬至，此日太陽回歸，日將加長，故曰「躔度轉」。詳見〔宋〕方岳撰，秦效成校注，祖保泉、何慶善審訂：《秋崖詩詞校注》，注二，頁631。

〔註84〕否極與剝、復皆為卦象名，為乘除消長之象。詳見〔宋〕方岳撰，秦效成校注，祖保泉、何慶善審訂：《秋崖詩詞校注》，注三，頁631。

現狀並不滿意，方岳出言勸慰父親「問人間，誰是十分如意。」一方面希望父親生活安穩便好，一方面又望父親能以自己為榮，才有「兒輩雖不如人」的辯解，可見方岳心中有想要光宗耀祖，討父親歡心的願望。

除上述二首壽父詞外，方岳還有一首〈西江月・以兩鶴壽老父〉：

茅屋何堪翠袖，芝田自有霓裳。一雙雪舞碧雲鄉〔註 85〕。富貴人家以上。　　竹外山童敲臼，梅邊溪友傳觴。青霞道服石爐香。便是壽星模樣。（《秋崖詩詞校注》，頁 624）

此詞無法繫年，僅能從詞題確知是方岳為父親壽誕而作，詞中讀來一樣不言富貴，反而透出清修恬淡之氣，詞上闋以翠袖、霓裳舞來表達宮廷華美，詞人認為這些東西何須有，只要有茅屋與養鶴的園圃就堪比富貴人家了，可見方岳不慕榮華的性格與生活方式。下闋「竹外山童敲臼，梅邊溪友傳觴」可知方父居所在山林之間，過著與梅、與友飲酒休憩的簡樸生活，在生日的時候著青霞道服烹藥，便是壽星的樣子了〔註 86〕，此處可看出方父嗜仙道，詞人祝其能求仙長壽。

最後一首壽父詞〈八六子・子壽父〉〔註 87〕亦無法編年，而此闋壽父詞《四庫》與《秋崖詩詞校注》本均未收錄，筆者查詢網路資料中曾誤植此詞為趙崇嶓（1198～1256 前）作，然而趙崇嶓今存之詞集《白雲小稿》〔註 88〕中有十九闋詞作，亦無收錄此詞，可見斷定作者為趙崇嶓尚有待商榷。且觀詞情與慣用詞等確實似方岳壽父詞的手筆，如詞中常稱族弟為「阿戎」的用語、感嘆求取功名不如無災無難的平淡，又如因父親身體硬朗而感到欣喜的心情，都與方岳他首壽父詞作的情

〔註 85〕《秋崖詩詞校注》中於韻腳處的「鄉」、「香」標示為逗號，今筆者據詞譜考證，予以修正。查〈西江月〉詞牌共五體，每體第三句與第七句皆押韻。見〔清〕陳廷敬主編：《康熙詞譜》，頁 241。

〔註 86〕青霞道服，即青色的道服，老壽星著道服乃宋時習俗。石爐香為藥香，皆是祝其父嗜道求仙以期長壽之詞。詳見〔宋〕方岳撰，秦效成校注，祖保泉、何慶善審訂：《秋崖詩詞校注》，注二，頁 624。

〔註 87〕此處據《全宋詞》補，詳見唐圭璋編：《全宋詞》，頁 2850。

〔註 88〕詳見〔宋〕趙崇嶓撰：《白雲小稿》，今收錄於《叢書集成續編》（臺北：新文豐出版公司，1989 年），冊 207，頁 265～269。

感相似。看詞作內容，應作於方父病重之前的某年生日：

> 喜椿庭。近來強健，團欒雁序歡聲。正柳絮簾櫳清晝，牡丹欄檻新晴，緩飛翠觥。　阿戎碌碌功名。但要無災無難，何曾著公卿。且抖擻斑衣，笑供兒戲，共將樂事，細酬佳景。須知翠袖全盛綠黛，金章不換簑青。松亭。中間頓個壽星。（《全宋詞》，頁 2850）

詞上闋充滿歡喜之情，椿庭乃是對父親的尊稱，「近來強健，團欒雁序歡聲。」可見方欽祖當時身體還硬朗，推斷此詞創作的背景甚早。方父生日正值冬末，準備迎接初春勝景，「正柳絮簾櫳清晝，牡丹欄檻新晴，緩飛翠觥。」手捧翠綠酒杯，一片大好春色。下闋轉為表達詞人對於生活安穩的重視，無災無難比飛黃騰達重要，叮嚀從弟可以求官，但要平安。「翠袖全盛綠黛，金章不換簑青。」翠袖與金章都是官員衣飾與印佩，此處應代指仕宦之路，「簑青」〔註 89〕則代指方岳所說的無災無難的平淡生活。松林之間，壽星即是方父。全詞透露出與他首壽父詞相同的意志，不求達官顯貴，但求要生活安穩，莫讓父親發愁。也可看出方岳對於父親的孝順，雖未必能滿足父親的期盼，卻希望父親過得好便好。

無奈方岳一片孝心，方父病重，仍於嘉熙三年（1239）逝世，年六十五。〔註 90〕從方岳在嘉熙四年（1240）居家服喪時期所作的〈祭詩〉：「去年汶素蹕，永痛松柏古。」一句可知方父於歸鄉途中逝世，汶指沾辱，素為孝服，蹕有止行之意，指清除道路，可見方岳是披著孝服侍棺返鄉。〔註 91〕又自去年開始方岳求離趙葵幕府，今又以父喪求去，

---

〔註 89〕綠草編的蓑衣，青竹編的斗笠。形容漁翁的打扮。唐．張志和〈漁父歌五首．其一〉：「西塞山前白鷺飛，桃花流水鱖魚肥。青箬笠，綠簑衣，斜風細雨不須歸。」此處方岳應用來代指歸隱山林的平靜生活。見〔清〕聖祖康熙編：《全唐詩》（臺北：明倫出版社，1970 年），卷三百〇八，頁 3491。

〔註 90〕〔宋〕方岳撰，秦效成校注，祖保泉、何慶善審訂：《秋崖詩詞校注》，〈方岳年譜〉，頁 699。

〔註 91〕〔宋〕方岳撰，秦效成校注，祖保泉、何慶善審訂：《秋崖詩詞校注》，〈祭詩〉，頁 512。

也使兩人產生了嫌隙。雖然結果使人讀來不勝唏噓，卻可從方岳壽父詞中感受其長於理學背景，堅守倫理綱常的孝敬之情。方岳的壽父詞不言富貴，詞中透露出方岳盼父親能以自己為榮，光宗耀祖的嚮往，無奈他仕途不順，只好轉而為父親與自己的生活困頓開解，認為安於當下的平淡生活也尚無不可，並由衷為父親的健康祈福。他的壽父詞不僅不落壽詞窠臼，也沒有與時代氛圍脫節，仍能承宋代尊親人倫的風潮，加之詞人自身在父親「望子成龍」的願望與仕途困頓的現實中的掙扎，留下令人動容的獨特詞作。

### （三）自壽詞：夢落鷗傍鷺側，不情願的隱士

自壽詞是南宋興起的壽詞類別，也是壽詞中藝術成就最高的一類，原因在於自壽詞祝壽的對象為作者本身，壽詞自此擺脫了他壽的實用功利目的，因而更能深刻的揭示詞人的內心，帶有濃烈的個人色彩。〔註 92〕此類詞體首創者，據前人研究考證，為北宋詞人晏殊（991～1055）〔註 93〕，而同為北宋人的周紫芝（1082～1155）〔註 94〕所作〈水調歌頭〉（白髮三千丈）一闋，此詞有序云：「十月六日於僕為始生之日，戲作此詞為林下一笑，世固未有自作生日詞者，蓋自竹坡老人始也。」〔註 95〕則自稱是北宋時代自壽詞作的開創者，其實為詞人的自誇而已。〔註 96〕而後由於時代背景的影響，詞的風格與基調也產生轉

---

〔註 92〕李紅霞撰：〈論南宋壽詞的興盛及其文化成因〉，頁 59。

〔註 93〕前人研究指出，晏殊是第一位大量製作壽詞的詞人，壽詞佔其詞作中的二十八闋，祝壽的對象也擴充了許多，對後世影響深遠。詳見黃文吉撰：《北宋十大詞家研究》（臺北：文史哲出版社，1995 年），頁 11～13。

〔註 94〕周紫芝，字少隱，自號竹坡居士，宣城人。紹興十二年進士，歷官右司員外郎、知興國軍。為政簡靜不擾而事亦治。有《太倉稊米集》、《竹坡詩話》、《毛詩解義》等書。見昌彼得等編：《宋人傳記資料索引》，頁 1486。

〔註 95〕詳見唐圭璋編：《全宋詞》，頁 873。

〔註 96〕據詞作內容考證，周紫芝〈水調歌頭〉（白髮三千丈）一闋應作於北宋紹興十一年（1141），在此之前已有向子諲（1085～1152）、趙鼎（1085～1047）等人作自壽詞，若追本溯源，則應以晏殊為最早。詳見黃文

變，北宋因有長期的太平盛世，詞風多寬舒中和，是一個昇平享樂的時代。〔註97〕到了宋室南遷以後，社會上層仍然過著北宋承平盛世時期，紙醉金迷的生活，底層士大夫及愛國忠臣卻背負著亡國之痛與收復失土的矛盾，當年蘇軾詞中「料峭春風吹酒醒，微冷，山頭斜照卻相迎。」〔註98〕的曠達與樂觀，在南宋詞中已難看見。詞人無處抒發的內心憂憤最後都訴諸於自壽詞的創作中，也使這一類詞作增加，創作時也較少如北宋時期周紫芝「戲作」的心情，基調多悲憤淒涼，尤其以辛派愛國詞人的創作為翹楚。〔註99〕在朝廷偏安氛圍下，主戰派的愛國詞人心裡的痛苦最深，對於自我及國家的懷疑最真切，例如辛棄疾作〈江神子・侍者請先生賦詞自壽〉中嘆息：「兩輪屋角走如梭，太忙些，怎禁他。」〔註100〕乍看之下詞人似乎為了年歲增長而傷神，然而詞最末三句卻言：「莫道長生學不得，學得後，待如何。」〔註101〕可見辛棄疾並非追求長生，且不說長生之術無法習得，而是認為自己收復失土的理想已經無法達成，就算學會了長生不老又有何用，是帶著一種對於自己人生的懷疑與壯志未酬的感慨。又如他的〈臨江仙・壬戌歲生日書懷〉：

> 六十三年無限事，從頭悔恨難追。已知六十二年非。只應今日是，後日又尋思。　　少是多非惟有酒，何須過後方知。從今休似去年時。病中留客飲，醉裏和人詩。（《稼軒詞編年箋注》，頁519）

此詞寫於嘉泰二年（1202），辛棄疾家居鉛山，據年譜所考，此時他罷

---

吉撰：《北宋十大詞家研究》，頁13。

〔註97〕薛礪若撰：《宋詞通論》，頁43。

〔註98〕〔宋〕蘇軾撰，石聲淮、唐玲玲箋注：《東坡樂府編年箋注》，〈定風坡〉（莫聽穿林打葉聲），頁192。

〔註99〕李紅霞撰：〈論南宋壽詞的興盛及其文化成因〉，頁57。

〔註100〕此句化用宋・王安石〈客至當飲酒詩〉：「天提兩輪光，環我屋角走。自從紅顏時，照我至白首。」形容時光流逝。詳見〔宋〕辛棄疾撰，鄧廣銘箋注：《稼軒詞編年箋注》，頁518。

〔註101〕〔宋〕辛棄疾撰，鄧廣銘箋注：《稼軒詞編年箋注》，頁518。

職已有七年的時間，詞開頭即表示悔恨難追，六十二年來都是虛度一場，也不知詞人的悔恨當中，是否後悔自己當年奉表南歸的決定。對於自身今日的認知，總是在日後又產生懷疑。下闋借酒澆愁，似也勉勵自己，莫似去年一般，抱負難成。

由辛詞可見，傳統壽親、壽友詞中的祝願應酬之語，在自壽詞中被捨棄，而代之以詞人的懷疑與獨白。愛國詞人在朝廷偏安的矛盾下將自壽詞作為發洩的管道，而在辛棄疾經歷的宋孝宗隆興、乾道年間，還是一個曾經舉兵北伐的年代，最終雖以失敗收場，但在南宋末期詞人眼中，仍舊是充滿希望的時代。〔註 102〕因此可以推測，生於時代更晚的宋寧宗年間的方岳，其內心痛苦想必更甚於前人，他自壽詞作中的「今古人間一馬，五十五年非。」(《秋崖詩詞校注》，頁 663～664）一語，與多年以前辛棄疾的心情，恐怕有異曲同工之感。方岳的 33 首壽詞中就有 12 首屬於自壽詞，與他同時期的愛國詞人劉克莊是留下最多自壽詞作品的南宋詞人，《後村長短句》中所收錄其 52 歲到 81 歲的 19 年間就有 38 首自壽詞，這是相當驚人的數量，可見自壽詞創作在南宋蔚為風潮。自壽詞至此擺脫了「祝」的功能，轉而強調自我在面對「時間」的各種反省與紀錄，凸顯了個人對「年」的時間意識。〔註 103〕從自壽詞中可窺見詞人的困境與自我檢視的心路歷程，方岳的 12 首自壽詞中也不例外的展現了以下幾點特色：

### 1. 反映詞人心境

方岳成長於南宋寧宗、理宗時期，國力逐漸貧弱，權貴階層流於紙醉金迷的生活，使得空有抱負的他任官之路充滿了挫折與自我懷疑。前人研究曾指出自壽詞興起的原因：

> 詞人緣於社會現實經歷所體驗到的人生感悟，已不能滿足於

〔註 102〕韓立平撰：〈南宋自壽詞的人生體悟〉，《西南農業大學學報》第 5 卷第 6 期（2007 年 12 月），頁 105～106。

〔註 103〕佘筠珺撰：〈年誌書寫：論劉克莊「自壽詞」的自我形象〉，《成大中文學報》第 59 期（2017 年 12 月），頁 3。

壽友詞、壽親詞的抒寫。這種人生體悟渴望掙脫壽詞既定主題的枷鎖，渴望一種更為自然的吐露與進發。……既而產生了以自壽詞為形式的「自我獨白」。〔註 104〕

方岳正是在此種心境的掙扎中創作了一首首的自壽詞，而從中可見的是詞人對於家國理想從一心為國到屢次碰壁的疲倦，最終拒絕出仕的心灰意冷。以下先觀方岳所作最早的一首自壽詞〈望江南‧乙未生日〉：

梅欲老，撐月過南徐。家口縱多難減鶴，路程不遠易攜書。只是廢春鋤。　　霜滿袖，茶灶借僧爐。湖海甚豪今倦矣，丘山雖壽竟何如。一笑薦冰疏。(《秋崖詩詞校注》，頁 615)

此詞有詞題云：「時赴官淮東，以是日次南徐，泊舟普照寺下，侍親具湯餅。寺中門有匾曰『壽丘山』。親意欣然，蓋以丘山為『岳』字云。」〔註 105〕從題中可知此詞作於端平二年（1235）方岳攜家前往淮東赴趙葵幕任幹官的路上，時年三十七歲。途經南徐（今江蘇省鎮江市），於佛寺中借宿，寺中有匾額為壽丘山，丘與山可合成岳字，詞人乃有感作自壽詞一首。

詞上闋寫方岳攜家眷至南徐，家口雖多，然路程不遠，可以攜帶書籍同行。觀年譜所記，前一年方岳尚任職滁州（今安徽省滁州市），位於今南徐西方約一百五十公里處，可知詞人從滁州攜眷再至南徐，故言「路程不遠」。〔註 106〕而到南徐路上應是趁夜而行，故詞人稱「撐月過南徐」，而詞人生日是冬季，所以雖然路途不遠，此行卻是必然會錯過春分時節，因此有「只是廢春鋤」語。下闋寫路途中借住佛寺，霜滿袖帶出了冬景，詞題中提到寺中匾額有「壽丘山」字樣，使詞人想起了自己的生日，詞中道「湖海甚豪今倦矣，丘山雖壽竟何如。」方岳對

〔註 104〕韓立平撰：〈南宋自壽詞的人生體悟〉，頁 105。

〔註 105〕〔宋〕方岳撰，秦效成校注，祖保泉、何慶善審訂：《秋崖詩詞校注》，頁 615。

〔註 106〕〔宋〕方岳撰，秦效成校注，祖保泉、何慶善審訂：《秋崖詩詞校注》，〈方岳年譜〉，頁 692。

於官場似乎感到疲倦，然而細觀此詞的創作背景，此時為端平二年（1235），方岳於去年初識趙葵，兩人志同道合，趙葵對其多有重用，今在赴任趙葵幕府的路上，理當意氣風發，何言「倦」？推測除了寒冬中趕夜路的旅途勞頓之外，另一原因為此時的趙葵與主戰派正遭遇巨大的低潮，端平元年（1234）蒙宋聯軍滅金以後，趙葵請戰收復西京洛陽，最終大敗，元蒙大軍南侵〔註107〕，即是前文第三章中提及的「端平入洛」一事。〔註108〕此次戰敗的導致了：

> 范上表劾葵，詔與全子才各降一秩，授兵部侍郎、淮東制置使，移司泗州。〔註109〕

趙葵遭降職，主戰派也因此受挫，可推知方岳或許因為時局的不順，而有了疲憊感，才會在詞中感嘆「湖海甚豪今倦矣，丘山雖壽竟何如。」認為自己今日生辰又有何意義。由此可見在自壽詞中，除了不同於一般壽詞的喜慶與祝壽功能外，也可窺見詞人當時的心境狀態，如此詞一般，方岳在生辰這天，面對眼下艱困的時局，對自己的無力與渺小深有所感。

方岳與趙葵本是同路人，卻因方岳對於趙葵的指正與批評使兩人的關係產生裂痕，正如前章所述〔註110〕，衝突產生於嘉熙二年（1238），此年方岳亦有作自壽詞〈賀新涼・戊戌生日用鄭省倉韻〉一首，可以看出端倪：

> 問訊江南客，怕秋崖、苔荒詩屋，雲侵山屐。留得釣竿西日手，夢落鷗傍鷺側。倩傳語、溪翁將息。四十飛騰斜暮景，笑雙篷，一懶無他畫。惟飽飯，散輕策。　　世間萬事知何極。問乾坤、待誰整頓，豈無豪傑。水驛山村還要我，料理松風竹雪。也不學、草顛詩白。自有春蓑黃犢在，盡諸公，

〔註107〕〔宋〕方岳撰，秦效成校注，祖保泉、何慶善審訂：《秋崖詩詞校注》，注一，頁615。

〔註108〕詳見本論文第三章，頁30。

〔註109〕〔元〕脫脫撰：《宋史》，〈列傳・趙葵〉，頁12502。

〔註110〕詳見本論文第二章，頁17～18。

寶馬搖金勒。容我輩，醉雲液。(《秋崖詩詞校注》，頁 621）

據年譜記載，嘉熙二年（1238）方岳進為禮、兵部架閣〔註 111〕，是得力於吳淵、吳潛兄弟。方岳〈與吳運使〉寫到：「某自八月發淮揚，九月至在所。」〔註 112〕正是前往架閣新差地，可知他到任約在八、九月，文中有對吳潛的感謝：「纔抵關外，已報新差，此固先生與諸公更相推轂之盛心。於某得之大踰分量，敢不端拜以謝。」〔註 113〕因此方岳詞中所言「四十飛騰斜暮景」指的就是升任架閣新職，然而升遷之際，自壽詞何以言出歸隱之思，都肇因於趙葵欲強留方岳於幕府，以「添差淮東制司干官」一職拖延方岳赴任，使兩人嫌隙漸深，方岳文中亦有記載：「去維揚之日，梱公為之泣數行下。」〔註 114〕梱公即趙葵，可見慰留之心殷切，可惜方岳去意堅決，並對長官的意向感到疲憊。

詞上闋透露隱逸的渴望，與山川、鷗鷺為伴，即使四十歲逢官位升遷，也是雙髮蓬亂，惟有填飽肚子才是實際的，家國決策有何重要。然而詞人下闋卻不免向天詢問「問乾坤、待誰整頓，豈無豪傑。」可見心中實在放不下國家的擔憂，只是詞人認為自己不會是那位豪傑之士，「水驛山村還要我，料理松風竹雪。」自己為官不順，地位卑微，還不如歸隱山林，整頓生活。也不效仿張旭（約 675～750）、李白（701～762）的盛名，「盡諸公，寶馬搖金勒。」再用杜詩典〔註 115〕，眼看眾人步步高升，詞人卻自言「容我輩，醉雲液。」只想醉臥山林，避世之思溢於言表。從此詞中即可看出詞人此時的心境，正處於嚮往歸隱與壯志未酬的掙扎之中，即是本文曾提及的仕、隱衝突，因與長官有隙而

〔註 111〕六部架閣官制度始創於宋代，主要運行於社會文化趨於內向的南宋，宋代經濟的發展與行政的深入，使文檔逐漸繁多，對之的管理日益緊迫，因此有了掌管文書的架閣官的設立。詳細可參見劉斌撰：〈宋代六部架閣官制度〉，《皆陽學刊》第 6 期（2005 年），頁 79～82。

〔註 112〕〔宋〕方岳撰：《秋崖集》，卷二十四，〈與吳運使〉，頁 432。

〔註 113〕〔宋〕方岳撰：《秋崖集》，卷二十四，〈與吳運使〉，頁 432。

〔註 114〕〔宋〕方岳撰：《秋崖集》，卷二十四，〈與吳運使〉，頁 432。

〔註 115〕唐・杜甫〈醉時歌〉：「諸公袞袞登臺省，廣文先生官獨冷」見〔唐〕杜甫撰、仇兆鰲注：《杜詩詳注》，頁 174。

產生逃避隱居的念頭，卻又無法真正放下理想。在自己生辰這一天，詞人回顧自己的人生，這種自我的懷疑與反思更加強烈的被寫入詞作之中。

與本該同為主戰派的成員衝突後，方岳雖曾獲得論對機會，卻又遭奸臣封殺，反映在他當年的自壽詞作中，透露出了後悔出山之意，以下觀其此年所作自壽詞〈滿江紅・乙巳生日〉：

> 說與梅花，且莫道、今年無雪。君不見、秋崖鬢底，莖莖騷屑。筆硯只催人老大，湖山不了詩愁絕。問笭箵、何事下磯來，抛雲月。　　重省起，西山笏。終負卻，東山屐。把草堂借與，鷺眠鷗歇。烏帽久閒蒼蘚石，青衫今作枯荷葉。笑人間、萬事竟如何，從吾拙。（《秋崖詩詞校注》，頁 600）

方岳此年四十七歲，生日在冬季，又南宋文人喜與梅為伍，方岳以梅象徵其對於品格的追求，因此他的詞作中常有與梅的對話。上闋寫與梅相談，提到切莫說今年冬季沒有飄雪，因為「君不見、秋崖鬢底，莖莖騷屑。」詞人的鬢邊斑白，都是一絲絲的煩憂〔註 116〕，在筆墨之中逐漸老去，可見此年的經歷並不稱心如意。「問笭箵、何事下磯來，抛雲月。」是側寫，笭箵乃指漁具或竹籠〔註 117〕，詞人對著手中的漁具自我懷疑，究竟是為何下水打漁？抛卻歸隱生活，最後卻是空手而回，似有後悔出仕之意。下闋詞人用典以自比，言自身為官清廉，卻辜負了隱居生活，「烏帽久閒蒼蘚石，青衫今作枯荷葉。」成為方岳的理想，烏帽與青衫都是官服，不如都讓它放置腐朽，最後笑嘆人間世事又如何，不如隨自己的願望質樸度日。前人研究曾指出，在南宋這樣的時代氛

〔註 116〕莖，計算細條狀物體的單位。唐・杜甫〈樂遊園歌〉：「數莖白髮那抛得，百罰深杯亦不辭。」見：〔唐〕杜甫撰、仇兆鰲注：《杜詩詳注》，頁 103。

〔註 117〕笭箵，漁具的總稱。亦指盛魚的竹籠。唐・皮日休〈奉和魯望漁具十五詠・笭箵〉：「朝空笭箵去，暮實笭箵歸。」參見於：〔唐〕皮日休、陸龜蒙等撰，王錫九校注：《松陵集校注》（北京：中華書局，2018 年），卷四，頁 751。

圍下，生辰祝壽活動時，個體生命的悲劇意識會日益強化和凸顯〔註118〕，方岳自壽詞中就有這樣的掙扎，在為官時期開始懷疑自身的決定，在愛國與歸隱的逃避間游走。

官場生涯中幾經罷官，讓晚年的方岳心灰意冷，終於決意拒絕朝廷的任命，這種徹底的失望也呈現在他的自壽詞作中，如他有作〈江神子．丙辰生日〉一首，也是他最後一首自壽詞：

幾年詩骨雪槎牙。痼煙霞，老生涯。五十八翁，堪喜亦堪嗟。忽憶香山居士語，還失笑，較爭些。　　荒寒梅塢月橫斜，短籬遮，野人家。枝北枝南，須有兩三花。緊閉竹門傳語客，那得暇，儘由他。（《秋崖詩詞校注》，頁 671）

寶祐三年（1255），方岳曾獲旨知饒州，他辭未就任，〈洪傳〉記載：「既歸，然後得旨如所奏。改知饒州，未上，罷。」〔註 119〕隔年又起知寧國府，方岳仍然推辭。

此年冬的生日，方岳作此詞時已是五十八歲的老翁，幾年來看雪景錯落〔註 120〕，是自己生辰的時節，想到今年的局勢，詞人感慨是「堪喜亦堪嗟。」〔註 121〕忽然想起與自己一樣晚年歸隱的白居易（772～846），只是自己比前人歸隱的年歲更早，不禁自嘲「還失笑，較爭些」，似也可從此看出方岳對於隱居的無奈，他雖一心求歸，作為隱士卻並非其本願。下闋描述山林之景的種種，詞人緊閉門扉，此時有傳語之人

〔註 118〕李紅霞：〈論南宋壽詞的分型及特徵——兼論祝壽文學的歷史演進〉，《深圳大學學報》第 22 卷第 3 期（2005 年 5 月），頁 89。

〔註 119〕〔元〕洪焱祖撰：〈秋崖先生傳〉，見於《秋崖詩詞校注》，頁 674。

〔註 120〕槎牙，形容錯落不齊之狀。用於雲、山、碑、石等，方岳此處應形容雪景。例宋．蘇軾〈江上看山〉詩：「前山槎牙忽變態，後嶺雜沓如驚奔。」見〔宋〕蘇軾撰，〔清〕王文誥輯注，孔凡禮點校：《蘇軾詩集》（北京：中華書局，1982 年），頁 17。

〔註 121〕堪喜者，當為同里程元鳳擢為近臣而賀。堪嗟者，自嗟其老而困也。「緊閉竹門傳語客，那得暇，儘由他。」顯然是拒知寧國府之意。見〔宋〕方岳撰，秦效成校注，祖保泉、何慶善審訂：《秋崖詩詞校注》，〈方岳年譜〉，頁 726。

前來，傳的可能是朝廷的詔令，年譜記載：「起知寧國府，未上，罷。」〔註 122〕方岳拒絕了知寧國府的旨意。而於此年八月又受到了程元鳳的薦舉，念在同鄉之情與政治立場契合，兩人又有交情，隔年還是出守袁州，作此詞時為方岳生日，是十一月底，此時已收到消息，只是不見詞人再度為官的喜悅。

然而方岳於寶祐五年（1257）出任袁州，兩年後（1259）隨即又因得罪權臣丁大全遭到彈劾。他其實政績斐然，〈洪傳〉記載：「起知袁州，新其橋若城。無何，邕廣連兵出湖湘，旁江西而北，袁有城可恃者，公力也。」〔註 123〕方岳在袁州落實建設，修建橋梁，於後日防範兵患中起到作用，又如他離開南康時人民夾道送行，大唱「秋崖秋壑兩般秋」等語嘲諷賈似道，可見方岳有政治長才，卻始終沉浮於地方，時常得罪權貴，使他的自壽詞多伴隨著仕官與歸隱的衝突，抑或是放諸山林的歸隱之思。其中的心境轉變更是從意氣風發，到對於政局的倦意，再到英雄難成的感慨，最後是對任官為國沒有了熱情，完全的失望，情緒逐漸低迴，反映了方岳官場沉浮一生的經過。

2. 多有隱逸之思

據統計，方岳的 12 首自壽詞作中，共有 9 首透露出隱逸思想，比例極高。詳觀詞作內容可以發現與詞人該年的創作背景息息相關，多作於返家途中，亦或是正被罷職閒居年間，如〈賀新涼・己酉生日用戊申韻。時自康廬歸，猶在道也。〉一闋：

> 天意然乎否。待相攜、風煙五畝，招邀迂叟。屋上青山花木野，儘可兩朋三友。笑老子、只堪棋酒。似恁疏頑何為者，向人前、不解高叉手。寧學圃，種菘韭。　　春猿秋鶴皆依舊。怪吾今，鬢已成絲，膽還如斗。誰與盧山麾之去，爾輩

〔註 122〕〔宋〕方岳撰，秦效成校注，祖保泉、何慶善審訂：《秋崖詩詞校注》，〈方岳年譜〉，頁 726。

〔註 123〕〔元〕洪焱祖撰：〈秋崖先生傳〉，見於《秋崖詩詞校注》，頁 674～675。

何留之有。黯離緒、暮江搔首。非我督郵猶束帶，這一歸、更落淵明後。君試看，長亭柳。（《秋崖詩詞校注》，頁 623～624）

淳祐九年（1249）方岳本在南康任官，因與賈似道衝突而遭調職往邵武〔註 124〕，此詞正是作於他罷職南康歸家的途中。方岳有文〈易地邵武去之日與家人集新作南門書水鏡壁上蓋十一月二十六也〉明確記載他去職之日為十一月二十六日，因此生日在十一月三十日的方岳便在返家途中度過了他的生辰。詞上闋直言自己的歸隱許是天意，「笑老子、只堪棋酒。」自嘲自己大概只能過下棋、飲酒的閒居生活，「似恁疏頑何為者，向人前、不解高叉手。」〔註 125〕一語，直指賈似道為人頑固強硬，自己無法與之共識，還不如「寧學圃，種菘韭。」回家過著隱居務農的生活。此詞雖有歸隱之意，卻無歸隱之喜，而是帶著對上級的不滿與指控，方岳強調是自己不屑與之為伍，詞下闋「春猿秋鶴皆依舊。」〔註 126〕指此次隱居歸家，家鄉未變，自己卻是雙鬢斑白，但依舊膽量過人，傲骨不減。雖然詞人有此志氣，卻也不免黯然神傷，「黯離緒、暮江搔首。」對於仕途與朝廷的失望可見於詞中。歸隱實屬無奈，詞人也只能學步淵明，即使不及淵明的豁達，也只能試看長亭柳。

在方岳的自壽詞中，像這樣充滿隱逸思想與懊悔不滿的自壽詞共有 9 闋，他時而真心為能擺脫官場而喜悅，時而發著牢騷強調自己是自願歸隱，卻又一面對自己遭遇的不平發出指控。筆者整理他自壽詞作中表露歸隱之情的作品分別如下，並對照其寫作該年的生活背景，就可以觀其詞作與隱逸的關係：

---

〔註 124〕詳細經過已見論文第二章，頁 20～22。

〔註 125〕恁，第二人稱。通「你」、「您」，此處應指賈似道。疏頑，形容懶散頑鈍、強硬固執，例〈後漢書．列女傳．曹世叔妻〉：「吾性疏頑，教道無素，恆恐子穀負辱清朝。」方岳此處指賈似道的為人。典出〔南朝宋〕范曄撰，楊家駱主編：《新校本後漢書并附編十三種》（臺北：鼎文書局，1999 年），卷八十四，頁 2786。

〔註 126〕此處用典，詳見注 17。

| 詞　作 | 寫作背景 |
| --- | --- |
| 〈賀新涼・戊戌生日用鄭省倉韻〉 | 嘉熙二年（1238），方岳進禮兵部架閣，然趙葵仍希留幕中，此非方岳所願，故詞中有「四十飛騰斜暮景」之嘆，並流露出歸里隱退之情。〔註 127〕 |
| 〈最高樓・壬寅生日〉 | 淳祐二年（1242），方岳此年先為史嵩之起為刑工部架閣，居官五十六日遭論罷，在家閒居四年。〔註 128〕 |
| 〈行香子・癸卯生日〉 | 淳祐三年（1243），方岳四十五歲，時已落職返家一年。〔註 129〕 |
| 〈滿江紅・乙巳生日〉 | 淳祐五年（1245）方岳受左相范鍾召為禮工部架閣，受命前仍閒居家中。然此年政壇官員紛紛驟逝，傳為嵩之黨毒殺，此詞作於該年冬季生日，詞中因此透露出悔出仕之意。 |
| 〈賀新涼・戊申生日〉 | 此詞寫於淳祐八年（1248），方岳於前一年初冬離開建康趙幕，此年差知南康軍，非方岳所願，生日在家度過，「五十到頭公老矣，只可鷺朋鷗友。」詞中多逸世自娛之情。 |
| 〈賀新涼・已酉生日用戊申韻。時自康廬歸，猶在道也。〉 | 詞題點明此詞作於淳祐九年（1249）方岳罷職南康，返家途中。其為官得罪賈似道遭彈劾，詞中透露出對世道的不滿控訴與決意歸隱之心。 |
| 〈水調歌頭・癸丑生日〉 | 此詞作於寶祐元年（1253），方岳此年因奏格不下，憤而自罷而歸，又遭朝廷以「氣憤詞率」追罷官職。〔註 130〕 |
| 〈滿庭芳・甲寅生日〉 | 此詞作於寶祐二年（1254），時方岳已棄職居家。 |
| 〈江神子・丙辰生日〉 | 此詞作於寶祐四年（1256），是方岳最後一首自壽詞作，時已年五十八，在家閒居，期間曾起知饒州，未就。復起知寧國府，又未就，顯示其堅決出世之意。〔註 131〕 |

〔註 127〕〔宋〕方岳撰，秦效成校注，祖保泉、何慶善審訂：《秋崖詩詞校注》，注一，頁 621。

〔註 128〕〔宋〕方岳撰，秦效成校注，祖保泉、何慶善審訂：《秋崖詩詞校注》，注一，頁 652。

〔註 129〕《秋崖詩詞校注》記載方岳時已落職返家三年，然筆者據同本年譜所考，方岳居官五十六日被罷一事在淳祐二年（1241），該年有自壽詞〈最高樓・壬寅生日〉，而此詞作於淳祐三年（1242），應為落職返家一年，故於論文中予以修正。原注見〔宋〕方岳撰，秦效成校注，祖保泉、何慶善審訂：《秋崖詩詞校注》，注一，頁 655。

〔註 130〕〔宋〕方岳撰，秦效成校注，祖保泉、何慶善審訂：《秋崖詩詞校注》，〈方岳年譜〉，頁 722。

〔註 131〕〔宋〕方岳撰，秦效成校注，祖保泉、何慶善審訂：《秋崖詩詞校注》，注一，頁 671。

觀此表可以推知，方岳是因創作背景的影響，而有許多隱逸之思的自壽詞作。推測其原因有二，一是本節前文所提，自壽詞乃詞人與自我的對話，在面臨生活不順遂的同時更有感觸，如〈賀新涼・戊戌生日用鄭省倉韻〉中與趙葵衝突而欲歸的牢騷以及〈滿江紅・乙巳生日〉對時局的恐懼與後悔，這其中的隱居思想，皆是出自方岳的自我掙扎。影響之原因其二是在家閒居，詞人有更多空閒的時間作詞及與自我對談、反思，觀其作自壽詞的年份分布，閒居時多有作品，如表中淳祐二年（1242）、三年（1243），又如方岳於邵武自罷而歸後的寶祐元年（1253）、二年（1254）等等。而詞人心態則是由「歸去不歸去，未了北山薇。」（《秋崖詩詞校注》，頁664）的歸隱嚮往，轉變為「緊閉竹門傳語客，那得暇，儘由他。」（《秋崖詩詞校注》，頁671）的堅決拒出，足見其對時局之失望。

### 3. 提供生平歷程的紀錄

方岳的生平於《宋史》中無傳，年譜的編成僅能依靠元代歙縣人洪焱祖所撰的〈秋崖先生傳〉，以及他所留下來的大量詩詞與書簡等等。因此方岳的自壽詞習慣以該年生日的干支紀年為詞題的命名手法，再搭配他所生存的大約年代，使得他自壽詞的年份明確，有助於編年與推斷創作背景，而自壽詞又多反應詞人遭遇的困境與掙扎，也可推斷出當時朝廷的概況。如嘉熙二年（1238）他代趙葵作〈代與史尚書〉一文，力反與元蒙議和，因而得罪史嵩之〔註132〕，方岳自知極有可能遭到報復，這樣的預感及後來的遭遇也記錄在此期的兩首自壽詞中，如〈鵲橋仙・辛丑生日小盡月〉：

> 今朝廿九，明朝初一。怎欠秋崖個生日。客中情緒老天知，道這月、不消三十。　春盤縷翠，春缸搖碧。便泥做、梅花消息。雪邊試問是耶非，笑今夕、不知何夕。（《秋崖詩詞校注》，頁648）

〔註132〕〔宋〕方岳撰，秦效成校注，祖保泉、何慶善審訂：《秋崖詩詞校注》，〈方岳年譜〉，頁697。

方岳作此詞時是小盡月，農曆月大三十日，月小二十九日〔註133〕，方岳生日在十一月三十日，因此說「怎欠秋崖個生日」，也有暗喻當下正缺官職的意思。第四句提到客中，可知詞人已經離鄉，應是在前往求官的路上。下闋開頭宛若春日景象，有梅花消息，方岳以梅自居，渴望能尋春景一般昂揚的仕途前景。最後卻無奈嘆「雪邊試問是耶非，笑今夕、不知何夕。」詞人透露出對於朝廷是非不分的徬徨，自嘉熙二年（1238）得罪史嵩之後，隔年史嵩之為右相，詞人一直有會遭報復的擔憂，因此道出了對於朝政遭把持的控訴。隔年方岳的預感成真，淳祐二年（1241），方岳起為刑工部架閣，居官五十六日又罷職，實則是史嵩之專權，明起用而暗貶斥，藉機挾怨報復。因此詞人在那年的自壽詞〈最高樓・壬寅生日〉，流露出強烈的歸隱之感。〔註134〕

方岳遭到史嵩之罷官後，隔年閒居在家，生日又作〈行香子・癸卯生日〉一首〔註135〕，詞中有「緊閉柴門」、「誰共耕山」等語，皆透露詞人的隱居心態，實際上他的歸隱卻是迫於時局的無奈，因此自壽詞中總帶著愁緒與孤獨感。方岳此次閒居達四年的時間，他有詩〈次韻酬率翁・其二〉云：「秋崖一出四年矣，想見松花滿石床。」〔註136〕此處言四年即是從淳祐二年（1241）被罷後到淳祐五年（1245）起任禮、兵部架閣之前的時間。

方岳的詞作中，唯自壽詞獨愛以「干支紀年」為詞題。由上述解晰可見，從自壽詞之內容對照詞題的紀年時間，再輔以〈洪傳〉及詩文作品，即可得知方岳此期為官的狀況，人又在何地，能使後人研究更能瞭解其自壽詞意，也能補足正史中無傳的生平缺憾。而綜觀方岳的自壽詞，本節取「夢落鷗傍鷺側」作為概括，蓋因他在自壽詞作中透露出

---

〔註133〕〔宋〕方岳撰，秦效成校注，祖保泉、何慶善審訂：《秋崖詩詞校注》，注二，頁648。

〔註134〕詳見本論文文第二章，頁18～20。

〔註135〕詳見頁54。

〔註136〕〔宋〕方岳撰，秦效成校注，祖保泉、何慶善審訂：《秋崖詩詞校注》，頁59。

一種心不甘情不願的隱士形象，他的第一首自壽詞作於 37 歲，適逢升遷卻因「端平入洛」戰敗的主戰派低潮而有倦怠之情，再至 40 歲生辰與趙葵有隙產生歸隱的想法，後來數年官場坎坷，每遭挫折，方岳總有對出仕的後悔，卻又屢次就任，直至最終心灰意冷。「夢落鷗傍鷺側」是他最後的決定，這樣的放諸山林卻是為時局所逼，方岳的自壽詞由 37 歲始，終於 58 歲他最後一次任官，自此被罷後直至 64 歲卒，六年間再無自壽詞創作，可見「掙扎」是他自壽詞的主軸，將歸隱作為逃避的手段，是方岳的習慣。相較於同期詞人劉克莊橫跨四十年人生的自壽詞中飽含了朝官、儒士、高逸之士三種自我形象的抉擇〔註 137〕，方岳的自壽詞時間跨度小，多聚焦在仕與隱之間徘徊，對為官的心境是從憤恨不平到心灰意冷的歸隱轉變，因此本文以「不情願的隱士」稱之，乃是他自壽詞給人的最深刻形象。

## 第三節　色彩繽紛的生活紀實

綜觀前兩節所論的詞作內容，從仕隱衝突中可見方岳於官場中的抱負與掙扎，而從創作斐然、不落俗套的壽詞中，又可窺見方岳確實承南宋理學之風，尊親重友，有許多祝壽作品。同時他也同樣感受著南宋寧宗、理宗時期，士大夫於內憂外患中的痛楚，並付諸於自己的自壽詞中。由此二節所認識的方岳，生活似乎充滿挫折與苦痛，其實這並非方岳詞的全貌。

歷來方岳詞作的研究，多聚焦在他出色的愛國詞與數量極多的祝壽詞上，即便是隱逸詞作，也常是帶著對於家國的無奈。除了愛國詞與壽詞時有單篇論文研究外，吳樹燊所撰碩士論文《方岳詩詞研究》中，也僅將詞作分為愛國詞、隱逸詞與壽詞而論，而評論方岳的詩作卻是「異彩紛呈」的。〔註 138〕前文已論方岳的詞情有「複雜化」的現象，

〔註 137〕佘筠珺撰：〈年誌書寫：論劉克莊「自壽詞」的自我形象〉，頁 36。
〔註 138〕篇目分類詳見吳樹燊撰：《方岳詩詞研究》，目錄，頁 4。

在於他在仕隱的掙扎之中，又有單純品味田園生活的歡愉，章輝〈南宋徽籍名士方岳詩詞中的休閒哲學〉一文從不同的角度，探討方岳隱逸作品中含有休閒的哲學，對於不易到手的休閒生活，他非常珍惜。並在詩詞中透露出「要想閒適，則心志方面不妨懶惰一些，放慢生活節奏，這樣亦可緩解物慾的煎熬，使心靈輕鬆。」〔註139〕的休閒功夫。由此綜觀方岳詞作，除了愛國詞與壽詞之外，方岳還懂得品味生活，其詩作是「異彩紛呈」的，而詞作也不乏色彩繽紛的生活實錄，可惜前人研究甚少。即使方岳專作吟詠生活的詞類不多，卻可在他的詞中處處窺見生活，例如「左手紫螯蟹，右手綠螺杯。」(《秋崖詩詞校注》，頁602）的秋日享受，品蟹的描述在方岳詩、詞中屢次出現，色彩鮮明。又如「春到梅梢香逗也，盡有心情行樂。」(《秋崖詩詞校注》，頁628）的春日風景，梅香躍然於紙上，梅花在方岳的詩、詞作品中隨處可見。

方岳詞作對於生活的紀錄，時而有以花自比的暗喻，時而是單純的生活享樂，有些依舊帶著對仕途的掙扎，有些色彩斑斕，恣意快活，也有對節慶細膩的描寫和體會。因此筆者爬梳其生活相關的詞作，將其主題明確、最具代表性的三類歸納，整理為品蟹、節令、詠花詞三類主題，輔以詩作對照、分析，藉此從詞作內容來一探方岳在仕隱與祝壽之外，體悟生活的一面。

### （一）品蟹菊花時

中國吃蟹文化歷史悠久，〈周禮・天官・庖人〉說：「皰人掌共六畜、六獸、六禽辨其名物。凡其死生鮮薨之物以共王之膳，與其薦羞之物及後、世子之膳羞。」〔註140〕此處的「薦羞之物」鄭玄注為：「謂四時所膳食，若荊州之魚，青州之蟹胥。」〔註141〕蟹胥為蟹醬，雖為後

〔註139〕章輝撰：〈南宋徽籍名士方岳詩詞中的休閒哲學〉，《阜陽師範學院學報》第2期（2017年2月），頁61。

〔註140〕〔漢〕鄭玄注：《周禮鄭氏注》（臺北：新文豐出版公司，1985年），卷一，頁6。

〔註141〕〔漢〕鄭玄注：《周禮鄭氏注》，卷一，頁6。

人所解，仍可見青州蟹料理已成當地名產。後來品蟹成為風尚，又與酒文化完美合流，魏晉時期名士畢卓（字茂世，生卒年不詳）直言：「右手持酒杯，左手持蟹螯，拍浮酒船中，便足了一生矣。」〔註 142〕相同的品蟹方式時常在詩文中見到，懂得品味生活的方岳，詩中就有「左手紫螯蟹，右手綠螺杯。」(《秋崖詩詞校注》，頁 602)、「左手持螯欠酒杯，枉烹郭索亦冤哉。」(《秋崖詩詞校注》，頁 295）這樣以蟹作下酒菜、哀嘆有蟹而無酒的生活享受與追求，就連辛棄疾也說：「人間緩急正須才，郭索能令酒禁開。」〔註 143〕

螃蟹於中國詩詞之中，是從詠蟹到品蟹，最早起於唐代的〈魯城民歌〉：「魯地抑種稻，一概被水沫。年年索蟹夫，百姓不可活。」〔註 144〕敘述中國古時常有蟹災，稻穗被螃蟹食盡的疾苦，此時尚無對於品嚐螃蟹的描述。前人指出唐代詩人杜牧（803～852）詩中言：「越浦黃柑嫩，吳溪紫蟹肥。」〔註 145〕最早提到了關於吳地螃蟹的肥美。宋代詠蟹詩如雨後春筍般出現，時有佳句，可見至宋代，中國人吃蟹配酒成為一種飲食文化。又南宋位於中國南方，螃蟹盛產，宋詞中的詠蟹與品蟹詞日增，唐藝孫（生卒年不詳）、呂同老（生卒年不詳，約 1274 年前後在世）、唐珏（生於 1247 年，卒年不詳）、陳恕可（生卒年不詳，約 1274 年前後在世）就同以〈桂枝香・天柱山房擬賦蟹〉為題各自賦詞，開創了詞詠蟹的先河。〔註 146〕

---

〔註 142〕《晉書・畢卓傳》記載畢卓（字茂世）嗜酒，嘗謂人曰：「得酒滿數百斛船，四時甘味置兩頭，右手持酒杯，左手持蟹螯，拍浮酒船中，便足了一生矣。」詳見〔唐〕房玄齡撰：《晉書》(北京：中華書局，1974 年)，卷四十九，頁 1381。

〔註 143〕〔宋〕辛棄疾撰，辛更儒箋注：《辛棄疾集編年箋注》(北京：中華書局，2015 年)，〈和趙晉臣糟蟹〉，頁 150。

〔註 144〕見〔清〕聖祖康熙編纂：《全唐詩》，卷八十七，頁 9896。

〔註 145〕唐・杜牧撰〈新轉南曹未敘朝散初秋暑退出守吳興書此篇以自見志〉：「越浦黃柑嫩，吳溪紫蟹肥。平生江海志，佩得左魚歸。」詳見於：〔清〕聖祖康熙編纂：《全唐詩》，卷五百二十二，頁 5969。

〔註 146〕錢倉水撰：〈螃蟹詩詞的文化景象〉，《常熟理工學院學報》第 5 期(2015 年 9 月)，頁 63。

而喜品蟹飲酒的方岳，詞作中亦有以蟹為題者，有趣的是，方岳品蟹的箇中滋味繁複，既有受贈美食的快活，也有抱負未成、窮困潦倒的感慨，甚或從品蟹的享受中悟出對家國的愧疚，以下從單純品蟹的快意，到詞人對自己窮困喪志的感慨，最後是得以品蟹卻愧對家國的掙扎等三面向的心境變化，來觀看他的品蟹詞作。先觀其〈浣溪沙．趙閣學餉蝤蛑酒舂螺〉一首：

> 半殼含潮帶靨香。〔註 147〕雙螯嚼雪迸臍黃。蘆花洲渚夜來霜。　　短棹秋江清到底，長頭春甕醉為鄉。風流不枉與詩嘗。(《秋崖詩詞校注》，頁 638)

宋人食蟹成為一種饗宴，因此當時的方岳也常受人餽贈，例如其詩〈謝人致蟹〉:「樵嵐無蟹有監州，已負詩腸過一秋。」(《秋崖詩詞校注》，頁 20）樵嵐乃今福建省邵武市，從詩可知當地不產螃蟹，也可見方岳調任邵武時期曾有人贈送螃蟹。而方岳在趙幕時期，就曾受趙葵贈蟹。此詞詞題中的趙閣學就是趙葵，嘉熙元年（1237）趙葵知揚州時授寶章閣學士，方岳此時期尚在趙葵幕府，與趙葵關係密切，「餉」有贈食之意，詳已見本論文前一章，「蝤蛑」為蟹類的一種，可見此詞是描述長官贈蟹的品蟹之詞。「半殼含潮帶靨香，雙螯嚼雪迸臍黃。」敘述螃蟹的美味，蟹殼肉質鮮美而有香氣，「嚼雪」可能指雪白的蟹肉，也可呼應螃蟹盛產的秋季霜雪，「臍黃」當指蟹黃，可想見方岳此蟹是美味的佳餚，下一句「蘆花洲渚夜來霜」承前文所提，蘆花開在秋季，呈紫色，與蟹螯常稱作紫螯遙相對照，點明了螃蟹的季節，霜雪又與「嚼雪」相襯，上闋三句恰有白、黃、紫交錯，可說是色、香、味俱全的品蟹詞。上闋寫品蟹，下闋寫美酒，方岳詩中曾言:「左手持螯欠酒杯，枉烹郭索亦冤哉。」〔註 148〕認為品蟹的同時要是沒有美酒搭配，那就

〔註 147〕原校注本標點為「半殼含潮帶靨香，雙螯嚼雪迸臍黃。」考其音韻，「香」與「黃」皆為江陽韻，再考《康熙詞譜》中〈浣溪沙〉一闋，其體式首句多為入韻，因此筆者予以修正為句號。詳見〔清〕陳廷敬主編:《康熙詞譜》，頁 118～120。

〔註 148〕〔宋〕方岳撰，秦效成校注，祖保泉、何慶善審訂:《秋崖詩詞校注》，

白白浪費一隻螃蟹了。而在江水清澈的秋季以醉為鄉，飲酒品蟹這樣的風流，不枉費與詩歌共同品味。全詞描繪出秋季品蟹的享受，以及受人餽贈的快意風流，是一首單純的品蟹詞。

又螃蟹因盛產於秋季，正是菊花盛開，百姓登高望遠的重陽時節，因此品蟹也逐漸成為重陽佳節的風潮。唐詩人殷堯藩（780～855）有詩言：「重陽開滿菊花金，病起棲牀惜賞心。紫蟹霜肥秋縱好，綠醅蟻滑晚慵斟。」〔註 149〕重陽時節能賞菊，又是螃蟹正肥的時候，再斟上一杯酒，慵懶而舒心。方岳於詩中亦曾說：「硯老自研明月露，蟹香新在菊花時。」（《秋崖詩詞校注》，頁 292）點出菊花開的時候，也正是品蟹的好季節。到了明清，明代唐寅（1470～1524）有詩：「左持蟹螯右持酒，不覺今朝又重陽。」〔註 150〕在品蟹的享受中不知不覺又迎來重陽節，清代詩人鄭燮（1693～1765）也說：「佳節入重陽，持螯切嫩姜。」〔註 151〕足見從唐至清，螃蟹成為秋季的佳餚，很自然的跟重陽節連繫到了一起。在方岳詞當中，亦有這樣的寫作聯想，觀其詞〈一落索・九日〉：

> 瘦得黃花能小。一簾香杳。東籬雲冷正愁予，猶幸是、西風少。　　葉下亭皋渺渺。秋何為者。無錢持蟹對黃花，又孤負、重陽也。〔註 152〕（《秋崖詩詞校注》，頁 626）

此詞題為九日，即指重陽，上闋寫秋景帶來的愁緒，從黃花的「小」，承接下闋的「亭皋渺渺」，「亭皋」乃水邊的平地，「渺渺」形容遼闊而蒼茫的樣子，相對黃花的瘦小，使同樣的秋景之下，形成空間的對比。方岳自問秋何為者？卻沒有給予解答，而是自言「無錢持蟹對黃花，又

〈有蟹無酒〉，頁 295。

〔註 149〕〔清〕聖祖康熙編纂：《全唐詩》，卷四百九十二，〈九日病起〉，頁 5568。

〔註 150〕〔明〕唐寅撰，周道振、張月尊輯校：《唐寅集》（上海：上海古籍出版社，2013 年），〈江南四季歌〉，頁 32。

〔註 151〕〔清〕鄭燮撰：《標點本鄭板橋集》（新北：漢京文化公司，1982 年），頁 132。

〔註 152〕此詞校注本撰「又孤負，重陽也。」今筆者據《康熙詞譜》考方岳此體為又一體，斷處應為「讀」，故改為頓號。詳見〔清〕陳廷敬主編：《康熙詞譜》，頁 142。

孤負〔註 153〕、重陽也。」可見當時的方岳手頭並不富裕，他也曾有詩〈蟹至十數日而價比異時特貴，貧者只得忍口，薄暮有以為餉者，作詩回餉〉(《秋崖詩詞校注》，頁 304）紀錄了蟹價的昂貴，方岳認為佳節沒有品蟹，乃是對重陽的辜負，可看出他對於品味生活的堅持，也間接回答了前一句所謂「秋何為者」，秋乃是在重陽佳節，品蟹對黃花的饗宴。可惜此年手頭不夠寬裕的方岳，他的貧困可能來自他的抱負未成，在蒼涼的重陽秋景下，格外失落。從方岳的品蟹詞中也可見中國品蟹文化的興盛，除了有長官贈與美食之外，也有對於蟹價的紀錄與哀嘆其昂貴，是近代研究品蟹文化的珍貴資料。

對於品蟹有偏好與堅持的方岳，是否品嚐到螃蟹就人生圓滿了呢？其實不然。在口齒留香的當下，方岳酒杯一停，便想起了自己的處境與內心掙扎，觀〈滿庭芳・擘蟹醉題〉：

> 半殼含黃，雙螯擘紫，風流渾是蘆花。江頭秋老，誰了酒生涯。玉質金相如許，怎消受、明月寒沙。橙香也，不閒左手，除是付詩家。　　草泥行郭索，橫戈曾怒，張翰浮誇。笑鱸魚雖好，風味爭些。醉嚼霜前松雪，江湖夢、不枉歸槎。停杯問，余其負腹，是腹負余耶。(《秋崖詩詞校注》，頁 636）

詞開篇描述食蟹的景象，半殼的蟹黃令人食指大動，雙螯成紫色，方岳比喻它如蘆花一般，蘆花為蘆薈之花，花穗呈紫色，因此說「風流渾是蘆花」。下兩句「江頭秋老，誰了酒生涯。」似有詞人對於自己年歲的感嘆，「玉質金相」本指人表裡俱美〔註 154〕，方岳許是有自詡自己表裡如一之意，一身傲骨於官場屢遭非難，如何經得起仕途的消磨。最終回

---

〔註 153〕孤負，違背他人好意。例《文選・李陵・答蘇武書》:「功大罪小，不蒙明察，孤負陵心區區之意。」見:〔南朝梁〕蕭統編，張啟成、徐達譯注:《昭明文選》，卷四十一，〈答蘇武書〉，頁 3137。

〔註 154〕玉質金相，形容人表裡俱美。語本南朝梁・劉孝標〈論四・辨命論〉:「近世有沛國劉瓛，瓛弟琎，並一時之秀士也……因斯兩賢以言古，則昔之玉質金相，英髦秀達，皆擯斥於當年……。」詳見〔南朝梁〕蕭統編，張啟成、徐達譯注:《昭明文選》，卷五十四，〈論四・辯命論〉，頁 4154。

歸品蟹，「橙香也，不閒左手」此處讚橙蟹之香味，並用畢卓典〔註155〕，可見詞人此時也是一邊吃蟹、一邊飲酒享樂。下闋寫蟹行於淺草中，橫走的形象生動，「笑鱸魚雖好，風味爭些。」方岳將蟹與典故中張翰家鄉的鱸魚料理相比〔註156〕，認為還是螃蟹更美味，承接下三句「醉嚼霜前松雪，江湖夢、不枉歸槎。」可看出詞人認為品蟹的美味，不枉費自己退隱歸來享受，最後玩笑似的自問「余其負腹，是腹負余耶」，此句化用宋人徐似道（約1140～1220）詩典〔註157〕，詞人問究竟是自己出仕為官負了口腹之慾，還是因口腹之慾而辜負了有志為國的心願。在方岳筆下，品蟹時常象徵休閒與歸隱，如此詞中與鱸魚的美味相比，又如其詩〈感懷‧其四〉：「舴艋舟應容釣蟹，麒麟閣不畫騎牛。百年長短身餘幾，付與西風汗漫游。」（《秋崖詩詞校注》，頁244）因此方岳品蟹的同時，似乎將對於仕、隱的掙扎融入了其中，是自己辜負了重陽，又被自己的口腹之慾辜負，然而滿足了口腹之慾，卻又辜負了自己的志向。實則透出仕途艱難的無奈，由品蟹而感興、而記錄生活，是方岳品蟹詞作的價值所在。正如前人研究所言：「大多數螃蟹詩詞是閒適的，有表達隱逸的快樂，有表達對生活的熱愛等，一一投射出平常而又豐富的世俗情狀。」〔註158〕方岳則透過品蟹，透露出了他的愛國情懷與內心掙扎。

### （二）節令中的喜怒哀樂

文學自古發展皆有其時代性與政治背景影響，宋代士人與百姓享樂生活的習慣源自上意的默許與提倡，例如宋太祖就曾嘆人生短暫，

〔註155〕語本《晉書‧畢卓傳》：「右手持酒杯，左手持蟹螯」詳見本論文注131。

〔註156〕《世說新語‧識鑒》：張季鷹辟齊王東曹掾，在洛，見秋風起，因思吳中菰菜羹、鱸魚膾，曰：「人生貴得適意爾，何能羈宦數千里以要名爵？」遂命駕便歸。後引申為思鄉而辭官之舉。詳見〔南朝宋〕劉義慶撰、〔南朝梁〕劉孝標注：《世說新語校釋》，頁767。

〔註157〕宋‧徐似道〈游廬山得蟹〉詩：「不到廬山辜負目，不食螃蟹辜負腹。」詳見於〔宋〕張端義撰、李保民點校：《貴耳集》（上海：上海古籍出版社，2012年），卷上，頁101。

〔註158〕錢倉水撰：〈螃蟹詩詞的文化景象〉，《常熟理工學院學報》，頁65。

「不如多置歌兒舞女，日夕飲酒相歡，以終天年。」〔註 159〕《東京夢華錄》也時常記錄當時首都的繁華奢靡。因此宋代節慶或盛大空前，或慎重追遠，在文學上的吟詠亦多，詞作當然也不例外。張炎《詞源》中〈節令〉章言節令詞：「妙詞頗多，不獨措辭精粹，又且見時序風物之盛，人家宴樂之同。」〔註 160〕紀錄節日習俗的盛況，乃是節令詞的價值之一。前人亦有許多學位論文研究如《宋代節令詞研究》、《兩宋元宵詞研究》、《宋代元宵詞研究》、《兩宋上巳寒食清明詞研究》、《兩宋七夕與重陽詞研究》等等，單篇論文的探討更是不計其數，足見作品之豐富。

在方岳的九十二首詞作當中，明確提及節慶，或於詞中可以判明節慶的節令詞，僅有十四首，相較於他的祝壽詞以及宋代節令詞的興盛，僅是冰山一角，卻仍可以窺見他在節令詞創作中的人生觀與繽紛色彩，如立春、除夕時對新年的期許，又如元宵燈節、清明微雨時期人生失意，意欲歸去的愁苦，以及重陽登高的憂慮感嘆，又或者在七夕佳節，難得可以從詞作中一窺方岳的鐵漢柔情。在節令詞作中的種種喜怒哀樂，為向來以豪放派愛國詞著名的方岳作注入了一絲活力。以下根據方岳多面的情緒心境分類詳論：

### 1. 新年之喜

一年之計在於春，自臘月二十二日立春前夕開始，人們即為一年將盡開始做各種準備，再到除夕送走舊年，一年之盡與春季的初始，富含中國許多重要的節慶習俗，文人的創作數量可見一斑。〔註 161〕宋代習俗中，立春日有進春牛、鞭春牛、買春牛、賜春幡等習俗，表示勸農

〔註 159〕〔明〕陳邦瞻撰：《宋史紀事本末》（北京：中華書局，1997 年），卷二，頁 1265。

〔註 160〕〔宋〕張炎撰，夏承燾校注；〔宋〕沈義父撰，蔡嵩雲箋釋：《詞源注．樂府指迷箋釋》，頁 22。

〔註 161〕蔡鎮楚所撰《宋詞文化學研究》統計，兩宋立春詞有 51 闋，元日詞有 15 闋，除夕詞 31 闋，三個節慶共 97 闋。詳見蔡鎮楚撰：《宋詞文化學研究》（長沙：湖南人民出版社，1999 年 7 月），頁 201。

春耕和祈求豐收之意。〔註162〕從方岳詞中就能看出春日來臨的繽紛與熱鬧，觀〈燭影搖紅・立春日柬高內翰〉一闋：

> 輦路融晴，宮雲逗曉青旂報。梅邊香沁彩鞭寒，初信花風到。笑語誰家簾幕，鏤冰絲、紅紛綠鬧。髻橫玉燕，鬢顫瓊幡，不能知掉。　　看見春來，曲塵微漲催蘭棹。嬌黃拂略上柔條，等得鶯眠覺。引出千花萬草。喜攙先、椒盤竹爆。問誰天上，瑤帖初供，玉堂歸儤。(《秋崖詩詞校注》，頁650～頁651)

此詞作於立春日，可見多樣的節令習俗，「輦路融晴，宮雲逗曉青旂報。」立春的早晨，宮廷紛紛立起迎春的旗幟，「梅邊香沁彩鞭寒」乃是宋代立春當日的「鞭春」習俗〔註163〕，透過鞭打土牛，也象徵農耕季節的開始。春日的到來帶著欣喜的心情，「鏤冰絲、紅紛綠鬧。」人們互相以飾品餽贈〔註164〕，色彩鮮明，躍然紙上。上闋寫人景，下闋進入春景，寫春水與春花，而宋人迎春有飲椒酒之習，椒盤乃以盤進椒酒。末三句寫初春值官，「儤」指官吏連日值宿〔註165〕，應是與該詞贈與的對象高斯得（即高內翰，生卒年不詳）有關，全詞呈現春來時的生機盎然，並記錄了宋代立春的各式習俗，極富時代價值。

立春多是在臘月末，也象徵即將送走臘月，一年將要結束，方岳有作〈浣溪沙〉五首，從中可體悟宋代迎新年的風俗與快活，第一首即是送別臘月的〈浣溪沙・餞臘〉：

---

〔註162〕李永匡、王熹撰：《中國節令史》(臺北：文津出版社，1995年)，頁220。

〔註163〕「立春前一日，開封府進春牛，入禁中鞭春。」詳見〔宋〕孟元老撰，伊永文箋注：《東京夢華錄箋注》(北京：中華書局，2006年)，卷六，頁534。

〔註164〕立春日宋人會以「春幡雪柳，各相獻遺。」詳見〔宋〕孟元老撰，伊永文箋注：《東京夢華錄箋注》，卷六，頁534。

〔註165〕儤，即儤值，一作豹值，指官吏在官府連日值宿。例：宋・王禹偁〈贈浚儀朱學士〉詩：「何時儤直來相伴，三入承明與漸闌。」詳見〔宋〕王禹偁撰：《小畜集》(臺北：臺灣商務印書館，1967年)，卷十一，頁82。

太乙東皇欲轉鈞。〔註 166〕玄冥連夜碾歸輪。冰痕不動玉粼粼。　酒氣力消寒氣力，梅精神是雪精神。相將好去轉頭春。(《秋崖詩詞校注》，頁 665）

此詞題為「餞臘」，乃為冬季送行之意〔註 167〕，太乙東皇與玄冥相對，一為太陽神、最高神，詞人將其代表一年之初，玄冥可稱為冬神，〈禮記・月令〉記載冬季為：「其帝顓頊，其神玄冥。」〔註 168〕所以「玄冥連夜碾歸輪」乃是揮別冬季，餞臘迎春之意。宋人習俗中立春、除夕、元旦等等，都有飲酒之習，由詞下闋可見酒暖消寒，詞人又說「梅精神是雪精神」所謂梅暗喻的高潔不屈，於方岳詩詞中常見，此處應也是對自己的喊話，希望自身有這般堅忍不俗的精神。最後言「相將好去轉頭春。」冬天即將過去，轉眼就是美好的春季，一年之始，可見詞人對新年的喜悅與對自己的期許。

餞臘之後是迎春，方岳也有作迎春詞，再觀其二〈浣溪沙・迎春〉：

看見嬌黃拂柳芽。銀幡誰鞸髻蟠鴉。一帘晴色滿天涯。
冰絲未醒連夜酒，雪籬留得去年花。東風也肯過吾家。(《秋崖詩詞校注》，頁 665）

方岳的迎春詞色彩豐富，嬌黃的花黃與柳芽的綠，銀幡、冰絲的銀，雪籬的白，都記載了當年的絢麗春景。此詞由景切入，「看見嬌黃拂柳芽」所指應為柳樹所開的小黃花，柳樹花開在初春，正好是迎春時節，象徵春季的到來。第二句應是對於遊春百姓的描述，由風景到人景，「銀幡誰鞸髻蟠鴉」街上隨處可見垂著蟠鴉髻、配著銀髮飾的遊客，詞人以

〔註 166〕詞上闋「鈞」、「輪」、「粼」皆為真文韻平聲，判斷首句入韻，筆者修正校注本逗號為句號。《康熙詞譜》中〈浣溪沙〉一闋，其體式首句多為入韻。詳見〔清〕陳廷敬主編：《康熙詞譜》，頁 118～120。

〔註 167〕例見宋・蘇軾詞〈紫宸殿正旦教坊詞・勾合曲〉：「餞臘迎春，方慶三朝之會。」參見於〔宋〕蘇軾撰，張志烈、馬德富、周裕鍇主編：《蘇軾全集校注》(石家莊：河北人民出版社，2010 年)，文集卷四十五，頁 4862。

〔註 168〕〔漢〕鄭玄注，〔唐〕孔穎達等正義：《禮記正義》(臺北：藝文印書館，1989 年)，卷十七，頁 340。

「一帘晴色滿天涯」來形容這春意盎然的景象。上闋是由景物到人，下闋由人至景，「冰絲未醒連夜酒」宋代一年之初的節慶與酒密不可分，詞人尚在沉醉之中，「雪籬留得去年花」或指冬季含苞，至春日終於盛放的梅，乂是方岳喜愛的好夥伴，最末詞人自謙的表示「東風也肯過吾家。」象徵春季的到來不分貴賤，喜迎春日的造訪。

從方岳詞中除了一窺春景外，也記錄了年節的習俗，中國除夕有守歲之習，歷來多有詩詞創作，如蘇軾詩云：「兒童強不睡，相守夜歡嘩。」〔註169〕只有在這個特別的日子，不分老少都能徹夜歡談嘻笑，李處全〈1131～1182〉〈水調歌頭・除夕〉作：「今夕定何夕，今夕歲還除。團欒兒女，盡情燈火照圍爐。」〔註170〕等，方岳詩詞中也屢見除夕之作，觀其第三首詞為除夕所作〈浣溪沙・守歲〉：

> 暖入屏爐一笑融。燈花成穟綴釵蟲。醉微微莫睡匆匆。
>
> 寶炷燒殘銀鴨暖，雪花飛起玉麟紅。春風不等五更鐘。（《秋崖詩詞校注》，頁665）

詞中表現出除夕夜圍著暖爐歡笑的守歲場景，「醉微微莫睡匆匆」代表著飲酒談笑，在除夕夜切莫匆匆睡去。下闋寫烤火取暖，凸顯除夕的天候寒冷，又是冬與春的交替，不待五更天亮，春天的造訪將至。值得關注的是相較於方岳的除夕詞，他亦有許多除夕詩，卻不似詞中的歡快繽紛，喜慶洋溢。如其詩〈除夜〉二首嘆：「年華三百六十日，塵勞八萬四千門」、「人情何啻吳江冷，世路從來蜀道難」（《秋崖詩詞校注》，頁280）此詩做在方岳及第之前，回顧一年經歷，方岳煩憂極多，認為生活艱難。又如淳祐二年（1242）除夕，方岳〈除夜〉六首詩中自嘲：「莫笑青衫霜葉枯，六年不改舊稱呼。」（《秋崖詩詞校注》，頁112）方岳此期復官又遭罷，一年的結束讓他笑自己的官職六年依舊。相對於詞作中體驗節慶溫馨的氛圍，其詩多牢騷，恐因詞本娛賓遣興之文

〔註169〕見〔宋〕蘇軾撰，〔清〕王文誥輯注，孔凡禮點校：《蘇軾詩集》，〈守歲〉，頁161。

〔註170〕唐圭璋編：《全宋詞》，頁1730。

體，佳節當前，詞人選擇將煩苦留於詩體之中。

守歲過後，新年的第一日，方岳詞中也有描述，見其詞之四〈浣溪沙・賀正〉：

> 曉色才分笑語喧。詔鴉飛下九重天。瓊幡雪柳拜花前。
>
> 最後屠蘇人老大，攙先菡萏玉嬋娟。一年年勝一年年。(《秋崖詩詞校注》，頁 665～666)

守歲之後的隔日，新年之始，天才剛矇矇亮，即能聽到各家的歡心笑語，此時朝廷會頒發賀新正的詔書，「瓊幡雪柳拜花前」家家戶戶爭相著新衣、婦女則配戴垂墜的髮飾，互相走訪參拜。〔註 171〕在年節時刻，宋人會飲屠蘇酒，「最後屠蘇人老大」是指最年長者最後飲用的習俗，既見長幼之序，又有除病祈福之意。〔註 172〕而婦女們則紛紛戴上華貴的首飾，如此年節勝景，一年復一年。

由此可見，從餞別臘月到喜迎新春，方岳也不免沉浸於中國傳統習俗的年節和樂之中，詞中色彩鮮明，刻劃生動，詳實呈現了宋代新春的種種氣象與特色。

### 2. 感舊愁思

繁華勝景易使文人有所感悟，因此前人研究中不論何種節俗，總有詠懷抒情一類，方岳的新年詞滿懷新氣象的喜悅，他的元宵詞則是與長官賞燈，於燈景中油然而生一種不如歸去的感慨。再到春雨紛紛的清明，雨季加上人生境遇不順，使方岳的清明詞以「愁」字貫穿，最後是文人雅士喜「登高」的重陽，登高望遠，方岳那種無力為家國的憂

〔註 171〕《東京夢華錄》載：「正月一日年節……士庶自早互相慶賀，坊巷以食物、動使、菓實、柴炭之類，歌叫關撲。」詳見〔宋〕孟元老撰，伊永文箋注：《東京夢華錄箋注》，卷六，頁 514。

〔註 172〕據前人學者考證，「屠蘇」乃綜合各藥草之藥劑，可製酒。元旦須向東方飲之，且如椒酒、柏酒一般，均須由小至大，逐次遞進；既見幼長之序，且可除病祈福，無怪乎新年伊始，即飲之以成習尚。詳見王偉勇撰：〈兩宋立春、除夕、元旦詞中所見之飲食文化〉，《文史知識》2010 年第 6 期，頁 70～80。

慮與歸隱的念頭更加強烈。綜觀方岳於節令詞中的心情，可見他的心境受到節令氛圍的影響，其中變化多樣，飽含歸隱與家國的掙扎，在生活中巧妙的與他的仕隱衝突結合，值得深入了解。

先觀元宵節發展自南宋，達到了空前的頂峰，關於其由來與興盛經過，歷來已多有專文研究，張榮東、逯雪梅在〈試論宋代元宵詞的情感意蘊及時代特徵〉一文中指出：

> 元宵節既不像重陽登高賦詩那樣是文人雅士的行為，也不像七夕乞巧是女性獨有的活動，它是眾多節日中最為平民化的一個。〔註 173〕

加之宋代市井小民經濟興起，元宵娛樂不再限於朝廷百官，成為舉國同歡的節慶。而在整個《全宋詞》約 300 多首的元宵詞中，前人研究有依據內容將其分類為記遊寫景、詠懷抒情、酬贈唱和及記事詠物者〔註 174〕，也有依詞情分類為太平之頌、閒適之情、感傷之苦、家國之思和亡國之悲等。〔註 175〕在這 300 多首龐大的創作中，方岳的元宵詞僅僅佔了其中一首，即是〈風流子・和楚客維揚燈夕〉：

> 小樓簾不卷，花正鬧、燈火競春宵。想舊日何郎，飛金叵羅，三生杜牧，醉董嬌饒。香塵路、雲鬆鸞髻髻，月襯馬蹄驕。彷彿神仙，劉安雞犬，分明富貴，子晉笙簫。　　人生行樂耳，君不見、迷樓春綠迢迢。二十四經行處〔註 176〕，舊月今

〔註 173〕張榮東、逯雪梅撰：〈試論宋代元宵詞的情感意蘊及時代特徵〉，《西南交通大學學報》第 3 期（2004 年），頁 119。

〔註 174〕陶子珍撰：《兩宋元宵詞研究》（臺北：東吳大學中國文學研究所碩士論文，1992 年），第三章〈兩宋元宵詞之內容分析〉，頁 63～130。

〔註 175〕林晶晶撰：《宋代元宵詞研究》，第三章〈宋代元宵詞的分類〉，頁 22～37。

〔註 176〕方岳此闋據〈風流子〉又一體作，《詞譜》以周邦彥〈風流子〉（楓林凋晚葉）為例，此詞前後段第一句俱不用韻，後段第二句作三字一讀、六字一句，筆者據此修正校注本標點，「花正鬧、燈火競春宵。」及「香塵路、雲鬆鸞髻髻，月襯馬蹄驕。」三字句應為頓號。又據該體例修正「二十四，經行處」為「二十四經行處」，應為五字一句。詳見〔清〕陳廷敬主編：《康熙詞譜》，頁 57～58。

橋。但索笑梅花，酒消新雪，縱情詩草，筆捲春潮。俯仰人間陳跡，莫惜金貂。(《秋崖詩詞校注》，頁 641～642)

此詞題為「和楚客維揚燈夕」，據《秋崖詩詞校注》注「楚客」指趙葵〔註 177〕，維揚是揚州，可知方岳創作此詞時人尚在揚州，與他居趙葵幕府的地點相合，雖無確切時間，應可推知作於端平二年（1235）自嘉熙三年（1239）之間。詞上闋寫元宵時的勝景，有燈會、美酒與美女，榮華富貴，神仙行樂，與一般元宵詞無異，描寫當時南宋元宵的盛況。下闋情緒轉折，說人生行樂，卻已不見當年隋煬帝所建的迷樓春光，二十四橋也今非昔比，只有月光依舊，透露出一種時光消逝的感慨，與宋代元宵詞中常有的時空對比手法相同，然而方岳此處所感卻並非男女之情，也不是家國之痛。往下細讀，方岳主張「但索笑梅花，酒消新雪，縱情詩草，筆捲春潮。」一頭栽進詩詞創作之中，與梅花同樂，給人特出獨立之志，最後帶出心中所想，「俯仰人間陳跡，莫惜金貂。」是對於官場的不屑與隱世之想，可知詞人佳節感舊的原因，乃在於有感人間繁華與官場名利終歸塵土，不如飲酒寫詩快活。

對照方岳創作此詞的背景，足見當時居官趙葵幕府的他仕途不順，與趙葵時有衝突，在離開幕府之前方岳已有隱居的念頭，只是在元宵節燈夕勝景之下，俗世的煩憂更加放大，而透露出了獨特於其他宋代元宵詞的隱逸之思。對照方岳元宵詩作中「好事斷無人問學，竹門隔塢不須開」(〈元夕雪用韻〉，《秋崖詩詞校注》，頁 314)、「愁霖半月辨此雪，元夕山城特地寒。」(〈上元大雪重賦〉，《秋崖詩詞校注》，頁 315)等語〔註 178〕，雖無法考證是作於同時，卻都透出節慶之下的冷清之感。

〔註 177〕楚客即趙葵，葵於淳祐二年五月改任湖南安撫使，知潭州。葵為湖南衡州人，故稱楚客。見《秋崖詩詞校注》，頁 640。

〔註 178〕元宵節又稱上元節，為每年農曆的一月十五日，也是一年之中的第一個月圓的日子，夜晚被稱為「元夜」、「元夕」。又因為元宵節重要習俗乃有「放燈」、「賞燈」，又作「燈夕」。因此方岳詩詞中的「燈夕」、「元夕」、「上元」皆指元宵節。相同例如宋・周邦彥（1056～1121）〈解語花・上元〉詞賦元夕：「因念帝城放夜，望千門如晝，嬉笑游

因此其元宵詞若就內容上歸類，可說是詠懷抒情，但其情感上卻是特殊的，不思男女、不悲家國，也非歌頌太平盛世，反倒是一種對於官場的看破和頹喪而產生的避世情感。

元宵過後是清明，春季多雨，陰雨綿綿使人好發憂慮。方岳的清明詞作中不只傷春，也為自己的仕途憂愁。早期清明本為二十四節氣之一，僅與農業、時令相關，而無特殊習俗或娛樂活動，「清明節」一詞最早出現於漢代崔寔《四民月令》中：

> 清明節，命蠶妾治蠶室，除郄穴，具槌梼薄籠，節後十日封生薑，至立夏後，芽出，可種之。〔註179〕

當時的清明前後，是民間祈求蠶業豐收，祭祀蠶神的節日。直到了唐代以後，清明節與寒食節逐漸合而為一，寒食節變成了清明節的一部分，包含禁火、掃墓等習俗以及打鞦韆、蹋鞠戲等娛樂，也成為了清明節主要活動。〔註180〕自此清明節的地位逐漸提升，到了宋代，《東京夢華錄》載：

> 清明節，尋常京師以冬至後一百五日為大寒食。……寒食第三節，即清明日矣。凡新墳皆用此日拜掃。〔註181〕

掃墓本為寒食節之習俗，足見兩個節令至宋代已有融合的跡象。

根據前人研究所歸納，寒食、清明詞作，不外乎寫景記遊、詠懷抒情、酬贈唱和和記事詠物等類〔註182〕，方岳共有四首詩與兩闋詞與清明有關，大抵不出時節的描寫與借景抒懷，但他的這些作品，幾乎都能以「愁」一字貫穿，其中有許多文人都有的傷春，而方岳不只傷春，

---

治。」見〔宋〕周邦彥撰，羅忼烈箋注：《清真集箋注》（上海：上海古籍出版社，2008年），頁172。

〔註179〕〔漢〕崔寔撰，〔民國〕唐鴻學校輯：《四民月令》，收錄於《叢書集成續編》（臺北：新文豐出版公司，1991年），頁634。

〔註180〕李永匡、王熹撰：《中國節令史》，頁191～192。

〔註181〕〔宋〕孟元老撰，伊永文箋注：《東京夢華錄箋注》，卷七，頁626。

〔註182〕張金蓮撰：《兩宋上巳寒食清明詞研究》（臺北：東吳大學中國文學研究所碩士論文，1993年），目錄頁5～6。

他也為自己的仕途發愁。如其詩〈清明日舟次吳門‧其二〉:「片片飛花更異鄉，人家插柳抵愁長。」(《秋崖詩詞校注》，頁44）人在外地的方岳，綿綿細雨中似也感受著春愁，又如〈清明〉詩:「燕話春愁初睡醒，一帘草色暮池深。」(《秋崖詩詞校注》，頁44）詞人看似為漂泊異鄉與春天易逝而愁，與眾多清明遊子相同。但若對照詩作與詞作，便可看出傷春之外，方岳藉清明抒發的內心愁緒，其實別有原因。今觀其詞〈如夢令‧春思〉：

> 知是誰家燕子，直恁惺忪〔註183〕言語。深入繡簾來，無奈落花飛絮。春去。春去。且道干卿何事。(《秋崖詩詞校注》，頁618）

春季到來，輕快的燕聲婉轉，直深入到房簾之後都能聽聞，詞人聽此鳥語，卻感嘆落花飛絮，春終有逝去的一天，是典型的春愁。心有所想，則耳有所聞，「春去。春去。」可能指鳥鳴，聽在詞人耳裡卻像是催促春天的離去，因此詞的最後，詞人才會戲謔般的用典一問:「且道干卿何事？」此處的卿乃指燕子。觀此詞與方岳所作的詩意境相同，都有傷春消逝之意，但再觀方岳另一闋與之相乘的詞〈如夢令‧海棠〉，出自同一詞牌，詞人的愁似乎不僅為春去而愁：

> 雨洗海棠如雪。又是清明時節。燕子幾時來，只恐為花愁絕。愁絕。愁絕。枉與春風分說。(《秋崖詩詞校注》，頁618）

海棠花於每年四到五月盛開，恰是清明時節，氣候微涼常與春雨相伴，因此詞人言「雨洗海棠如雪。又是清明時節。」在上一闋詞中，方岳笑春去干燕子何事，而此詞中卻又問「燕子幾時來」，怕是正在為花感到憂愁，且這樣的憂愁，詞人竟說「枉與春風分說」看似又與春無關，可推測不是單純的傷春逝之情。在方岳的〈清明〉一詩中曾透露詞人內心真正的愁緒:「何哉清明乃爾愁，雨聲中間花事休。……滿床書卷為不

〔註183〕惺忪，校注本作「聰明貌」，與詞意恐有出入，筆者認為應作「形容聲音輕快悅耳」較佳，此處指燕子叫聲輕快。例見宋‧晏幾道〈采桑子‧日高庭院楊花轉〉詞:「鶯語惺忪，似笑金屏昨夜空。」也作「惺鬆」。參見唐圭璋編:《全宋詞》，頁249～250。

平，亦怨秋崖長負腹。」（《秋崖詩詞校注》，頁 514）書卷為方岳抱不平，「負腹」在方岳詩詞作品中經常出現，表面是辜負口腹之慾的意思，筆者認為另也帶有辜負自己對志向的追求之意，暗喻他的貧困與一事無成。〔註 184〕由此可見在清明時節，詞人憂慮的不只是春中有逝去的一天，也慨歎自己的失意處境，「燕子」或許也不只是真正的燕子，還代表了方岳的期許與志願，可惜不知它何時能如願，又不願坦然面對自己對於仕途的期待，方岳個性中的倔強一覽無遺，才因此出言「且道干卿何事」。

總結上論，方岳所作清明詞為記事詠物中的借物抒懷一類，並非單純描寫清明時節的花草四季之景，詞人將愁緒融於自然之中，且比起經常傷春悲秋的文人，多了一分對自我的感慨，使人讀來能品味其深意。

前有傷春，後是悲秋，萬物逐漸蕭索的秋季歷來也是文人筆下好發愁緒的季節，再結合了重陽節的登高之習，因此關於重陽的作品多有悲嘆，特別對於南宋文人來說，家國之痛越發沉重。

九月九日重陽節，重陽的名稱由來舊有二說，一說是戰國時期，《楚辭》中提及「重陽」，屈原在九月九日登高遠眺故國抒懷。二說是源於陰陽學說，「九」為陽數中最大者，九月九日為重九，因此作「重陽」。〔註 185〕到了西漢，重陽節已經成為固定節日〔註 186〕，而魏晉時期各項習俗活動也已完備，登高、賞菊、插茱萸，或是食重陽糕、飲菊花酒等等，且節俗的娛樂性漸趨主導地位，例如此時的登高已經不僅

〔註 184〕據《秋崖詩詞校注》一書，方岳作品中有「亦笑此翁長負腹，又尋杞菊誑齋盂。」（〈麥嘆〉，頁 261）、「秦郵之薑肥勝肉，遠莫致之長負腹。」（〈豆苗〉，頁 551～552）等句為辜負口腹之慾的意思。而又有作詞〈滿庭芳・擘蟹醉題〉：「停杯問，余其負腹，是腹負余耶。」（頁 636）暗喻辜負自身志向之意。

〔註 185〕劉學燕撰：《兩宋七夕與重陽詞研究》，頁 106。

〔註 186〕「三月上巳，九月重九，士女遊戲，就此拔禊登高。」西漢劉歆將上巳與重陽並論，指登高有驅邪避禍之用，詳見喬繼堂撰：《中國歲時禮俗》（天津：天津人民出版社，1991 年），頁 215。

僅是漢代驅邪避禍的用意，而是民間頗為盛行的活動了。〔註187〕

再觀北宋重陽節的盛況：

> 九月重陽，都下賞菊有數種……酒家皆以菊花縛成洞戶。都人多出郊外登高，如倉王廟、四里橋、愁臺、梁王城、硯臺、毛駝岡、獨樂岡等處宴聚。前一、二日，各以粉麵蒸糕遺送……。〔註188〕

從記載可見，不論是重陽尚食糕或賞菊飲酒、登高等節俗都保存了下來，並從漢代至宋代可知，相較於其他節日，重陽節定型得較早，節俗變化也較簡單，除了一些象徵意義與娛樂性的轉變外，過節的方式大抵相同。

據記載，在民間，不但登高活動盛行，而且文人墨客尤其熱衷，因而還使它形成了登高會。〔註189〕辛棄疾〈醜奴兒・書博山道中壁〉云：「少年不識愁滋味，愛上層樓。愛上層樓。為賦新詞強說愁。」(《稼軒詞編年箋注》，頁170）足見到了南宋，「登高」似乎成為一種風潮，且文人登樓，遠眺山河，還得要說些愁緒才稱得上佳作。只是真正為愁所困者，遠眺故國，悲痛與憤恨往往難以言喻。登高能望遠，重陽又在微涼的秋季，特別容易引發詞人的憂慮與哀嘆，方岳詞中的重陽作品亦是這般風格。方岳提及重陽之文章眾多，本節僅論方岳詩詞作品中以重陽為題者，有作「重陽」、「重九」或「九日」，其重陽詩作多以菊花襯托，內容多以重陽時節景物或鄉愁為主，如「逢人提菊賣，方醒是重陽。」(《秋崖詩詞校注》，頁202）、「重陽卻喜無風雨，野菊迎人亦自花。」(《秋崖詩詞校注》，頁302）的景況描寫，又如「黃花未抵淵明瘦，卻做離騷以上香。」、「又是江南離別處，寒煙吹雁不成行。」(《秋崖詩詞校注》，頁102）等對於仕途與客居他鄉的愁思。在方岳的重陽詩作中，較少提及「登高」，筆者認為蓋因登高所帶來的意味深遠，

〔註187〕李永匡、王熹撰：《中國節令史》，頁196～197。
〔註188〕〔宋〕孟元老撰，伊永文箋注：《東京夢華錄箋注》，卷八，頁817。
〔註189〕李永匡、王熹撰：《中國節令史》，頁197。

感興複雜，但詩體短小，難以盡收詞人內心感觸，方岳於是將登高所感，付諸於詞作中，因此他的重陽詩與詞最大的差異，乃在於所描述的節俗內容。

方岳詞題中提及「重陽」、「重九」或「九日」的詞有六闋，其中二闋與登高有關，有家國寄寓，憂心忡忡，一闋為〈水調歌頭・九日多景樓用吳侍郎韻〉(《秋崖詩詞校注》，頁 604)，乃方岳頗為人稱道的愛國詞作，詞人登上多景樓，在長江河畔遠眺北方故國山河，顯露沉痛與欲收復失土的渴望。另一闋為〈滿江紅・九日冶城樓〉(《秋崖詩詞校注》，頁 601）方岳被迫前往金陵，其登金陵城樓，有感疲憊倦怠，卻又放心不下無人輔佐的朝廷。重陽登樓，詞人憂慮甚遠，從詞作中可看出。

其餘四闋，有對自身的自嘲，如〈一落索・九日〉:「無錢持蟹對黃花，又孤負、重陽也。」(《秋崖詩詞校注》，頁 626）仕途不順，詞人感嘆生活窮困。又如和趙尉兩闋，皆作於重陽，詞中有「莫向黃花，談身外事，已將白日，付掌中杯。」、「能幾重陽，已無老子，人世何妨笑口開。」(《秋崖詩詞校注》，頁 666～667）等語，可看出重陽節過，常使詞人因感受到時光流逝，再思及自身的一事無成，最終認為不如放下執念，放諸歸隱生活。今再觀剩下的〈水調歌頭・九日醉中〉一闋，雖無法從背景上考證編年，但從內容上也可看出是閒居時期的重陽日，詞人買醉而作：

> 左手紫螯蟹，右手綠螺杯。古今多少遺恨，俯仰已塵埃。不共青山一笑，不與黃花一醉，懷抱向誰開。舉酒屬吾子，此興正崔嵬。　　夜何其，秋老矣，盍歸來。試問先生歸否，茅屋欲生苔。窮則簞瓢陋巷，達則鼎彝清廟，吾意兩悠哉。寄語雪溪外，鷗鷺莫驚猜。(《秋崖詩詞校注》，頁 602)

重陽節正值秋季，是品蟹飲酒的季節，詞人先道出此季最佳的享受，並說「古今多少遺恨，俯仰已塵埃。」努力徒勞的方岳認為那些功名利祿與奮發愛國的精神，最後都只是在時間中化為風塵。方岳的重陽詞中，喜與黃花對話，不向黃花談家國大事、不與黃花共飲，又或者沒有錢買蟹與黃花品嚐，黃花乃菊花，為秋季的代表，在方岳詞中成為了「世俗」的象徵。「舉酒屬吾子，此興正崔嵬。」持蟹暢飲的詞人興致正「崔嵬」〔註 190〕，胸中似有不平，轉而向兒子傾訴。下闋寫自己已老，重陽年年過，使方岳感受到自己的衰退，從一開始的經世救國，到「窮則簞瓢陋巷，達則鼎彝清廟，吾意兩悠哉。」的隨興，從此可看出詞人似乎未完全放棄入仕，只是眼下只能簞瓢陋巷，自得其樂。「寄語雪溪外，鷗鷺莫驚猜。」是他對未來人生的放下和看開，決定寄身山林，過隱居的生活。

從愛國、自嘲到歸隱，方岳的重陽詞是他的節令詞中少數涵蓋了他人生許多面向的詞作，彷彿透過每年重陽，就能看見他一生憂慮的縮影。而黃花、蟹、酒等節令元素則常伴左右，這是他重陽詞的一大特色，他的愁思複雜，經歷多變，因此也藉著重陽節呈現了不同的人生階段樣貌。從元宵的感嘆舊事再到放下紅塵的歸隱之心，其中交雜的是對志向的矛盾與嚮往，以及清明時節對自己懷才不遇的埋怨，多樣的愁情都透過佳節當前表達了出來。

### 3. 鐵漢柔情

透過節令詞看見了與常人一樣感受新年之喜的方岳，也從元宵、清明、重陽等傳統大節日中感受到身為南宋文人的掙扎，而有趣的是，在浪漫的夏季，屬於婦女節日的七夕，也窺見了方岳難得一見的鐵漢柔情。

農曆七月七日為七夕，又稱雙七節、乞巧節，古時女性會在這一天對月穿針，向織女星祈求智巧，此乃乞巧之名的由來，也是七夕的習俗之一。歷來學界研究頗多，自漢至宋，有關七夕的習俗也大相逕庭。〔註 191〕

〔註 190〕據《詞譜》此處「興」為仄聲，應為情致之意。崔嵬，猶塊壘，可形容胸中鬱積的不平之氣。例：宋．辛棄疾詞〈水調歌頭．九日游雲洞和韓南澗尚書韻〉：「淵明謾愛重九，胸次正崔嵬。」見〔宋〕辛棄疾撰，鄧廣銘箋注：《稼軒詞編年箋注》，頁 129。

〔註 191〕前人考證七夕節俗之演變，詳可參見劉學燕撰：《兩宋七夕與重陽詞研究》（臺北：東吳大學中國文學研究所碩士論文，1996 年），頁 31～34。

方岳的七夕詞有〈鵲橋仙・七夕送荷花〉一闋，詞中聚焦的是七夕的乞巧之俗，而有關七夕穿針的最早記載，出自南朝宋，宋孝武帝（劉駿，430～464）〈七夕〉詩有云：「沿風被弱縷，迎輝貫元鍼。」〔註 192〕而到了《荊楚歲時記》一書，則已經可見乞巧的習俗：

七月七日，為牽牛織女聚會之夜。是夕，人家婦女結綵縷，穿七孔鍼，或以金、銀、鍮石為鍼。陳瓜果於庭中，以乞巧，有喜子〔註 193〕網於瓜上，則以為符應。〔註 194〕

自此七夕與牛郎織女的傳說連繫了起來，也奠定了穿針、以瓜果祭拜與蜘蛛織網的習俗。到了宋代，這些習俗已經成為七夕普遍的活動，宋人甚或從七夕的幾天前就開始節慶的準備：

七夕前三五日，車馬盈市，羅綺滿街……鋪陳磨喝樂、花瓜、酒炙、筆硯、針線，或兒童裁詩，女郎呈巧，焚香並列，謂之乞巧。婦女望月穿針、或以小蜘蛛安合子內，次日看之，若網圓正，謂之「得巧」。〔註 195〕

從北宋汴京可見宋代乞巧節的盛大，乞巧成為民間通俗。時值夏日，還有贈荷花之習，真花與荷花主題的綉物皆隨處可見，甚或孩童持荷葉把玩，蔚為風尚。今詳觀方岳〈鵲橋仙・七夕送荷花〉一闋：

銀河無浪，瓊樓不暑。一點柔情如水。肯捐蘭佩了渠愁，盡閒卻、纖纖機杼。　　波心沁雪，鷗邊分雨。翦得荷花能楚。天公煞自解風流，看得我、如何銷汝。（《秋崖詩詞校注》，頁 647）

詞題中的荷花指綉物，旨在描寫七夕乞巧，女性有在這一天織物乞巧的習慣。詞開頭形容七夕時節，「銀河無浪，瓊樓不暑。一點柔情如水。」銀河非河，不起浪，天宮也無寒暑，但七夕到來，雙星相會，天上的傳

〔註 192〕鍼，同「針」，為異體字。原文出處見〔清〕陳夢雷編：《古今圖書集成》（臺北：鼎文書局，1988 年），〈歲功典〉，卷六十五，頁 673。

〔註 193〕喜子，蜘蛛的一種，又名喜蜘蛛，古曰蠨蛸。見〔南朝梁〕宗懍撰，譚麟注：《荊楚歲時記》（武漢：湖北人民出版社，1999 年），頁 97。

〔註 194〕〔南朝梁〕宗懍撰，譚麟注：《荊楚歲時記》，頁 97。

〔註 195〕〔宋〕孟元老撰，伊永文箋注：《東京夢華錄箋注》，卷八，頁 781。

說柔情如水。「肯捐蘭佩〔註196〕了渠愁，盡閒卻、纖纖機杼。」七夕到來，人們取下通常的配飾，紛紛掛起新贈的綉物，機杼札札聲不止。下闋形容婦女編織出的荷花整潔靈動，可看出手工纖巧，詞人見此美物，不知如何排遣內心的感觸。全詞聚焦於婦女乞巧的節俗，透過細膩的描寫，精緻秀麗的手工製品躍然紙上，若作節令詞看來平凡無奇，但放諸於方岳詞中，卻使被定位為愛國詞人的方岳，難得的鐵漢柔情流露於詞中，鐵錚錚的愛國詞人頓時溫情流露，沉靜且富含對生活的玩味。

### （三）詠花

除了秋季品蟹的享受與對於節令的描繪和感觸外，方岳也有不少以花卉為主角的詞作，從作中可窺方岳對於該種植物的印象與描寫。張炎《詞源注》指出：

> 詩難於詠物，詞為尤難。體認稍真，則拘而不暢；模寫差遠，則晦而不明；要須收縱聯密，用事合題，一段意思，全在結句，斯為絕妙。〔註197〕

詞格式嚴謹，若過於拘泥於韻律，則不夠流暢，若描寫之物不夠貼切，又晦澀難懂。方岳筆下的詠花詞作中，雖未必都是絕妙好詞，卻大抵不出大家風範，用典與形容貼合花卉形象，更具價值的則是將自己的情感寄託於其中。尤以梅花在他詞作中的孤高自潔形象最為鮮明，詞人頗有以梅自比的傲骨，可從中看出方岳也承著宋代詠梅風氣與理學對人品追求的潮流。本文此節乃以詞人的生活紀實為主題，因此將詠花

〔註196〕蘭佩，以蘭草為佩，典出《楚辭．離騷》：「扈江離與辟芷兮，紉秋蘭以為佩。」東漢．王逸注：「紉，索也。蘭，香草也，秋而芳。佩，飾也，所以象德。故行清潔者佩芳，德仁明者佩玉，能解結者佩觿，能決疑者佩玦，故孔子無所不佩也。言己脩身清潔，乃取江離、辟芷，以為衣被；紉索秋蘭，以為佩飾。」蘭佩有高潔之意，孔子人品高潔有德望，無所不佩。筆者認為詞中言「肯捐蘭佩」，捐可作拋棄與取下，方岳恐有暗喻自身高潔，卻也可以拋棄對治世的追求之意。詳見黃靈庚集校：《楚辭集校》（上海：上海古籍出版社，2009年），卷一，頁19。

〔註197〕〔宋〕張炎注，夏承燾校注；〔宋〕沈義父撰，蔡嵩雲箋釋：《詞源注．樂府指迷箋釋》，頁20。

詞定義為「詞作內容以花為主體者，或詞題中有以花為題者」，再輔以方岳他首詞作中有提及該花者與其他詠花詩作討論，詞作中僅單句提及者僅作輔助、參考之用。以下爬梳方岳九十二首詞作，歸納出他詞作中有提及的花卉，並就詞作內容上，將他筆下盛開的花種以「有無個人寄託」做區分，似也能看出詞人對於不同種類的花卉的喜好差異：

### 1. 寄託之花

#### （1）梅花

在南宋詞人眼中，最能象徵一身傲骨與高潔的即是梅花，在方岳眼中尤甚喜愛。不經一番寒徹骨，怎得梅花撲鼻香，梅花的花期在晚冬至早春，約一月下旬及二月份。而因為這樣含苞跨越寒冬，於早春初開的特性，到了宋代，梅花被賦予不屈、高潔的精神：

> 在宋文人心目中，梅花具有傲雪凌霜、羞殺桃李的氣質，任由風霜欺凌、群芳嘲笑的灑脫，以及雖被欺凌、終能調鼎的價值。這些特點正是貞士不畏艱苦磨折、強權欺壓，堅守個人高尚情操的反映。〔註 198〕

種種因花期延伸的特殊涵義，尤受風雨飄搖中的南宋文人喜愛。

宋人喜梅，由北宋至南宋漸多〔註 199〕，意境也更加擴大，前人學者於此已有詳實研究，榮斌〈一代詠梅成正聲——論宋代詠梅詩詞創作熱〉一文曾提出造成宋代詠梅熱潮的原因有四：一是源於宋人特有的憂患意識，北宋無法一統中原，南宋則有亡國之痛，梅花的特性恰恰適合他們借以言志，二是理學的興盛與士大夫對道德的追求，被投射在梅的吟詠上，三是宋代園林風氣和藝梅興盛，賞梅成為風流的時尚，四是文壇大家的示範作用，前有林逋（967～1028）以植梅養鶴為趣，

〔註 198〕賴慶芳撰：《南宋詠梅詞研究》（臺北：臺灣學生書局，2003 年），頁 108。

〔註 199〕廖雅婷《宋代梅花詞研究》統計北宋詠梅詞有 121 首，南宋有 639 首；賴慶芳《南宋詠梅詞研究》統計則是北宋 133 首，南宋 573 首。雖因定義而有出入，卻可見詠梅風氣漸盛的跡象。詳見廖雅婷撰：《宋代梅花詞研究》（嘉義：國立中正大學中國文學研究所碩士論文，2003 年）、賴慶芳撰：《南宋詠梅詞研究》（臺北：臺灣學生書局，2003 年）。

其流傳作品不多，品性清高卻傳為美談，也投映在梅的象徵意義上。後有蘇軾（1037～1101）、陸游（1125～1210）等大家大量的創作，綜合多項因素，因此北宋至南宋一代，詠梅逐漸成為熱潮。〔註200〕

方岳的詠梅詩作眾多，難以計數，而他的九十二首詞作中，詞中曾提及梅花的共有二十四首，其中以詠梅為主題者有五首，分別為〈沁園春・和宋知縣致苔梅〉、〈賀新涼〉（霜月寒如洗）、〈漢宮春・探梅用瀟灑江梅韻〉、〈花心動・和楚客憶梅〉和〈虞美人・見梅〉，他筆下的梅孤傲高潔，象徵著作者的形象，詞人藉詠梅與用典凸顯自己的品格，以及知音難覓，意欲歸隱的清冷。今先觀〈沁園春・和宋知縣致苔梅〉一首：

> 有美人兮，鐵石心腸，寄春一枝。喜蘚生龍甲，那因雪瘦，月橫鶴膝，不受寒欺。雲臥空山，夢迴孤驛，生怕渠嗔未敢詩。江頭路，問銷魂幾許，索笑何時。　賦成字字明珠。君莫倚、家風舊解題。嘆水曹安在，飄然欲去，逋仙已矣，其與誰歸。煙雨愁予，江山老我，畢竟歲寒然後知。微酸在，盡危譙斜倚，殘角孤吹。（《秋崖詩詞校注》，頁612）

方岳此詞和宋知縣，此為何許人今已不可知，從詞題的「宋知縣致苔梅」與詞首三句「有美人兮，鐵石心腸，寄春一枝。」可以推斷方岳此詞創作背景是因收到來自宋知縣所贈的苔梅，乃作詞唱和回贈。苔梅即梅之根乾著有苔蘚者，為梅的一種，「喜蘚生龍甲，那因雪瘦，月橫鶴膝，不受寒欺。」形容的即是苔梅的形象，喻蘚為龍甲，耐寒為不受寒欺，頗可見方岳心目中梅的高大堅忍意象。「雲臥空山，夢迴孤驛，生怕渠嗔未敢詩。」興許是詞人自身的景況，他未敢作詩，詩乃言志之體，方岳不作，恐與時局艱困有關，並透露出歸隱的想法，可知詞人此時的官途處境並不好。詞下闋「賦成字字明珠。君莫倚、家風舊解題。」

〔註200〕榮斌撰：〈一代詠梅成正聲——論宋代詠梅詩詞創作熱〉，頁114～116；賴慶芳撰《南宋詠梅詞研究》亦從外在客觀因素及宋人愛梅風氣的主觀因素兩方面探討。詳見《南宋詠梅詞研究》，第三章，〈南宋詠梅詞興盛的原因〉，頁115～164。

此處的「君」應指梅花，也有方岳自比之意，莫想著從前有宋璟（663～737）賦梅一事〔註 201〕，當有人能理解自己。而今是「嘆水曹安在，飄然欲去，逋仙已矣，其與誰歸。」懂得賞梅的人都逝去了，有詞人暗喻懷才不遇，知音難覓的意思。下句則感嘆自己逐漸在愁緒與歲月中老去，只剩初開的梅花〔註 202〕和瞭望的高樓猶在，境遇淒涼。又此詞為和宋知縣所作，可推測方岳以梅自比，並用宋璟之典，喻宋乃懂梅之人，應是以宋璟來襯托宋知縣，有暗指宋知縣為詞人知己之意。

南宋文人想像著林逋和何遜（480～520）這樣的喜梅人士逝去，梅花孤芳自賞的處境正和懷才不遇的自己相同，因此寄託了同病相憐之感。方岳在他的詠梅詞作中多次的感嘆無人賞梅，實則是嘆自己的懷才不遇，也嘆主戰派及與自己相好的官場友人境遇艱難，今觀〈賀新涼〉（霜月寒如洗）一闋：

> 霜月寒如洗。問梅花、經年何事，尚迷煙水。夢著翠霞尋好句，新雪闌干獨倚。見竹外、一枝橫蕊。已佔百花頭上了，料詩情、不但江山耳。春已逗，有佳思。　一香吹動人間世。奈何地、叢篁低碧，巧相虧蔽。盡讓春風凡草木，便做雲根石底。但留取、微酸滋味。除卻林逋無人識，算歲寒、只是天知己。休弄玉，怨遲暮。（《秋崖詩詞校注》，頁 620）

此詞有詞題：「別吳侍郎。吳時閒居，數夕前夢枯梅成林，一枝獨秀。」從詞題得知此詞背景為吳潛閒居時期，吳潛原知平江府（吳縣，今江蘇省一帶），嘉熙二年（1238）正月被劾，六月則代其兄吳淵知鎮江府〔註 203〕，閒居不到一年光景，由此可見此詞作於此年，時間明確。此闋詞

〔註 201〕唐代宋璟賦梅，宋張邦基《墨莊漫錄》卷三：「人疑宋開府鐵石心腸，及為《梅花賦》，清艷殆不類其為人。」宋開府即宋璟，方岳以此人比宋知縣，不僅皆為宋氏，又宋璟為唐代著名宰相，將宋知縣比之實為讚譽，也有將其視為難得的知己之意。參見《秋崖詩詞校注》，頁 612。

〔註 202〕微酸，指梅酸，用「梅酸和羹」典，比喻賢能之人。詳見注 64。

〔註 203〕詳見〔宋〕方岳撰，秦效成校注，祖保泉、何慶善審訂：《秋崖詩詞校注》，〈方岳年譜〉，頁 698。

作以梅比喻吳潛，方岳為其才華與遭遇憤恨不平，認為無人能賞其才能。詞上闋寫入冬至初春，百花萎靡，獨有梅花一枝獨秀，水面煙霧迷漫，形容吳潛尚在閒居之中，「新雪闌干獨倚」、「見竹外、一枝橫蕊。」等句都可見梅花的特出，「已佔百花頭上了，料詩情、不但江山耳。春已逗，有佳思。」點出此梅即是吳潛，「百花頭上」說的即是能夠於寒冬中綻放的梅，呼應的是吳潛的狀元身分，並言其有好的才能。詞下闋為吳潛打抱不平，「一香吹動人間世。」他本能輔佐天下，卻「奈何地、叢篁低碧，巧相虧蔽。」讓朝中小人與局勢遮蔽了光芒，方岳對此憤恨不平，只好勉勵他「但留取、微酸滋味。」以梅酸譬吳之賢能〔註 204〕，雖當今除了林逋恐無人賞識，時局嚴峻如寒冬，但待此期一過，就能知誰是賢才，故言「只是天知己。」最後叮嚀吳潛「休弄玉，怨遲暮。」玉乃玉笛，應是提點當事人莫沉迷休閒與嘆老，是方岳對吳潛的期許。

由上述二闋詞可見，方岳筆下的「梅」是賢能傑出之士，既能自比，也可用來譬喻他欣賞的人才，無奈時局晦暗，就像失去了林逋、何遜的梅一樣，只有天能明其才幹。因此方岳筆下的「梅」也是孤寂、自傲的，如觀〈漢宮春．探梅用瀟灑江梅韻〉一闋亦然：

> 問訊何郎，怎春風未到，卻月橫枝。當年東閣詩興，夫豈吾欺。雲寒歲晚，便相逢、已負深期。煩說與、秋崖歸也，留香更待何時。　　家住江南煙雨，想疏花開遍，野竹巴籬。遙憐水邊石上，煞欠渠詩。月壺雪甕，肯相從、捨我其誰。應自笑，生來孤峭，此心卻有天知。（《秋崖詩詞校注》，頁 627）

校注本注此詞作於揚州，方岳居揚州時期正在趙葵幕府下，此詞帶有思鄉欲歸之情，推測與得罪趙葵有關。詞上闋可說是透過對梅花處境的想像來表達自己的懷才不遇。首三句「問訊何郎，怎春風未到，卻月

〔註 204〕梅酸比喻賢人，出自以鹽梅擬賢輔傳說的故事，方岳喜用此典，如其〈瑞鶴仙．壽丘提刑〉：「但丁寧，留取微酸，調商鼎也。」及〈沁園春．和宋知縣致苔梅〉：「微酸在，盡危譙斜倚，殘角孤吹。」皆是喻賢能之意。前人研究中亦指出此典為宋代詠梅詞中的常見典故，詳見廖雅婷撰：《宋代梅花詞研究》，頁 352～381。

橫枝。」用何遜之典〔註 205〕，表面上是詢問春天怎未來，道觀裡的梅花還不開，參考方岳作詞的背景，可感覺出詞人帶著一種時不我予的感慨，正如花期未到的梅花一般，無法綻放。又問「當年東閣詩興，夫豈吾欺。」〔註 206〕當年賞梅、賦梅的興致是否只是騙局一場？如同暗指自己過去曾與趙葵一拍即合，如今卻幾近決裂。「雲寒歲晚，便相逢、已負深期。」就算現在與懂得賞梅的人相遇，似乎也為時已晚，大有自己的長才被辜負的哀怨，最後「煩說與、秋崖歸也，留香更待何時。」方岳表達了既無法綻放，無法一展長才，那不如歸去的隱逸心情。下闋承接上闋的結尾，詞人思念起溫暖花開的家鄉，鳥語花香，僅欠渠邊作詩一首的閒情，飲酒作樂才是自己該做的事。此時的詞人卻不快樂，話鋒一轉，反而是自嘲道：「應自笑，生來孤峭，此心卻有天知。」呼應上闋，可知梅花乃方岳的自比，道出只有上天才能懂的孤寂。

在本文前章中曾經指出，方岳每遇挫折，喜以隱居作為逃避的手段，他是一位「不情願的隱士」，潔身自好，從他的詠梅詞作中也可以看得出來，除了上一首詞以外，觸及趙葵而動念歸隱的詠梅詞還有〈花心動・和楚客憶梅〉一闋：

> 雪帶邊寒，渺愁予、雪中誰抱奇節。遜在揚州，逋老孤山，芳信頓成消歇。江南茅屋今安在，疏影瘦、只堪嘆息。歸來未，沙頭立盡，暮天雲碧。　　自笑梁園賦客。倚舊日鞍韉，春風巾幘。問訊橫枝，暖熱新花，無處訪尋詩閣。幾年不見冰霜面，知誰共、批風支月。歸來也，鷗盟不妨再結。(《秋崖詩詞校注》，頁 641)

〔註 205〕南朝梁・何遜〈揚州法曹梅花盛開〉詩：「枝橫卻月觀，花繞凌風臺。」詳見《秋崖詩詞校注》，注二，頁 628。

〔註 206〕東閣即東亭，在今四川簡陽縣東，一說為重慶縣東。出自唐・杜甫〈和裴迪登蜀州東亭送客逢早梅相憶見寄〉詩：「東閣官梅動詩興，還如何遜在揚州。」杜甫以何遜在揚州時期日日賦梅比喻自己在東閣時賞梅的興致，後用以喻賞梅、詠梅之事，方岳亦是引用此意。見《秋崖詩詞校注》，注三，頁 628。

詞題中的楚客是趙葵〔註 207〕，此詞開頭即帶出詞人於寒冬中的愁苦，他問「雪中誰抱奇節。」實則心中已有答案，「遜在揚州，逋老孤山，芳信頓成消歇。」即是感歎知音逝去後，梅花無人欣賞的孤寂，也正是他提問的答案，有奇節而不屈的，乃是梅花，若論方岳在南宋任官的處境如寒冬，梅花就如同他自己一般。「江南茅屋今安在，疏影瘦、只堪嘆息。」雪中的寒涼挫折，讓詞人思念起山明水秀的家鄉，足見方岳此時的生活不順遂，使他動了歸去之心，只能嘆息。下闋以自嘲「梁園賦客」開頭，推測方岳此時還在趙葵幕下，猶如當年梁孝王廣納賓客之感。「問訊橫枝，暖熱新花，無處訪尋詩閣。」都在敘述無力訪梅、賦梅，此詞為和憶梅之作，詞人藉憶梅花以透露出知音難尋的感慨，最終不如歸去，故言「歸來也，鷗盟不妨再結。」

方岳的梅花有四種形象，最多的是感歎無人欣賞，懷才不遇。二是自比或比喻友人，作為高潔貞士的象徵。三則是歸去之後的隱逸情懷，如其詞中有「斷無詩問柳，有暇尋梅。」(《秋崖詩詞校注》，頁 666～667）或「贏得底，是唐詩晉帖，潛菊逋梅。」(《秋崖詩詞校注》，頁 667）等語。而四是歸去以後的方岳，並不是甘願歸隱，而是帶著不與世俗同流合汙的決心，認為自己品格特出，不隨世俗沉浮，此時的梅是遺世獨立的品德象徵。從〈虞美人．見梅〉一闋能見其自信與傲骨：

> 鷗清眠碎晴溪月。幾夢寒蓑雪。斷橋籬落帶人家。枝北枝南初著、兩三花。　曾於春底橫孤艇。香似詩能冷。娟娟立玉載歸壺。渺渺愁予肯入、楚騷無。〔註 208〕（《秋崖詩詞校注》，頁 649）

詞上闋寫梅花冬季沉眠，等待春天的綻放，「斷橋籬落帶人家。枝北枝

〔註 207〕葵為湖南衡州人，故稱楚客。詳見注 173。

〔註 208〕方岳此闋以南唐．李煜〈虞美人〉（風回小院庭蕪綠）為體，乃此詞正體。《詞譜》前、後兩結為六字一句、三字一句，校注本原作「枝北枝南初著兩三花」及「渺渺愁予肯入楚騷無」，觀此詞又一體中均無九字一句的體式，應為句讀有誤，筆者據《詞譜》改訂。詳見〔清〕陳廷敬主編：《康熙詞譜》，頁 351。

南初著、兩三花。」寫花初開，陸游曾有句：「驛外斷橋邊，寂寞開無主。」寫他被朝廷冷落的孤寂，方岳此處見梅所感，似也有此意。下闋「曾於春底橫孤艇。香似詩能冷。」應指梅花獨香，詞人恐也有比喻自己道德高潔之感。詞末二句問「渺渺愁予肯入、楚騷無。」表面上是問梅花是否肯被寫入《楚辭》之中，以花草譬喻世人百態，乃為《楚辭》的特色，王逸（89～158）作《楚辭章句》序言中有言：

> 離騷之文，依詩取興，引類譬喻。故善鳥香草以配忠貞，惡禽臭物以比讒佞，靈修美人以媲於君，宓妃佚女以譬賢臣，虬龍鸞鳳以托君子，飄風雲霓以為小人。〔註 209〕

若梅花被寫入其中，想必是高潔自傲的貞士，方岳此處以對梅花的詢問，凸顯梅花不流於世俗的特出，也道出自己不肯隨世人沉浮的自傲，方岳藉由觀梅，再度表達出他的歸隱，乃是不屑同流合汙之舉。

綜合上述四個面向的詠梅視角可見，懷才不遇的高潔之士與自傲歸隱的隱者，對自己品德操守的絕對自信，乃是方岳寄託於梅花的生活形象。前人論文因非方岳詞專篇研究，對於方岳詠梅詞的主旨僅停留在字面含意，本處據前文論述重新歸納如下，並提供對照：

| 詞　作 | 內容（《南宋詠梅詞研究》〔註 210〕） | 內容（筆者分類） |
|---|---|---|
| 〈沁園春‧和宋知縣致苔梅〉 | 嘆老、無人賞梅。 | 嘆老、懷才不遇。 |
| 〈賀新涼〉（霜月寒如洗） | 嘆老、無人識梅。 | 嘆老、懷才不遇，為友人打抱不平。 |
| 〈漢宮春‧探梅用瀟灑江梅韻〉 | 思家。 | 歸隱之思。（與得罪趙葵有關） |
| 〈花心動‧和楚客憶梅〉 | 念鄉（江南）。 | 歸隱之思。（與得罪趙葵有關） |
| 〈虞美人‧見梅〉 | 頌詠梅花。 | 歸隱之思，不同流合汙。 |

〔註 209〕黃靈庚集校：《楚辭集校》，卷一，頁 6～8。
〔註 210〕賴慶芳撰：《南宋詠梅詞研究》，頁 358。

（2）瑞香花

瑞香花，又名睡香、蓬萊紫、風流樹等等，是一種矮小灌木，花期在冬、春之交，花集中生長於枝葉頂端，花色常有內白外紅或紫色、黃色、粉色，其中紫花香氣最濃郁。〔註211〕瑞香花的名稱由來，據宋代《清異錄》記載：「廬山瑞香花，始緣一比丘，晝寢磐石上，夢中聞花香酷烈，及覺求得之，因名睡香。四方奇之，謂為花中祥瑞，遂名瑞香。」〔註212〕可見其花極香，北宋以後也因香成名。歷來吟詠瑞香花的詩詞作品約有四十五首，雖數量不多，卻有不少大家吟詠，如蘇軾、劉克莊、楊萬里、范成大等皆有作〔註213〕，足見此花普遍受到讚賞。〔註214〕方岳亦有詩言自己種瑞香花，觀其〈種瑞香〉詩：

> 自種幽香傍短櫺，荷鋤正用雨冥冥。山家安得瑞龍腦，春事不專紅鶴翎。持向東風論甲乙，與遮西日費丁寧。何年得似熏籠錦，茗碗時時為乞靈。（《秋崖詩詞校注》，頁396）

詩中描述在梅雨紛紛的季節，自己在矮窗旁種植了瑞香花，「山家安得瑞龍腦，春事不專紅鶴翎。」〔註215〕是讚賞瑞香花論香氣不輸瑞腦這

---

〔註211〕「瑞香，一名露甲，一名蓬萊紫，一名風流樹。高者三、四尺許，枝幹婆娑，柔條厚葉，四時長青。葉深綠色，有楊梅葉、枇杷葉、荷葉、攣枝。冬春之交開花成簇，長三、四分，如丁香狀，共數種，有黃花、紫花、白花、粉紅花、二色花、梅子花、串子花，皆有香，唯攣枝花紫者更香烈。」詳見〔清〕汪灝、張逸少撰：《御定齋廣群芳譜》，收錄於《文津閣四庫全書》（北京：商務印書館，2005年），冊279，卷四十一，頁351。

〔註212〕〔宋〕陶穀撰：《清異錄》（鄭州：大象出版社，2003年），卷上，頁37。

〔註213〕作品參見〔清〕陳夢雷編：《古今圖書集成》，〈草木典〉，卷三百零一，頁2807～2810。

〔註214〕相傳為宋代張翊（生卒年不詳）所撰的《花經》，以「九品九命」品評群芳，其中被評為「一品九命」的只有五種花，分別是蘭花、牡丹、臘梅、荼蘼和紫風流。紫風流即指瑞香花。詳見〔宋〕張翊撰：《花經》，收錄於《俗文化四書五經》（深圳：海天出版社，1996年），頁555。

〔註215〕瑞龍腦即為瑞腦，指香料。紅鶴翎應為鶴翎紅，牡丹的一種。宋．王安石〈次楊樂道韻．後苑詳定書懷〉：「御水新如鴨頭綠，宮花更有鶴

種香料，而若論花朵也不遜於牡丹。詞人則能持瑞香花與東風賞春〔註216〕，也能悠閒奏樂。〔註217〕何年能像這瑞香花一般，香氣濃烈，遠近馳名。捧茶碗向神祈福，表達了詞人有所求的心願。

因前有大家吟詠，北宋蘇軾之後，題詠瑞香花的作品漸多，從方岳詩可知此花並不難尋得，普通人家即可種植。因此方岳與友人有唱和瑞香花之作，也屬稀鬆平常，今觀其詞作〈水龍吟・和朱行甫帥機瑞香〉：

> 當年睡里聞香，阿誰喚做花間瑞。巾飄沈水，籠熏古錦，擁青綾被。初日酣晴，柔風逗暖，十分情致。掩窗綃，待得香融酒醒，盡消受、這春思。　　從把萬紅排比。想較伊、更爭些子。詩仙老手，春風妙筆，要題教似。十里揚州，三生杜牧，可曾知此。趁紫唇微綻，芳心半透，與騷人醉。（《秋崖詩詞校注》，頁634～635）

朱渙，字行父，一作行甫，與方岳唱和即多，方岳作此詞時為淳祐六年（1246），朱氏轉任李曾伯機要官，故以帥機美稱之。〔註218〕詞上闋緊扣瑞香花之形象，「當年睡里聞香，阿誰喚做花間瑞。」用《清異錄》之典，是花名的由來。「巾飄沈水，籠熏古錦，擁青綾被。」沉水指沉香，薰籠錦為瑞香花代稱，因其香氣濃烈而得名，前二句描寫其香味，「擁青綾被」一語有在朝為官之意，方岳此時任太學博士，朱氏亦有要職在身，應是藉瑞香花之名香喻官途順遂。〔註219〕「初日酣晴，柔風

---

翎紅。」見：〔宋〕王安石撰：《臨川先生文集》（臺北：華正書局，1975年），卷十八，頁237。方岳此處應指瑞香不讓牡丹，春花非牡丹獨霸。

〔註216〕甲乙，可指春季。《禮記・月令》：「孟春之月日在營室，昏參中，旦尾中，其日甲乙。」孔穎達疏：「其當孟春、仲春、季春之時，日之生養之功，謂為甲乙。」見〔漢〕鄭玄注，〔唐〕孔穎達等正義：《禮記正義》，卷十四，頁279～280。

〔註217〕丁寧，古代樂器名，即鉦，似鐘而小，後可指樂器的聲響。例見唐・王建詩〈宮詞〉之二九：「琵琶先抹六么頭，小管丁寧側調愁。」見〔清〕聖祖康熙編：《全唐詩》，卷三百〇二，頁3441。

〔註218〕詳見論文二章，頁34～35。

〔註219〕漢代尚書郎職夜，可享青縑白綾被等臥具。後代指任官時期，例見北

逗暖，十分情致。」寫花開於冬春之交，春光明媚有情致，「掩窗綃，待得香融酒醒，盡消受、這春思。」方岳詩中有提及他種瑞香花於短窗旁，此句即寫自家的瑞香花。許是花香太過濃烈，詞人於春日醉中起身掩窗，待香味漸散，從醉中甦醒，頗有享受春日酣睡的愜意。

詞下闋寫將瑞香花與他花相比，認為它的盛名還可以再更加爭氣一些，方岳將情感投射於瑞香花上，似也有喻自己上進的想法。「詩仙老手，春風妙筆，要題教似。」以李白美譽李曾伯，詞人表達自己還需多加向前輩學習，呼應「更爭些子」一句。「十里揚州，三生杜牧，可曾知此。」用杜牧詩典，也可能為化用姜夔（1155～1209）詞句〔註220〕，藉以表達唐代大家皆不知瑞香之名，因此此時此刻，還應「趁紫唇微綻，芳心半透，與騷人醉。」與瑞香花同醉，乃是南宋詞人眼下的珍貴記憶。全詞時有意喻自身想法於其中，又能與瑞香花雖富盛名卻大器晚成的處境緊密連結，詞人將自身比作瑞香花，也能凸顯其花香最濃烈之特色，足見方岳種花、品花的生活體悟。

（3）芍藥

芍藥與牡丹相似，有「花相」的美稱：

> 群花品中，以牡丹第一，芍藥第二，故世謂牡丹為花王，芍藥為花相。〔註221〕

花期則較牡丹稍晚，約於初夏盛開，自古根部可以藥用，方岳詞〈沁園春．和趙司戶紅藥〉中所提及的「紅芍」，可能就是指「赤芍」，在中藥中能通血止痛。

芍藥雖不比牡丹花王之名，於宋代卻也有盛名，〈四庫全書總目提要．揚州芍藥譜〉記載：「揚州芍藥，自宋初名於天下，與洛陽牡丹俱

---

宋．晁補之（1053～1110）詞〈摸魚兒．東皋寓居〉：「青綾被，莫憶金閨故步。儒冠曾把身誤。」詳見唐圭璋編：《全宋詞》，頁554。

〔註220〕南宋．姜夔詞〈琵琶仙．雙槳來時〉：「十里揚州，三生杜牧，前事休說。」詳見唐圭璋編：《全宋詞》，頁2178。

〔註221〕〔明〕李時珍撰：《本草綱目》（臺北：文光圖書，1970年），卷十四，頁494。

貴。」〔註 222〕但是它是如何興起熱潮的，連作者也坦言不得而知：「揚之芍藥甲天下，其盛不知起於何代。」〔註 223〕自唐以來眾多名士於揚州，詩詞皆未提及芍藥，然作者也舉海棠盛於西蜀，杜甫居蜀日久，詩中卻無一言一句言及海棠，今芍藥未見於大家詩詞作品中，似也不足疑也。觀方岳也無專吟詠芍藥之詩，詞作則僅〈沁園春．和趙司戶紅藥〉一闋：

> 把酒問花，蔺栗梢頭，春今幾何。笑身居近侍，階翻萬玉，面丐菩薩，髻擁千螺。一一牙簽，英英碧字，占定花間甲乙科。歸來也，傍紫薇吟處，揉作陽和。　　祇今花事無多。看幾許風煙付與他。待圍將翡翠，怕蜂粘粉，織成雲錦，遣鳳銜梭。誰翦并刀，贈之燕玉，莫負雙娥嬌溜波。花應道，盡花強人面，底用能歌。（《秋崖詩詞校注》，頁 613）

方岳此詞和趙司戶參軍，此為何人今已不得而知。紅藥指紅色芍藥花，應為今日所稱的赤芍，可以通血止痛。詞上闋前三句問初結苞的芍藥花〔註 224〕，今日是第幾回春，芍藥盛開於初夏，若見花苞，便可知春天即將結束。「笑身居近侍，階翻萬玉」引謝朓（464～499）詩典〔註 225〕，有詞人自比的意味，芍藥盛名與花王牡丹相伯仲，故言身居近侍，正符合當年方岳在榮王邸擔任宗學博士的身份。〔註 226〕「面丐菩薩，

〔註 222〕見於《文津閣四庫全書》，冊 279，〈揚州芍藥譜提要〉，頁 1。

〔註 223〕〔宋〕王觀撰：《揚州芍藥譜》，收錄於《文津閣四庫全書》，冊 279，頁 6。

〔註 224〕蔺栗，比喻花苞。「蔺栗梢頭」一語應是化用宋．黄庭堅〈次韻王定國揚州見寄．序〉：「往歲過廣陵，值早春嘗作詩云：『春風十里珠簾捲，髣髴三生杜牧之。紅藥梢頭初蔺栗，楊州風物鬢成絲。』」詳見〔宋〕黃庭堅撰，任淵、史容、史季溫注，黃寶華點校：《山谷詩集注》（上海：上海古籍出版社，2003 年），頁 184。

〔註 225〕南北朝．謝朓〈直中書省詩〉云：「紅藥當階翻，蒼苔依砌上。」自後詞臣引為故事。詳見〔宋〕陳景沂撰：《全芳備祖》（杭州：浙江古籍出版社，2014 年），前集卷三，頁 103。

〔註 226〕此詞背景在淳祐六年（1246），岳遷宗學博士，通講榮王邸，頗受寵遇。見（《秋崖詩詞校注》，注一，頁 613。

髻擁千螺。」引藥王菩薩典〔註227〕，凸顯紅芍可入藥的特性。「一一牙簽，英英碧字，占定花間甲乙科。」喻芍藥在眾花之中享富盛名，歌詠者多，觀前文所引《揚州芍藥譜》可見芍藥於宋代確實蔚為風潮，方岳此期為官較順遂，或也有對自己前景的自豪，「歸來也，傍紫薇吟處，揉作陽和。」稱芍藥花傍帝王居所而生，也透出方岳上進的野心。

下闋點出芍藥花期，芍藥開在初夏，百花齊放的春季已過，所以說「祗今花事無多。」有時光消逝的感慨。芍藥有盛名，且身居帝王居所，方岳和友人詞，將芍藥自比，雖不為花中之王，卻也要作花相，從中可見方岳對為官的企圖心，再從他牡丹詞作用典描摹，無所寄託的筆法中，可看出他志不在高位，對於花中之王並無他想，而是志在能對家國有抱負。

2. 欣賞之花

在方岳色彩繽紛的筆下，並非所有花卉都被他用來自比，都被賦予他的個人寄託。以下詞作中的花類，方岳回歸單純的賞玩生活，描寫淺白，用典精確，雖少了特殊的文學價值，卻也可見他難得細膩玩味的一面：

（1）海棠

海棠花種類眾多，後又延伸為許多花卉的通稱，實則各類海棠通常為不同科、不同屬的花種，花期分布於春、夏、秋三季，不過歷來詩詞中吟詠最多者，都指春季之海棠花，因此海棠也多為春季的代表。春季海棠花期在四、五月前後，時間近清明，此時季節多春雨，也是燕子活動頻繁的季節，故詩詞中詠海棠，多伴隨春雨、清明與燕的元素。

海棠花名的由來已無可考，《全芳備祖・花部・海棠》：「花木以海為名，悉從海上來。」〔註228〕應只是戲稱，而據前人研究，海棠直至宋真宗品題將其列於首章，才得以與牡丹相抗衡，唐代雖有吟詠海棠

〔註227〕詳見《秋崖詩詞校注》，注二，頁613。
〔註228〕〔宋〕陳景沂撰：《全芳備祖》，卷七，頁171。

作品，但皆非大家。〔註 229〕宋代著名詠海棠詞，莫過於李清照（1084～1155）的「昨夜雨疏風驟，濃睡不消殘酒。試問捲簾人，卻道海棠依舊。知否。知否。應是綠肥紅瘦。」〔註 230〕而方岳筆下的海棠，也如李清照筆下一般，於時光中駐足，有時間流逝的推移感，如其詞「明日海棠猶舊，春風未老秋娘。」（《秋崖詩詞校注》，頁 617～618）一語，同時也與傳統的詠海棠詞相同，有「雨洗海棠如雪。又是清明時節。」（《秋崖詩詞校注》，頁 618）或「向海棠、爛醉過清明，酬佳節。」（《秋崖詩詞校注》，頁 602）等等，可作為春季指標的詞句。海棠在文人筆下的情感依託較少，今觀方岳〈水龍吟・和朱行父海棠〉一闋：

> 晝長庭院深深，春柔一枕流霞醉。矇鬆欲醒，嬌羞還困，錦屏圍翠。豆蔻初肥，櫻桃微綻，玉欄同倚。記華清浴起，渭流波暖，紅漲膩、棄脂水。　　燕子來時天氣。儘韶風、與詩為地。芳叢雨歇，露痕日曬，英英仙意。莫恨無香，最憐有韻，天然情致。待問春能幾，五更猶是，伴今宵睡。（《秋崖詩詞校注》，頁 635）

方岳此詞和朱行父，即和朱渙韻，無奈朱渙該詞未留存，不能兩相對照內容。方岳此詞，校注本評其「未脫『睡美人』窠臼。」筆者認為主要因其未有個人寄寓。詞上闋寫盎然春景，飲酒而醉，用楊貴妃典，正呼應海棠花睡美人之雅號，置於宋詞詠海棠創作中，卻流於平凡。〔註 231〕下闋「燕子來時天氣。儘韶風、與詩為地。」也是吟詠春色，「芳叢雨

〔註 229〕余惠婷撰：《元代詠花詞研究》（臺南：國立成功大學中文系碩士在職專班碩士論文，2011 年），頁 17～18。

〔註 230〕〔宋〕李清照撰，徐培均箋注：《李清照集箋注》（上海：上海古籍出版社，2002 年），〈如夢令〉，頁 14。

〔註 231〕《冷齋夜話》記載：「唐明皇登香亭，召太真妃，於時卯醉未醒，命高力士使侍兒扶掖而至。妃子醉顏殘妝，鬢亂釵橫，不能再拜。明皇笑曰：『豈妃子醉，直海棠睡未足耳。』」據此宋・蘇軾有〈海棠〉詩：「東風裊裊泛崇光，香霧空濛月轉廊。只恐夜深花睡去，故燒高燭照紅妝。」宋人詠海棠者，多推蘇軾、范成大。方岳此詞所詠，未脫「睡美人」窠臼。詳見《秋崖詩詞校注》，注一，頁 636。

歇，露痕日曬，英英仙意。」描寫多雨的春日，雨停後枝葉露水滿盈，此時的海棠花於日下摺摺生輝，若有仙氣，正如其有「花中神仙」的美稱。「莫恨無香，最憐有韻，天然情致。」是方岳心中的海棠形象，宋詩詞多感嘆海棠無香，方岳卻說海棠雖無香氣，但它韻味渾然天成，有自然情致，可見他心中的海棠清新脫俗，不因小小的缺憾而悲憤。此詞雖不算佳作，卻是方岳詞中難得單純詠物之詞，春光明媚，較貼近他的海棠詩作，「湘簾燕子人家月，一笑春風不計年。」（〈海棠〉，頁429）與詞作相同，他筆下的海棠除了與雨、燕、清明相關，還有駐足於時間中的時光流逝之感，可窺他對海棠花的想像。而詞中仍不乏著名典故，雖大抵不出范成大、蘇軾的範疇，不過可使讀者能輕鬆領會，雖少了一份方詞特有的疏曠，卻也有新鮮之感。

（2）牡丹

牡丹，一名鹿韭，一名鼠姑，唐人謂之木芍藥。洛人謂穀雨為牡丹厄。論花者以牡丹為花王。〔註232〕可知牡丹古有芍藥之名，主因兩者花形與葉皆相似，為同科同屬植物，差別在牡丹為落葉灌木，芍藥則為草本植物，也是牡丹有「木芍藥」之名的由來。牡丹盛開於暮春，歐陽修《洛陽牡丹記》亦有記：「洛花以穀雨為開候。」〔註233〕可見其盛開時節為三至五月，《本草綱目》記載：

> 牡丹，以色丹者為上，雖結子而根上生苗，故謂之牡丹。唐人謂之木芍藥，以其花似芍藥，而宿幹似木也。〔註234〕

前文論芍藥時提及牡丹有花王盛名，主要自唐朝開始〔註235〕，起因於受到李氏皇朝的親睞，玄宗時期，詩仙李白以牡丹喻貴妃，留下〈清平

〔註232〕〔宋〕陳景沂撰：《全芳備祖》，卷二，頁65。
〔註233〕〔宋〕歐陽修撰：《洛陽牡丹記．花釋名第二》，收錄於《文津閣四庫全書》，冊279，頁2。
〔註234〕〔明〕李時珍撰：《本草綱目》，卷十四，頁496。
〔註235〕《通志》有云：「牡丹晚出，唐始有聞。」詳見〔宋〕鄭樵撰：《通志》（杭州：浙江古籍出版社，2000年），卷七十五，頁868。

調〉之名作，又中書舍人李正封（生卒年不詳）有「國色朝酣酒，天香夜染衣。」句，唐文宗賞之，牡丹自此有「國色天香」的美稱，擺脫了芍藥之名。到了北宋時期，培植中心從長安轉移至洛陽，因此也稱「洛花」。牡丹貴為花王，到了南宋，雖有梅花後來居上，但花期有限，未影響牡丹盛名。〔註236〕

只是象徵榮華富貴的牡丹，似乎不比梅花入得了方岳的眼底，推測與他官途失意的經歷以及自傲的個性有關，相比起代表皇家的國花、富麗堂皇的牡丹，梅花更貼近南宋士大夫的真實處境。因此方岳題詠牡丹的作品極少，詩作僅有七首，詞則只有〈江神子・牡丹〉〔註237〕一闋：

> 窗綃深隱護芳塵。翠眉顰。越精神。幾雨幾晴，做得這些春。切莫近前輕著語，題品錯，怕渠嗔。　　碧壺誰貯玉粼粼。醉香茵。晚風頻。吹得酒痕，如洗一番新。只恨謫仙渾懶卻，辜負那，倚闌人。（《秋崖詩詞校注》，頁655）

方岳此詞全詠牡丹，大抵不出歷來吟詠牡丹的特色與典故。首三句「窗綃深隱護芳塵。翠眉顰。越精神。」描寫透過窗上的薄紗窺視牡丹〔註238〕，花王之姿艷麗，方岳似乎喜描寫窗紗，使得詞中畫面有層次感。〔註239〕「幾雨幾晴，做得這些春。」揭示牡丹開在穀雨季節，陰雨時晴，後三句「切莫近前輕著語，題品錯，怕渠嗔。」擬人調侃道莫隨意指稱牡丹之名，牡丹之中各有名品，隨意指名，怕是要遭花王埋

---

〔註236〕何小顏撰：《花與中國文化》（北京：人民出版社，1999年），頁144～145。

〔註237〕《全芳備祖》中誤植此詞為芍藥詞，觀詞作中所用典故以及詞題，應為詠牡丹詞。詳見〔宋〕陳景沂撰：《全芳備祖》，前集卷三，樂府祖，頁120。

〔註238〕窗綃，蒙在窗上的細薄紡織品。唐・韓愈、孟郊詩〈城南聯句〉：「窗綃疑閟艷，妝燭已銷檠。」見〔唐〕韓愈撰，〔宋〕文讜注：《昌黎先生文集》，收錄於《續修四庫全書》，卷八，頁501。

〔註239〕方岳詩〈次韻梁倅秋日白牡丹〉中有類似句法：「自掩窗紗護夕陽，碧壺深貯溜晴光。」見《秋崖詩詞校注》，頁94。

怨。〔註 240〕下闋春宵酒醉，是方詞中常見一景，「只恨謫仙渾懶卻，辜負那，倚闌人。」化用李白與貴妃之典〔註 241〕，烘托牡丹之美。全詞寫景與擬人生動，一句不提牡丹之名，結尾句再以著名典故帶出牡丹，可謂是張炎所評的「一段意思，全在結句，斯為絕妙。」雖少了個人特殊的情感體驗，卻也不失為一闋佳作。

〔註 240〕《洛陽牡丹記・花釋名第二》：「右牡丹之名，或以名，或以氏，或以州，或以地，或以色，或旌其所異者而志之。」又他的〈洛陽牡丹圖〉詩云牡丹名品：「當時絕品可數者，魏紅窈窕黄肥。壽安細葉開尚少，朱砂玉版人未知。」詳見〔宋〕陳景沂撰：《全芳備祖》，前集卷二，頁 75。

〔註 241〕借李白〈清平調・其三〉：「解釋春風無限恨，沉香亭北倚欄杆。」詳解見《秋崖詩詞校注》，注二，頁 655。

# 第五章　詞作風格特色

正如前人研究曾提出方岳詞情有複雜化的現象，據本論文前章所論，可以看出方岳詞作詞情的轉變，是從心懷家國的激昂愛國詞，到因時局所迫而轉變為在仕、隱之間掙扎的仕隱衝突詞，最後才是選擇回歸家鄉，獨善其身的隱逸詞。秦效成先生以「疏放」總括方岳的詩詞風格，正是概括了此一轉變的現象，他說道：

> 前期關心民族命運的詠唱，以愛國激情為基調，呈現出疏放沉鬱風格，後期關注民瘼和寄情山水的篇章，以憤世和超脫塵累為基調，顯示出疏放淡遠風格。〔註1〕

又前人研究指出方岳詞有「叔世」之感，實則是針對他的愛國詞作〔註2〕，後期為官的坎坷和挫折，加上他自傲而不屈服的性格，最終救國救民的「淑世」精神，取代了他詞中的衰亡亂世，由「叔世」至「淑世」，也是肇因於方岳的詞情風格轉變。

張宏生〈偏離群體的「別調」——論方岳詩〉曾提出，寶祐六年（1258），蒙古侵宋，宋軍小勝於泗水，方岳雖作詩〈十二月二十四日雪〉（《秋崖詩詞校注》，頁384）一首表達喜悅之情，學者卻病其淺顯：

---

〔註1〕〔宋〕方岳撰，秦效成校注，祖保泉、何慶善審訂：《秋崖詩詞校注》，〈前言〉，頁10。

〔註2〕前人評方岳愛國詞有言：「當宋室末造，其詞頗有叔世之感。」詳見薛礪若撰：《宋詞通論》，頁304。

> 這首在詩人集中少見的直接反映時事的作品，對這一重要事件僅約略一點，馬上便轉到吟詩賞雪的清致上……聯繫當時嚴峻的形勢，詩人顯然未能以政治的關切，對此進行更深入的觀照。〔註3〕

本論文經過對其詞情轉變的詳細探析後發現，方岳此詩未有更深入的政治觀照，是由於時期的不同，方岳經過人生經歷的洗鍊，詩詞風格漸淡。寶祐六年（1258），方岳已六十歲，垂垂老矣，在程元鳳的推舉下再出知袁州〔註4〕，已疲憊不堪，其實從戰勝的喜悅中仍可看出他一貫的立場，只是再無心也無力去慷慨激昂的高喊，是他詩詞風格逐漸低迴的象徵。

詞作風格上，秦效成先生以「疏放淡遠」概括，本論文進一步提出，方岳詞作風格即是由「叔世」至「淑世」，由「激昂」而後「低迴」的詞情轉變。而就詞作的形式技巧上，亦可約略分為下列三小節探討，一是作為辛派詞人，他「學步稼軒，好用典故」；二是詞作形式豐富，「唱酬檃括，詞類多樣」；三則是作為豪放詞人，可以顯見方詞的詞調特色為「詞牌豪放，擅作長調」。

## 第一節　學步稼軒，好用典故

前人效仿辛詞者，常僅學得片面之長，如戴復古（1167～1248）、蔣捷（1245～1301）等人僅效以文為詞、押韻、問答體等形式〔註5〕，被論者譏為「僅得稼軒糟粕」〔註6〕，方岳卻不然。綜合詞作風格、內容與生平經歷以外，成就了方岳辛派詞人地位的，其實還有作詞的精神方面。辛棄疾喜尊他人詞為體，多方面的學習各家之長，如效易安體

〔註3〕張宏生撰：〈偏離群體的「別調」——論方岳詩〉，頁96。

〔註4〕〔宋〕方岳撰，秦效成校注，祖保泉、何慶善審訂：《秋崖詩詞校注》，〈方岳年譜〉，頁728。

〔註5〕蘇淑芬先生：《辛派三家詞研究》（臺北：文史哲出版社，2005年），頁232。

〔註6〕陳廷焯撰：《白雨齋詞話》，唐圭璋編：《詞話叢編》，頁3794。

之口語、以檃括體、天問體作詞〔註7〕，又或向當時社會地位低於自己的文人學習等〔註8〕，他鎔鑄百家，最終成就稼軒體風格。方岳亦是如此，其既讚揚永嘉四靈清新絕塵之筆法，也推崇江西一派，他也學辛棄疾仿天問體作〈哨遍・問月〉，也創作過檃括詞〈哨遍・括盤古序〉、〈沁園春・隱括蘭亭序〉兩闋（《秋崖詩詞校注》，頁662、609），又有〈瑞鶴仙・壽丘提刑〉以文入詞〔註9〕，能夠學辛而自成一格，正是因為方岳與辛棄疾同樣秉持著多方學習的態度，也可以說是方詞對於辛詞精神上的繼承。

除了多方學習的精神繼承於辛棄疾之外，在作詞技巧上，方詞也喜用典故，如前文所引〈瑞鶴仙・壽丘提刑〉一闋寫到「但丁寧，留取微酸，調商鼎也。」（《秋崖詩詞校注》，頁642～643），在他的〈沁園春・和宋知縣致苔梅〉中亦有相同的典故引用：

> 有美人兮，鐵石心腸，寄春一枝。喜蘚生龍甲，那因雪瘦，月橫鶴膝，不受寒欺。雲臥空山，夢迴孤驛，生怕渠嗔未敢詩。江頭路，問銷魂幾許，索笑何時。　賦成字字明珠。君莫倚、家風舊解題。嘆水曹安在，飄然欲去，逋仙已矣，其與誰歸。煙雨愁予，江山老我，畢竟歲寒然後知。微酸在，盡危譙斜倚，殘角孤吹。（《秋崖詩詞校注》，頁612）

前文已詳論此詞，「微酸在，盡危譙斜倚，殘角孤吹。」也是引「梅酸和羹」〔註10〕之典，暗喻詞作對象為賢人，是輔佐君王不可或缺之人才。又如同闋詞中方岳以宋璟比喻宋知縣，兩人同姓，兩相呼應。再問知名的喜梅人士何遜、林逋安在，嘆今日國家缺乏高潔之士，也暗讚宋知縣的為人就如梅花一般特出。一詞中引五典，足見方岳詞語之凝鍊，

〔註7〕辛棄疾作〈木蘭花慢　中秋飲酒將旦，客謂前人詩詞有賦待月，無送月者，因用天問體賦〉一闋，仿屈原之筆法，寫作手法創新。見蘇淑芬先生：《辛派三家詞研究》，頁228。

〔註8〕詳見蘇淑芬先生：《辛派三家詞研究》，頁230～231。

〔註9〕詳見本論文第四章第二節，〈獨出一格與自我檢視的壽詞〉，頁59～60。

〔註10〕詳見本論文注64。

意境之深遠。

又如他的〈沁園春・和趙司戶紅藥〉一闋：

> 把酒問花，藺栗梢頭，春今幾何。笑身居近侍，階翻萬玉，面丐菩薩，髻擁千螺。一一牙籤，英英碧字，占定花間甲乙科。歸來也，傍紫薇吟處，揉作陽和。　　祗今花事無多。看幾許風煙付與他。待圍將翡翠，怕蜂粘粉，織成雲錦，遣鳳銜梭。誰翦并刀，贈之燕玉，莫負雙娥嬌溜波。花應道，盡花強人面，底用能歌。(《秋崖詩詞校注》，頁613)

前文已論，其中「藺栗梢頭」引黃庭堅詩典〔註11〕，「階翻萬玉」引謝朓詩「紅藥當階翻，蒼苔依砌上。」句〔註12〕，是詞人以芍藥自比。又下闋「祗今花事無多。」源自宋代王淇（生卒年不詳）的詩：「開到荼蘼花事了，絲絲天棘出莓牆。」〔註13〕荼蘼花期約在春末夏初，與芍藥花期相近，歷來在詩詞中象徵春天花季的結束，因此方岳化用詩典，稱芍藥開花的當季已「花事無多」。

以上舉例即可見方岳所知甚廣，一詞中用數典，然今觀唯一的校注本(《秋崖詩詞校注》，注解有過於簡略的缺憾，如〈瑞鶴仙・壽丘提刑〉、〈沁園春・和宋知縣致苔梅〉二闋，皆不注「梅酸和羹」典，又如〈沁園春・和趙司戶紅藥〉一闋，「藺栗梢頭」、「階翻萬玉」及化用「花事無多」一句也都未多加說明，他首詞作中亦常有此一現象，造成許多詞句觀覽時未能深入其意，實屬可惜。

## 第二節　唱酬檃括，詞類多樣

方岳詞作共存九十二首，數量雖少，卻形式、內容多樣，詞作內

〔註11〕 詳見本論文注223。

〔註12〕 詳見本論文注224。

〔註13〕 宋・王淇撰〈春暮遊小園〉詩：「開到荼蘼花事了，絲絲天棘出莓牆。」現收錄於〔宋〕謝枋得撰：《明解增和千家詩註》(臺北：世界書局，2010年)，上卷，頁12。

容在第四章中多數已經詳述。而本論文第三章第二節論方岳的政壇交友時曾指出，方詞中唱和、贈酬的對象範圍不及詩作廣泛，多集中於官場政界人士，可見方岳習慣以詞作應酬的手法，也凸顯詞作本娛賓遣興的特質。〔註 14〕

本節欲以種類特殊，形式獨立的唱和、贈酬與檃括詞類深入統計，分析方詞的創作多樣性。唱和詞指詞題寫明「和」、「和他人詞」或「再和」等等的詞作，贈酬詞則包含贈詞、應酬場合所作的詞及為他人作的壽詞一類，檃括詞〔註 15〕則為詞題中有寫明「括」、「檃括」一語者，主要是指從原作品中的內容、涵義方面進行概括〔註 16〕，並依內容選擇風格相合之詞牌，重新填詞使之可歌的詞作。〔註 17〕

在這幾類詞作中，就可見方岳詞體形式的多變，例如他曾作〈哨遍・問月〉一闋，詞作內容雖是普通的個人慨歎，詞體卻是仿效天問體，除了明顯詞體散文化的痕跡外，又有學步屈原〔註 18〕的意圖。今先觀〈哨遍・問月〉：

月亦老乎，勸爾一杯，聽說平生事。吾問汝，開闢自何時。有乾坤更應有爾。年幾許。鴻荒邈哉遐已。吾今斷自唐虞起。

〔註 14〕詳見本論文第三章第二節，〈政壇交友〉，頁 29。

〔註 15〕「檃括」之義，先秦之時，原指矯揉彎曲竹木，使之平直或成形之工具，至宋人所謂之「檃括」，則兼指就原有之詩文、著作加以剪裁、改寫也。詳見王偉勇撰：〈兩宋檃括詞探析〉，《東吳大學宋元文學學術研討會論文集》（臺北：東吳大學中國文學系，2001 年），頁 224。

〔註 16〕彭國忠撰：〈檃括體詞淺論——以宋人的創作為中心〉，《詞學》第 16 輯（2005 年），頁 126。

〔註 17〕詞調與文情宜相輔相成，因此檃括詞的詞牌選用，多會受到原作風格的影響，詞人就原作所感，擇調而填詞，即是詞作與音樂的密切結合。可見檃括詞的魅力正是在於它將原作檃括入律所產生的美感。可參見朱玲芝撰：〈檃括詞概念辨析及其與音樂的關係探究〉，《中國韻文學刊》第 29 卷第 4 期（2015 年 10 月），頁 83。

〔註 18〕方岳喜〈離騷〉，詩作中屢次提及〈離騷〉與屈原，可知其對屈原的懷才不遇極有共鳴，在詞作中，則反映在詞體的效仿上。前人研究指出，方岳詩中提到〈離騷〉的次數共有十七次，可見受影響之深。詳見邱伶美撰：《南宋方岳詩歌研究》，頁 29～31。

繫帝曰放勛，甲辰踐祚，數至今宋嘉熙。凡三千五百二十年餘。嗟雨僽風僝幾盈虧。老兔奔馳，痴蟆吞吐，定應衰矣。

噫。月豈無悲。吾觀人壽幾期頤。炯炯雙眸子，明清無過嬰兒。但才到中年，昏然欲眊，那堪老矣知何似。試以此推之，吾言有理，不能不自疑耳。恐古時月與今時異。恨則恨今人不千歲。但見今、冰輪如洗。阿誰曾自前古，看到隨唐世，幾時明潔，幾時昏暗，畢竟少晴多雨。須臾月落夜何其。曰先生、置之姑醉。(《秋崖詩詞校注》，頁 644～645)

屈原問天，方岳問月。據考證此詞作於嘉熙三年(1239)前後，方岳與趙葵始發生爭執後，又逢父喪返家，內憂外患，使其極度徬徨不安。詞人對月敬酒，邀月共說平生之事，自唐虞開闢天地以來，到今日宋朝嘉熙年間，已經有三千五百二十多年，詞人感嘆朝夕盈虧，時光流逝，時代也正衰亡。下闋將情感投射於月，認為月亮也是會悲傷的，實則是詞人嘆老的悲鳴。他感嘆人生能有幾個百年，一雙眼光清明不比嬰兒時期，似有看盡人間混濁之感，「但才到中年，昏然欲眊，那堪老矣知何似。」方岳感嘆自己才不過中年，眼神已經失神如此，到了老年真是不敢想像。恨只能恨沒有人能活千年，看著古時的月亮一直到今日，經歷多少清明和昏暗的時期，「畢竟少晴多雨。」必定是衰敗多於興盛吧，月落夜還長，最終不如一醉。千年興亡都不比一飲，大有挫敗歸去的無奈。

方岳借月抒懷，雖是詞體卻讀來猶如散文，以「爾」稱月，互相勸飲，行文平鋪有趣，雖詞中飽含詞人的愁緒，卻也是令人驚豔的佳作，情感自然流露。其實方岳詞中還有一闋天問體的詞作與此詞成對，〈哨遍・問月〉是詞人的發問，與它成對的詞作〈哨遍・用韻作月對和程申父國祿〉則是月的回答，亦是一首唱和詞，同樣是天問體的形式，一首是詞人的抒懷，一首是與長官的唱和，足見方岳作詞的多樣性與不拘於一格的天賦，以下觀〈哨遍・用韻作月對和程申父國祿〉：

月曰不然，君亦怎知，天上從前事。吾語汝，月豈有弦時。

奈人間井觀乃爾。休浪許。歷家繆悠而已。誰云魄死生明起。又明死魄生，循環晦朔，有老兔自熙熙。妄相傳月溯日光餘。嗟萬古誰知了無虧。玉斧修成，銀蟾奔去，此言荒矣。　　噫。世已堪悲。聽君歌復解人頤。桂魄何曾死，寒光不減些兒。但與日相望，對如兩鏡，山河大地無疑似。待既望觀之，冰輪漸側，轉斜才一鉤耳。論本來不與中秋異。恐天問靈均未知此。又底用、咸池重洗。乾坤一點英氣，寧老人間世，飛上天來，摩挲月去，才信有晴無雨。人生圓缺幾何其。且徘徊、與君同醉。（《秋崖詩詞校注》，頁 646）

在〈哨遍・問月〉中，方岳問「月亦老乎」並闡發了一番自己的感受，認為月是與自身相呼應的。而在此詞中，首句以「月曰不然」，全盤推翻了詞人的前一闋詞，並推出了全新的說法，「君亦怎知，天上從前事。」表面上是月對詞人訴說，人類怎會知道它從前的經歷，實際上應是詞人暗喻自己知音難尋的困境，方岳恐是與月相談的同時，也以月自比。上闋描述世人皆說月是朔、望循環不止，意即由圓到缺，又由缺到圓的過程，此處月提出反駁，言「嗟萬古誰知了無虧。玉斧修成，銀蟾奔去，此言荒矣。」其實月亮一直都是圓的。

詞下闋承上闋的反駁提出解釋，月說到「聽君歌復解人頤。桂魄何曾死，寒光不減些兒。」月俯視人間是透徹的，可以理解萬事萬物，然而對於遙望的太陽卻是「對如兩鏡」，月是因太陽而圓缺，此事恐怕只有太陽知曉。「論本來不與中秋異。恐天問靈均未知此。」以屈原襯托，言當年屈原問天的時候，恐怕也不知道月圓的真相。「乾坤一點英氣，寧老人間世，飛上天來，摩挲月去，才信有晴無雨。」人大概要能夠上天與月等高，才能夠體會「有晴無雨」的美好，並不是前詞所說的「畢竟少晴多雨」，似乎也是方岳對於自己不能到達該境界的感嘆。然而再回到此詞為唱和程元鳳之詞作，又可看出詞人身邊未必沒有知己，「人生圓缺幾何其。且徘徊、與君同醉。」此處的「君」可以是月對方岳，也可是方岳對程元鳳，是知己彼此相惜的喟嘆。

正如前文所舉的變化多樣，方詞中所提及的詞作對象範圍雖不如詩，數量與種類卻相當可觀，以下就唱和、贈酬與檃括等三類詞作統計整理，各闋類別與頁碼如下：

| 詞 作 | 類 別 | 《秋崖詩詞校注》／《全宋詞》頁碼 |
|---|---|---|
| 〈滿江紅・和程學諭〉 | 唱和詞 | 頁 602 |
| 〈水調歌頭・壽丘提刑〉 | 贈酬詞（壽詞） | 頁 605 |
| 〈水調歌頭・壽吳尚書〉 | 贈酬詞（壽詞） | 頁 606 |
| 〈水調歌頭・壽趙文昌〉 | 贈酬詞（壽詞） | 頁 607 |
| 〈沁園春・檃括蘭亭序〉 | 檃括詞 | 頁 609 |
| 〈沁園春・壽趙尚書〉 | 贈酬詞（壽詞） | 頁 611 |
| 〈沁園春・和宋知縣致苔梅〉 | 唱和詞 | 頁 612 |
| 〈沁園春・和趙司戶紅藥〉 | 唱和詞 | 頁 613 |
| 〈沁園春・和林教授〉 | 唱和詞 | 頁 614 |
| 〈木蘭花慢・吳尚書宴客漣滄觀即席用韻〉 | 贈酬詞（應酬詞） | 頁 617～618 |
| 〈賀新涼・別吳侍郎〉 | 贈酬詞（贈詞） | 頁 620 |
| 〈賀新涼・寄兩吳尚書〉 | 贈酬詞（贈詞） | 頁 622 |
| 〈西江月・以兩鶴壽老父〉 | 贈酬詞（壽詞） | 頁 624 |
| 〈漢宮春・壽王尉〉 | 贈酬詞（壽詞） | 頁 626 |
| 〈酹江月・八月十四小集鄭子重帥參先月樓。是夕無月。和朱希真插天翠柳詞韻〉 | 贈酬詞（應酬詞） | 頁 629 |
| 〈酹江月・壽老父〉 | 贈酬詞（壽詞） | 頁 630 |
| 〈酹江月・戊戌壽老父〉 | 贈酬詞（壽詞） | 頁 631 |
| 〈酹江月・萬花園用朱行甫韻呈制帥趙端明〉 | 贈酬詞（應酬詞） | 頁 632 |
| 〈酹江月・和君用〉 | 唱和詞 | 頁 632 |
| 〈酹江月・送吳丞入幕〉 | 贈酬詞 | 頁 633 |

| 〈水龍吟・和朱行甫帥機瑞香〉 | 唱和詞 | 頁 634 |
| --- | --- | --- |
| 〈水龍吟・和朱行甫海棠〉 | 唱和詞 | 頁 635 |
| 〈喜遷鶯・和余義夫行邊聞捷〉 | 唱和詞 | 頁 637 |
| 〈浣溪沙・壽潘宰〉 | 贈酬詞（壽詞） | 頁 638 |
| 〈齊天樂・和楚客賦蘆〉 | 唱和詞 | 頁 640 |
| 〈花心動・和楚客憶梅〉 | 唱和詞 | 頁 641 |
| 〈風流子・和楚客維揚燈夕〉 | 唱和詞 | 頁 641 |
| 〈瑞鶴仙・壽丘提刑〉 | 贈酬詞（壽詞） | 頁 642 |
| 〈瑞鶴仙・壽宋倅〉 | 贈酬詞（壽詞） | 頁 643 |
| 〈哨遍・用韻作月對和程申父國祿〉 | 唱和詞 | 頁 646 |
| 〈燭影搖紅・立春日柬高內翰〉 | 贈酬詞 | 頁 650 |
| 〈最高樓・壽黃宰〉 | 贈酬詞（壽詞） | 頁 653 |
| 〈最高樓・和人投贈〉 | 唱和詞 | 頁 654 |
| 〈水調歌頭・慶平交。七月十七〉 | 贈酬詞（壽詞） | 頁 656 |
| 〈瑞鷓鴣〉中元過後恰三朝 | 贈酬詞（壽詞） | 頁 657 |
| 〈酹江月・壽松山主人。七月十九〉 | 贈酬詞（壽詞） | 頁 658 |
| 〈滿庭芳・壽劉參議。七月二十日〉 | 贈酬詞（壽詞） | 頁 659 |
| 〈滿庭芳・壽通判。七月二十二日〉 | 贈酬詞（壽詞） | 頁 660 |
| 〈百字謠・壽丘郎。七月二十四日〉 | 贈酬詞（壽詞） | 頁 660 |
| 〈哨遍・括《盤古序》〉 | 檃括詞 | 頁 662～663 |
| 〈水調歌頭・和羅足贈示〉 | 唱和詞 | 頁 664 |
| 〈沁園春・和趙尉重九〉 | 唱和詞 | 頁 666 |
| 〈沁園春・再和韻〉 | 唱和詞 | 頁 667 |
| 〈沁園春・和趙尉〉 | 唱和詞 | 頁 668 |
| 〈沁園春・再和〉 | 唱和詞 | 頁 668～669 |
| 〈最高樓・王貳卿〉 | 贈酬詞（壽詞） | 頁 670 |
| 〈八六子・子壽父〉 | 贈酬詞（壽詞） | 《全宋詞》頁 2850 |

據上表整理統計，方岳詞中可歸類為特定類型的詞作共有四十七首，

其中唱和詞有十八首、贈酬詞二十七首及檃括詞作二首，從唱和詞中可見方岳喜與同僚、與長官唱和，詞作往來頻繁。贈酬詞中則包含具有贈送性質的壽官場朋友詞與壽父詞一類，前章已有詳論，其餘皆為方岳官場應酬之作，也可呼應方岳以詞應酬的習慣。而檃括詞作雖僅有兩闋，且皆檃括名作，在宋代詞人中屬於少數，並不特出，但以九十二首詞作宏觀之，可見方岳詞作類別廣泛，可說是繽紛多彩。

方岳現今存詞共九十二首，其中上述三類佔四十七首，約為他詞作的一半，另一半也未必沒有特殊詞類的詞作，例如獨出一格的自壽詞也有十二首，因前章已詳論，此處不再贅述，可見方岳詞作類別的多樣性，在僅僅九十二首作品中，琳瑯滿目、萬象包羅。

## 第三節　詞牌豪放，喜作長調

在詳細探析方岳詞作之後可知，方詞中不乏婉約類型的詞作，如〈鵲橋仙·七夕送荷花〉寫到「銀河無浪，瓊樓不暑。一點柔情如水。」（《秋崖詩詞校注》，頁 647）展現詠七夕佳節時的鐵漢柔情，又如詠梅花作〈花心動·和楚客憶梅〉嘆：「自笑梁園賦客。倚舊日鞍韉，春風巾幘。」（《秋崖詩詞校注》，頁 641）有春日的婉約明媚，也有思念舊鄉的感慨。不過若據今存詞九十二首統計，仍可見方岳喜作豪放詞，偏好明顯，其中尤以長調為最。

王易《詞曲史》說道：「詞初無調也，唐初樂府，五七言律詩而已。中葉以還，漸變為長短句，則詞調生焉。逮宋則制作紛起，調日以繁。詞之體益大，詞之法益密矣。」〔註 19〕所謂「長調」，自北宋末年興起，宋世南渡以後大增，是相對於「小令」而言。詞以調分，最早始於《類編草堂詩餘》〔註 20〕一書，《四庫全書總目提要》：「詞家小令、中調、長調之分自此書始。後來《詞譜》依其字數以為定式，未免稍拘，故為

〔註 19〕王易撰：《詞曲史》（臺北：五南出版，2013 年），頁 223。

〔註 20〕〔宋〕何士信輯，〔明〕武陵逸史編次：《類編草堂詩餘》六卷，現收錄於《續修四庫全書》集部，第 1728 冊。

萬樹《詞律》所譏。然填詞家終不廢其名，則亦倚聲之格律也。」〔註 21〕此處的此書即指《類編草堂詩餘》。後人清代學者毛先舒進一步提出：「凡填詞五十八字以內為小令；自五十九字始至九十字止，為中調；九十一字以外者俱長調也。此古人定例也。」〔註 22〕此說並非正確，由脈絡可見，明代以前詞並無以字數分類。鄭因百遂提出：「大概七十八字以下即是小令，八、九十字以上即是長調。」〔註 23〕較不受拘泥，不過以長、短分類之法「終不廢其名」，主要在於小令、中調、長調的分別，應是與樂曲有密切的關係，如小令可能源於「酒令」，而長調則大多是北宋以後文人創製的新曲，因此毛先舒以字數劃大類的辦法，未嘗無可取之處。〔註 24〕現今詞調的音樂失落，難以判斷曲子的緩急，僅能從留存的詞作內容判斷，大抵如清代學家宋翔鳳《樂府餘論》中所言：

> 令者，樂家所謂小令也。曰引、曰近者，樂家所謂中調也。曰慢者，樂家所謂長調也。不曰令曰引曰近曰慢，而曰小令、中調、長調者，取流俗易解，又能包括眾題也。〔註 25〕

蓋本文觀前人研究之基礎，自鄭因百一說之後，日本學者村上哲見、臺灣學者黃文吉先生亦皆採此說〔註 26〕，以七十八字以下為小令，八十字以上為長調，本文亦以此為依據，盼能折衷論述，不落於拘泥之沼。

闡明本文小令、長調之論述依據後，下表則以《秋崖詩詞校注》為底本，將方岳所作的各詞牌數量統計分析，並由多至少排列：

---

〔註 21〕〔清〕永瑢、紀昀等撰：《四庫全書總目提要》，集部，卷一百九十八，頁 74。

〔註 22〕〔清〕毛先舒撰：《填詞名解》，現收錄於《四庫全書存目叢書》（臺南：莊嚴文化，1997 年），第 425 冊，頁 174。

〔註 23〕鄭因百撰：《從詩到曲》（臺北：中國文化雜誌社，1971 年），頁 118。

〔註 24〕陳振寰撰：《讀詞常識》（臺北：國文天地雜誌社，1983 年），頁 32～33。

〔註 25〕〔清〕宋翔鳳撰：《樂府餘論》，收錄於《叢書集成續編》（臺北：新文豐出版公司，1989 年），第 209 冊，頁 266。

〔註 26〕詳見黃文吉撰：《宋南渡詞人》（臺北：臺灣學生書局，1985 年），頁 96～97。

| 詞　牌 | 詞　體 | 闋　數 |
|---|---|---|
| 〈沁園春〉 | 長調 | 12 |
| 〈水調歌頭〉 | 長調 | 10 |
| 〈酹江月〉(百字謠)〔註27〕 | 長調 | 9 |
| 〈浣溪沙〉 | 小令 | 6 |
| 〈賀新涼〉 | 長調 | 5 |
| 〈滿江紅〉 | 長調 | 4 |
| 〈滿庭芳〉 | 長調 | 4 |
| 〈最高樓〉 | 長調 | 4 |
| 〈蝶戀花〉 | 小令 | 3 |
| 〈西江月〉 | 小令 | 3 |
| 〈哨遍〉 | 長調 | 3 |
| 〈江神子〉 | 小令 | 3 |
| 〈如夢令〉 | 小令 | 2 |
| 〈一落索〉 | 小令 | 2 |
| 〈漢宮春〉 | 長調 | 2 |
| 〈水龍吟〉 | 長調 | 2 |
| 〈瑞鶴仙〉 | 長調 | 2 |
| 〈鵲橋仙〉 | 小令 | 2 |
| 〈望江南〉 | 小令 | 1 |
| 〈木蘭花慢〉 | 長調 | 1 |
| 〈喜遷鶯〉 | 長調 | 1 |
| 〈齊天樂〉 | 長調 | 1 |
| 〈花心動〉 | 長調 | 1 |
| 〈風流子〉 | 長調 | 1 |
| 〈眼兒媚〉 | 小令 | 1 |

〔註27〕方岳作〈酹江月〉八闋，另有一闋名〈百字謠〉，同調而異名，〈百字謠．壽丘郎〉為壽詞，可能為取其「百」字吉祥之意，象徵長壽，遂以〈百字謠〉命名，此處合計其數量。詳見〔宋〕方岳撰，秦效成校注，祖保泉、何慶善審訂：《秋崖詩詞校注》，頁660～661。

| 〈玉樓春〉 | 小令 | 1 |
|---|---|---|
| 〈虞美人〉 | 小令 | 1 |
| 〈一剪梅〉 | 小令 | 1 |
| 〈燭影搖紅〉 | 小令 | 1 |
| 〈行香子〉 | 小令 | 1 |
| 〈瑞鷓鴣〉 | 小令 | 1 |
| 〈八六子〉 | 長調 | 1 |

根據此表統計結果，方岳的九十二首詞作中分別使用了三十二個詞牌，其中屬於長調者有十七首，屬於小令者有十五首，乍看之下取用平均，不過若就數量而論，方岳所作長調的闋數是六十三闋，小令二十九闋，可以明顯看出方岳喜作長調的特色，此亦也符合宋南渡以後，詞以長調漸興〔註28〕的時代趨勢。

透過上表，再觀方岳所選用之詞牌，多作豪放之音。蓋詞調本為音樂，倚聲填詞，樂與文必有關聯。正如王易《詞曲史》所言：

> 蓋詞有剛柔二派，調亦如之。毗剛者，亢爽而雋快；毗柔者，芳悱而纏綿。賦情寓聲，自當求其表裡一致，不得乖反。〔註29〕

前人學者曾經針對著名的二十五家宋代南渡詞人做詞牌之分析〔註30〕，在長調方面，創作數量最多的是〈水調歌頭〉，其次為〈念奴嬌〉，即方岳慣用的〈酹江月〉。在長調創作中，此二詞牌也高居方岳詞作數量的二、三位。小令方面，宋南渡詞人最常作的則是〈浣溪沙〉，也是方岳創作的小令中，為數最多的小令詞牌。雖然方岳創作數量最多的詞牌是〈沁園春〉，但大抵可見他與普遍的當期詞人相同，都繼承了蘇、辛的豪放詞風。王易《詞曲史》：

〔註28〕前人研究曾指出，詞在宋代的成就發展，與長調的興起有密切的關係。詳見黃文吉撰：《宋南渡詞人》，頁96。

〔註29〕王易撰：《詞曲史》，頁250。

〔註30〕關於宋二十五家南渡詞人相關統計與分析，皆引自黃文吉撰：《宋南渡詞人》，〈常用詞調分析〉，頁96～100。

> 今宋詞之宮調律譜，固無從知悉；然詞調之聲情，尚可得而審別……，稼軒用調多同東坡；龍洲、後村、遺山輩，又多同稼軒。〔註31〕

足見詞牌選用的脈絡。其實蘇、辛所用的詞調，也未必皆相同，如辛棄疾小令喜愛作〈鷓鴣天〉，在他的詞作中有六十三闋，在蘇軾詞作中卻僅有三闋〔註32〕，在被歸類為辛派詞人的方岳詞中，甚至未見此詞牌。由此可知在詞牌選用上，風格相近之詞人仍有各自的喜好，因此方岳創作最多的〈沁園春〉，也應是他個人喜好所依，且仍不出豪放一派的範疇，同樣足以驗證方岳詞「詞牌豪放，喜作長調」的特色。

〔註31〕王易撰：《詞曲史》，頁250。
〔註32〕黃文吉撰：《宋南渡詞人》，頁100。

# 第六章　辛詞與方詞之比較

著名詞學家薛礪若《宋詞通論》將方岳列入了「辛派詞人」的行列後，前人研究也紛紛指出方詞與辛派的共通性，不外乎在於詞作內容上的愛國情懷，詞作風格上的豪放悲壯，以及寫作手法上以文入詞，詞體散文化的現象。〔註1〕〔註2〕不過秦效成在《秋崖詩詞校注》中評方詞是「疏放淡遠」，可見悲壯的愛國詞僅是方詞中的一小部分，前人指出「具有稼軒體特點的詞作代表了他詞作的主要審美特徵和成就」〔註3〕，也是方詞在愛國情懷以外的題材皆容易被忽略的原因。

除了上述前人研究中已提及的辛派特徵外，辛棄疾與方岳人生經歷的相似，也是兩人詞作風格能相互輝映的原因之一。兩人的詞情皆是由高昂而低迴，都受到一生仕途與抱負相左，心願難成的影響。先觀辛棄疾一生志在抗金，南歸以後卻失去兵權，雖常有官職在身，卻都與他的志向相違背。一生曾登廷論對六次，卻在最終看清南宋朝廷一心偏安的態度，說出「鄭賈正應求死鼠，葉公豈是好真龍。」〔註4〕一語，

〔註1〕相關論述可參見吳樹燊撰：《方岳詩詞研究》，頁34～36。

〔註2〕方岳以文為詞的三個特色，可參見單芳撰：〈辛派詞人方岳〉，頁17。

〔註3〕吳樹燊撰：《方岳詩詞研究》，頁35。

〔註4〕〔宋〕辛棄疾撰，鄧廣銘箋注：《稼軒詞編年箋注》，〈瑞鷓鴣〉（江頭日日打頭風），頁556。

自此不再矛盾煎熬，絕望透頂之下，從此與官場揮別。〔註 5〕再觀方岳一生詞作，激昂的愛國詞多集中於趙幕時期，另外三分之二幾乎在仕、隱掙扎中度過，最後徹底心冷歸隱，正是反映了方岳於官場三次罷官的多舛命運。〔註 6〕第三次罷官以後，直至他六十四歲卒於家中，期間多有詔命，卻不再出任，終於落實了他「緊閉竹門傳語客，那得暇，儘由他。」（《秋崖詩詞校注》，頁 671）的堅決，與辛棄疾晚年頗有相似之感。

不過即使人生經歷與兩人的詞情變化都十分相似，仍然是生活於不同時代的兩位詞人，依舊可以從他們的詞作中探析巧妙的不同處，也可見前人學者所述的，方詞學辛而自成一格的現象，下文便深入詳析方詞是如何「自成一格」，以及造成兩人詞作差異的原因。

## 第一節　時代背景不同：北人與南人

正如方岳在江湖詩人中的特出，他尊賈島、姚合與四靈派之詩法，卻又推崇江西派為宋詩代表。〔註 7〕在詞作上，方詞也非與辛詞完全相同，辛詞豪放婉約兼具，方詞悲憤清麗並呈，但悲憤處卻不如辛棄疾之深。他豪壯的愛國詞少，掙扎的矛盾較多，兩人的相同處，前人研究與前文已詳論。而若要舉出二人詞作最根本的不同處，首先即是生活的時代背景不同，出生背景也有差異。

北宋與南宋皆長年受外敵所擾，對抗的敵人卻不盡相同。北宋紹興三十一年（1161）金兵南犯，辛棄疾與耿京（生年不詳，卒於 1162 年）聚眾兩千，力圖恢復。紹興三十二年（1162），辛棄疾本是奉耿京之命南歸，欲尋求南宋朝廷協助，不料朝廷態度保守，不願正視他的需

〔註 5〕辛詞之詞情轉變，詳細可見劉宥均撰：〈論皇帝召見對辛棄疾詞之影響〉，《有鳳初鳴年刊》第 15 期（2019 年 6 月），頁 254～256。

〔註 6〕詳見本論文第二章第三節，〈得罪權臣，三次罷官的坎坷仕途〉，頁 17～23。

〔註 7〕張宏生撰：〈偏離群體的「別調」——論方岳詩〉，頁 98～99。

求，最後耿京遭部下張安國（生卒年不詳）等叛變，起義以失敗收場，北宋終是恢復無望。〔註 8〕南歸後的辛棄疾，多次任於地方安撫使一職，也曾任司農寺主簿、倉部郎官等職，協助朝廷紓解財務、糧食的困境。任官期間更上〈美芹十論〉、〈九議〉，以及〈論阻江為險須藉兩淮〉、〈議練民兵守淮〉兩疏〔註 9〕，足見辛棄疾在軍事、民生上皆展現長才，而最終目的都不離復興北方的願望。只是他的政策雖頗受朝廷重視，一心復國的期盼卻沒有被回應，前人研究曾如此描述：

> 他日夜想的是「西北有神州」、「看試手，補天裂」（〈賀新郎〉同父見和再用韻答之）期盼「好都取山河獻君王，看父子貂蟬，玉京迎駕。」（〈洞仙歌〉壽葉丞相）又期許「他年要補天西北。」（〈滿江紅〉建康史帥致道席上賦）〔註 10〕

由詞作可知辛棄疾一生汲汲營營的是復興北方，無奈立場與南宋朝廷逐漸傾向偏安的態度相左，他十多年來在地方漂泊，每逢登高也只能感嘆：「落日樓頭，斷鴻聲裏，江南游子。把吳鉤看了，欄干拍徧，無人會，登臨意。」〔註 11〕憂愁與執念無人理解，其後一生抗金未果，據傳死前仍口呼「殺賊！殺賊！」抑鬱而終。南宋開禧三年（1207），方岳年方九歲，辛棄疾於此年逝世，直到端平元年（1234），宋蒙聯軍才攻陷蔡州，金朝滅亡，而南宋最大的外患也從此變成了元人。

方岳出生於南宋，一生經歷寧宗、理宗兩朝，相對於他那個時代，對於南宋人來說，辛棄疾在世時的朝廷還算一度有抱負、有北伐宏願的。方岳雖未曾見家鄉淪陷，不過他於紹定五年（1232）進士及第後的

〔註 8〕〔宋〕辛棄疾撰，鄧廣銘箋注：《稼軒詞編年箋注》，〈辛稼軒年譜〉，頁 657～658。

〔註 9〕乾道六年（1170），辛棄疾召對延和殿。見〔宋〕辛棄疾撰，鄧廣銘箋注：《稼軒詞編年箋注》，〈辛稼軒年譜〉，頁 666。

〔註 10〕蘇淑芬先生：《辛派三家詞研究》，頁 109。

〔註 11〕〔宋〕辛棄疾撰，鄧廣銘箋注：《稼軒詞編年箋注》，卷一，〈水龍吟．登建康賞心亭〉，頁 34。

隔年，紹定六年（1233）正月，宋蒙聯軍攻陷蔡州，金朝滅亡。〔註12〕方岳初出茅廬便見證了朝廷的勝利，心中宏大的愛國情操可以想見，豈料宋室不過是倚賴他人力量，元人從此成為更大的隱憂，胸有大志的方岳更是無法接受以史嵩之為首的主和派的態度，他大斥當朝權臣是「叛全銜命，徒以辱國」〔註13〕埋下遭人報復的禍根。此後不久，方岳也身陷與賞識自己的長官趙葵不合的泥沼，離開趙葵幕府後他屢次在任官期間不畏權勢，常與高官衝突，甚或對朝廷處理事務的延宕不滿而自動棄官，愛國的情懷與未來憧憬也逐漸在官場挫敗中消磨。

兩人身處的環境與心態相似，最終又都以失敗收場。但若細觀兩人詞作，便可見方詞對統一的渴求不如辛詞，辛詞對自身的哀怨不比方詞，這都是因為兩人出生背景的不同所致。辛生於北方而奉表南歸，方岳則本長於南方。辛詞的豪壯可說是承自他北方民族的陽剛與自小受金詞詞風渲染的影響〔註14〕，他曾自言「山東之民，勁勇而喜亂。」龍榆生〈兩宋詞風演變論〉有論辛詞：「稼軒詞格之養成，必於居金國時，早植根柢。」〔註15〕北宋紹興十年（1140），辛棄疾出生於山東歷城〔註16〕，青少年時期長於北宋，受其祖父辛贊（生卒年不詳）〔註17〕影響，山東美景與對家鄉的愛惜自幼深植辛棄疾心中。乾道七年（1171）秋，辛棄疾在臨安見西湖美景，就曾有思鄉的感慨：

直節堂堂，看夾道、冠纓拱立。漸翠谷、羣仙東下，佩環聲

〔註12〕〔宋〕方岳撰，秦效成校注，祖保泉、何慶善審訂：《秋崖詩詞校注》，〈方岳年譜〉，頁690。

〔註13〕〔宋〕方岳撰：《秋崖集》，卷二十四，〈代與史尚書〉，頁424。

〔註14〕蘇淑芬先生撰：《辛派三家詞研究》，頁230～231。

〔註15〕龍榆生撰：〈兩宋詞風演變論〉，收錄於《詞學季刊》（上海：上海書店，1934年），頁22。

〔註16〕〔宋〕辛棄疾撰，鄧廣銘箋注：《稼軒詞編年箋注》，〈辛稼軒年譜〉，頁645。

〔註17〕辛贊，隴西郡開國，亳州譙縣令，知開封府，贈朝散大夫。約於1161年左右卒。詳見〔宋〕辛棄疾撰，鄧廣銘箋注：《稼軒詞編年箋注》，〈辛稼軒年譜〉，頁633。

急。聞道天峯飛墮地，傍湖千丈開青壁。是當年、玉斧削方壺，無人識。　　山木潤，琅玕濕。秋露下，瓊珠滴。向危亭橫跨，玉淵澄碧。醉舞且搖鸞鳳影，浩歌莫遣魚龍泣。恨此中、風物本吾家，今為客。〔註 18〕

此詞題冷泉亭，上片全寫亭中望西湖美景，據傳冷泉亭在飛來峰下，夾道松竹林立，河水直瀑流下，水聲湍急。想當年，眾仙居住的方壺山就在此地，如今已無人知曉。上片寫遠景，下片為近景，帶出秋季微雨，欄杆上有露珠殘留，湖畔邊歌舞酒女正舞動翠袖，旌旗搖曳。如此美景在詞人心中觸動的想法，卻是「恨此中、風物本吾家，今為客。」詞人想到了自己出生的家鄉濟南，也有一座勝景非凡的大明湖，景色佳麗，可比西湖。如此聯想，反映了辛棄疾心中無法歸鄉，家鄉淪陷的悲痛與現實，此恨綿長，自己無家可歸，流落他鄉為客，怕是再也見不到大明湖的風光。辛棄疾長於北方，卻在正年輕氣盛時經歷家國滅亡，奉表南歸後苦無再起機會，因此其詞中對於收復失土的悲憤和執著遠超他人，詞情悲慟，乃是親眼見家鄉失落所致。

反觀方岳生於徽州，家鄉本在南方，自小就是南宋子民，他的詞作中少有思鄉之情，多是欲歸去的牢騷，對於方岳來說，家鄉是伸手可及的地方，所以每逢因故返鄉，他所言都是「窮則簞瓢陋巷，達則鼎彝清廟，吾意兩悠哉」（《秋崖詩詞校注》，頁 602）或「水驛山村還要我，料理松風竹雪」（《秋崖詩詞校注》，頁 621）的隨興快活。方岳雖在愛國情操上不遜於辛棄疾，但他出生時南宋已偏安多年，本為南宋人的他既未親眼見家國覆滅，也非遺民之士，他的愛國情懷建立在自幼受理學薰陶的責任感與主戰派的立場上，因此觀其詞作，詞情雖有抱負卻未必沉痛，多有家國之思，但少了亡國之悲的哀音。

辛棄疾對抗金人，方岳對抗元人。辛棄疾生於北宋山東，是北方子民，方岳則本出於南方，是水秀江南的文人。時代與出生背景的迥

〔註 18〕〔宋〕辛棄疾撰、鄧廣銘箋注：《稼軒詞編年箋注》，〈滿江紅・題冷泉亭〉，頁 56。

異，讓兩人詞作同中有異，不過方詞仍是承辛派風格，導致前人研究中，常把方詞的時空背景混淆成對抗金人，如其詞作〈喜遷鶯・和余義夫行邊聞捷〉有句：「談笑。鳴鏑處，生縛胡雛，烽火傳音耗。」此處之「胡」乃指來犯的蒙軍，前人常誤解為是方岳對抗金一事的勝利讚許。〔註 19〕其實方岳創作愛國詞多在趙幕期間，畢竟為官順遂時，他的愛國主張才得以舒展，遭遇挫折時，則時常以避世隱居為目標。而今日可以確知的史實是，方岳入趙葵幕府的此時，金朝已經滅亡，因此也可見辛詞與方詞中的描述對象是完全不同的。

## 第二節　隱逸情懷有別：被動與主動

辛棄疾為官期間多次被彈劾，影響較深遠的一次在淳熙八年（1181）十二月，辛棄疾遭臺臣王藺論列，落職罷新任〔註 20〕，《宋史・稼軒本傳》記載：「臺臣王藺劾其用錢如泥沙，殺人如草芥。」〔註 21〕辛棄疾自此閒居上饒長達十年，途中雖曾短暫復官，隨後又於慶元二年（1196），秋九月，以言者論列，罷宮觀〔註 22〕，詳細據《宋會要》記載：「以臣僚言棄疾贓汙恣横，唯嗜殺戮，累遭白簡，恬不少悛，今俾奉祠，使他時得刺一州，持一節，帥一路，必肆故態，為國家軍民之害。」〔註 23〕此後辛棄疾歸居鉛山。他多次被劾，理由皆指其斂財、嗜殺，恐與激昂不羈的個性有關，「累遭白簡」或非空穴來風，今雖求

〔註 19〕據《秋崖詩詞校注》載，方岳詞中所述事件在嘉熙元年（1237），此時金已滅亡。單芳撰〈辛派詞人方岳〉與李智撰〈南宋徽州詞人方岳詞作特點〉都將該詞誤解為對抗金人的描述。詳見單芳撰：〈辛派詞人方岳〉，頁 15～16、李智撰：〈南宋徽州詞人方岳詞作特點〉，頁 65。

〔註 20〕〔宋〕辛棄疾撰，鄧廣銘箋注：《稼軒詞編年箋注》，〈辛稼軒年譜〉，頁 720。

〔註 21〕〔元〕脫脫撰：《宋史・稼軒本傳》，頁 12164。

〔註 22〕〔宋〕辛棄疾撰，鄧廣銘箋注：《稼軒詞編年箋注》，〈辛稼軒年譜〉，頁 763。

〔註 23〕〔清〕徐松撰：《宋會要輯稿》（北京：中華書局，1957 年），〈職官・黜降官十〉，卷 3892，頁 4049。

證真相不易，僅能確知這對他的仕途造成極大的衝擊，而他的隱逸詞作，也多作於此兩次閒居期間。

方岳及第前在鄉里苦讀三十載，此期間建立不少交友人脈，如跟隨吳柔勝、吳淵、吳潛等父子三人學習，也確立日後他主戰愛國的思想，無奈任官後他直傲倔強的脾氣觸怒不少權臣，如本論文二章談論生平時所述，除了因直言不諱而得罪賞識自己的長官趙葵，也因代書指責史嵩之而遭罷官報復，隨後淳祐五年（1245）任禮兵部架閣，除太學正兼景獻府教授，此時期由於立場相似的范鍾為左相，是他官運相對一帆風順的時期。〔註 24〕無奈好景不長，淳祐八年（1248）任職南康與賈似道發生衝突，方岳不懼權勢，直傲不退，最後朝廷僅能再將他調任邵武以避開賈似道。不料寶祐元年（1253），方岳因不滿朝廷對他奏摺的延宕而憤怒自罷，擅自棄官返鄉，使得朝廷也氣得追罷其官位。四年後再出任袁州，又遭丁大全惡意栽贓彈劾，此次罷官後方岳再無出任。可見除了因愛國立場而得罪史嵩之外，其餘幾次罷官多屬於人際的衝突，實在是性格使然，也可見方岳的一身傲骨。

辛棄疾與方岳，兩人都曾為時局所迫而歸隱，辛有名句言「醉裏挑燈看劍，夢回吹角連營。」〔註25〕方也曾說「怕醒來、失口問諸公，今何日。」（《秋崖詩詞校注》，頁 602）午夜夢迴，他們仍心繫家國。只是觀覽兩人詞作，在隱逸詞方面，雖然辛、方都有學步淵明之想，隱逸詞作的內容卻有些微差異。辛棄疾有作農村詞二十六首，其中農村閒情，深受陶淵明影響。〔註 26〕有鮮明描述農村景色的，如〈鷓鴣天〉代人賦：

> 陌上柔桑破嫩芽，東鄰蠶種已生些。平岡細草鳴黃犢，斜日寒林點暮鴉。　山遠近，路橫斜，青旗沽酒有人家。城中

〔註 24〕〔宋〕方岳撰，秦效成校注，祖保泉、何慶善審訂：《秋崖詩詞校注》，〈方岳年譜〉，頁 707～714。

〔註 25〕〔宋〕辛棄疾撰、鄧廣銘箋注：《稼軒詞編年箋注》，〈破陣子．為陳同甫賦壯詞以寄之〉，頁 242。

〔註 26〕詳見蘇淑芬先生撰：《辛派三家詞研究》，頁 143～145。

桃李愁風雨，春在溪頭薺菜花。〔註27〕

詞從詞人眼見的景色著手，鄉間小路上的桑樹已發嫩芽，農人養的蠶也開始繁殖了，一派春季到來的好徵兆。平原的細草間可以聽聞小牛的鳴聲，向晚的天空有烏鴉飛過，點出此時夕陽正西下。上片純粹寫風景，下片則由宏觀的山巒與鄉野錯綜的小路轉入人景，鄉間坐落著家家戶戶。此時城中所種的桃、李卻在為了風雨所苦，似乎也隱射了詞人安逸於農村生活的同時，朝廷仍受外患威脅，不過詞人心中仍有希望，「春在溪頭薺菜花」即使有風雨，現在仍是春季，溪水源頭的花田早已盛開，正是春日的好風光。除了透過農村所見使辛棄疾心有所感，他也描繪與了解農家生活的習俗，如〈鷓鴣天〉戲題村舍：

雞鴨成羣晚未收。桑麻長過屋山頭。有何不可吾方羨，要底都無飽便休。　　新柳樹，舊沙洲。去年溪打那邊流。自言此地生兒女，不嫁余家即聘周。〔註28〕

農村純樸而閒散，飼養的雞鴨即使到了傍晚也不會關籠，桑麻生長過了屋頂也不修剪。無所顧慮的生活，詞人表示非常羨慕，每天只要溫飽便滿足了。下片帶出時光流逝之感，柳樹與沙洲更替，溪水還是去年的那條小河。一年年過去，農村的孩子會長大，論及婚嫁，詞人聽聞村裡的男女是「不嫁余家即聘周」，不是女孩嫁進余家，就是男孩聘了周家，道出農村的單純與遠近皆親的生活習慣，足見辛棄疾融入在地生活的痕跡。除了讚嘆鄉村，體驗農村生活，表現出陶淵明式的田園之樂外，辛棄疾也常與農民互動，如他的〈鷓鴣天〉（呼玉友）：

石壁虛雲積漸高。溪聲遶屋幾周遭。自從一雨花零落，卻愛微風草動搖。　　呼玉友，薦溪毛。殷勤野老苦相邀。杖藜忽避行人去，認是翁來卻過橋。〔註29〕

上片寫景，帶出下片的野老所居的房屋環境，是緊鄰山壁，積雲繚繞且

〔註27〕〔宋〕辛棄疾撰、鄧廣銘箋注：《稼軒詞編年箋注》，頁225。
〔註28〕〔宋〕辛棄疾撰、鄧廣銘箋注：《稼軒詞編年箋注》，頁193。
〔註29〕〔宋〕辛棄疾撰、鄧廣銘箋注：《稼軒詞編年箋注》，頁438。

四周有溪水流過。詞人受邀前往時遭遇了一場山雨，將花都打得零落在地上，他卻享受微風吹過，細草搖擺的情致。下片寫人，野老為了辛棄疾的到訪準備了白酒與野菜，可見他的熱情，「杖藜忽避行人去」他拄著杖在橋邊等待辛棄疾，遇見不認得的行人，純樸的農村人家趕緊走避，「認是翁來卻過橋」一看見是自己邀請的賓客，則喜出望外的主動過橋迎接。兩相比對，可見詞人與野老交情深厚，農村人家情感深摯的一面。

反觀方岳的隱逸詞中，雖屢有言「這一歸，更落淵明後」或「歸來也，問淵明而後，誰是知音」，詞中卻是對於官場的嗤之以鼻居多，他亦時常將「歸隱」的心願入詞，真正歸隱的時間其實甚少，即使罷官閒居，最長也不過四年，始終無法放棄官場與對自己抱負的追求。

兩人在隱逸心態方面的差異，造就了隱逸詞作內容迥異。辛是融入農家生活，方是渴望避世隱居。據兩人生平與經歷考究，主要是受到閒居時期長短與罷官原因的影響，正如前文所論，淳熙八年（1181），辛棄疾遭王藺彈劾落職，自此後十年閒居上饒，紹熙三年（1191）年起任福建提點刑獄，不料僅僅五年又遭論列罷官，遷居鉛山。〔註 30〕此期長達二十年，兩次遭罷，閒居日久，雖是被迫歸隱，卻也使辛能真正學步淵明，歌詠白描他的隱逸生活。

相較之下，方岳的三度罷官，第一次罷於史嵩之報復，閒居三年。第二次因不滿朝廷奏格延宕，憤而主動棄官自罷，此次閒居四年，期間曾經起任而方岳未就。第三次則是遭人挾怨彈劾，此時方岳已高齡六十一歲，閒居後至逝世僅僅四年。〔註 31〕由此可見方岳詞中雖常隱含歸隱之思，事實上他卻未曾真正隱居，閒居無職的期間短暫，非像辛棄疾一罷官便是十年、二十年的鄉野生活。閒居時期他的快活是真切的，

---

〔註 30〕〔宋〕辛棄疾撰，鄧廣銘箋注：《稼軒詞編年箋注》，〈辛稼軒年譜〉，頁 763。

〔註 31〕詳細經歷可見本論文第二章第三節，〈得罪權臣，三次罷官的坎坷仕途〉，頁 17～23。

但同時也未曾放棄出仕。再者方岳遭罷甚或自罷，多是與人爭執，如前文所言，個性因素可能才是主要原因，而非如辛棄疾立場與朝廷相左，多有被刻意冷落，故意將他排除於中央之外。因此方岳單純體悟鄉里生活的詞作較少，掙扎常言隱居的牢騷較多。而正因為自己的性格使他仕途一路坎坷，在詩作或詞作方面有時描繪太淺，對於戰爭的勝利與民生疾苦著墨甚少，考其原因，也許亦是長期受權臣打壓的影響，使其有志難伸，作品內容漸趨平淡。〔註32〕

辛筆下的隱居詞寫農村生活、寫風俗人情，是融入農家的寫照，可以看出他雖隱退，卻仍保持著與百姓密切的互動，雖是被迫歸隱，但因時日很長，他也能體驗出單純的鄉村之樂。方岳的隱逸詞卻是「看作麼生，管他誰子，緊閉柴門不要開」（《秋崖詩詞校注》，頁 666～667），比起辛詞的閒散，更像是離群索居的逃難，前章研究已論及此，乃是方岳習慣將「隱居」作為逃避手段的心態展現。〔註33〕他的歸隱不是回歸布衣生活，而只是風口浪尖的短暫避世而已。總結所論，辛棄疾的被動歸隱，與方岳的主動棄職，在兩人的隱逸詞作中形成了強烈的對比。

## 第三節　詞情心態落差：執念與嚮往

辛棄疾與方岳，兩人都曾因為性格問題遭到罷官，原因卻大不相同。辛棄疾身受南宋倚重，曾任司農主簿，為朝廷打理財政，又出知滁州（約今安徽省滁州市），協助振興窮困的當地，還曾為政府平定茶商軍亂，斬殺主謀。他宛如朝廷的萬靈丹，卻也可見鐵腕手段比一般官吏還要強硬。淳熙八年（1181）王藺以「用錢如泥沙，殺人如草芥。」〔註34〕為由彈劾辛棄疾，紹熙五年（1194）九月，辛棄疾遭降官充祕閣修撰，《宋會要・職官》指出他與朝議大夫馬大同（生卒年不詳）二人：

〔註32〕張宏生撰：〈偏離群體的「別調」——論方岳詩〉，頁 97。
〔註33〕詳見本論文第四章，頁 49～55。
〔註34〕〔元〕脫脫撰：《宋史・稼軒本傳》，頁 12164。

「……交結時相，敢為貪酷。」〔註35〕又慶元二年（1196）九月，以言者論列，罷宮觀。罷官原因直指他是：「贓汙恣橫，唯嗜殺戮，累遭白簡，恬不少悛。」〔註36〕辛棄疾多次罷官或降職，都指出他貪財、嗜殺，似乎非刻意抹黑為之，然今已無法舉證，也可能是他不諳社交，屢拆同僚台階所致。今日只可確知他強硬鐵面的性格，也許是他遭罷的禍端之一。

在他閒居的二十年間，「國土分裂」是辛詞中最深沉的痛，如其詞屢屢悲呼「我來弔古，上危樓、贏得閒愁千斛。虎踞龍蟠何處是，只有興亡滿目。」〔註37〕他登樓不見金陵的寶地之姿，只有滿眼國破家亡的憂愁，又或者「夜半狂歌悲風起，聽錚錚、陣馬簷間鐵。南共北，正分裂。」〔註38〕夜半難寐，他想到的是北方正被金人盤據的事態，悲從中來。辛棄疾為官的時候，身為南歸移民，地位不高，話語權低落，因此他常藉為親友高官祝壽來宣揚自己的統一理念，如他寫下「算平戎萬里，功名本是，真儒事，公知否。」〔註39〕贈與友人，也隱含著對友人的期許。前人研究指出辛棄疾是：

> 利用上司舉行宴席的場合，或是利用向上司祝壽的機會，通過酬唱的歌詞，將恢復中原整頓乾坤的大任，寄託於對方從而表達自己強烈的愛國熱情。〔註40〕

由此可見辛棄疾對統一的大業不屈不撓，不放棄各種進言的管道，這都是由於身為北方歸正南方之人，北宋才是他的祖國與故鄉，回不去的「失根」之感，是他與出身南方的方岳最不同的地方。因此，即便是

〔註35〕〔清〕徐松撰：《宋會要輯稿》，〈職官．黜降官十〉，卷3892，頁4026。
〔註36〕〔清〕徐松撰：《宋會要輯稿》，〈職官．黜降官十〉，卷3892，頁4049。
〔註37〕〔宋〕辛棄疾撰、鄧廣銘箋注：《稼軒詞編年箋注》，〈念奴嬌．登建康賞心亭，呈史留守致道〉，頁11。
〔註38〕〔宋〕辛棄疾撰、鄧廣銘箋注：《稼軒詞編年箋注》，〈賀新郎．用前韻送杜叔高〉，頁240。
〔註39〕〔宋〕辛棄疾撰、鄧廣銘箋注：《稼軒詞編年箋注》，〈水龍吟．甲辰歲壽韓南澗尚書〉，頁145。
〔註40〕常國武撰：《辛稼軒詞集導讀》（成都：巴蜀書社，1988年），頁25。

被罷的閒居時期，對好友「此老自當兵十萬，長安正在天西北」〔註 41〕的報國的期許，又或者「千古興亡，百年悲笑，一時登覽」〔註 42〕對金人占據北方的悲痛，都來得比方岳長遠且深切，此生再也沒有機會見到北方的家鄉，使得亡國之思與無法統一的掙扎，貫穿了他一生。加上辛棄疾依然故我的個性，和親眼見家國淪陷的悲痛，即使屢遭漠視，統一也已成他一生的執念。

亡國之思與家國悲嘆，乃在於經歷與沉痛程度的差異。紹定五年（1232）方岳登進士第，初入官場的他意氣風發，此期的詞作是「醉眼渺河洛，遺恨夕陽中」（《秋崖詩詞校注》，頁 603）、「滿船明月猶在，何日大刀頭」（《秋崖詩詞校注》，頁 604）等將北歸與北方失土視為宏願與遺憾的愛國情操，並且也撰文大斥與元蒙議和的朝廷，是方詞最接近辛棄疾愛國詞的時期。只是，隨著官場多次罷官與挫折，方岳心中的家國之悲逐漸在詞中消失，取而代之的是對於官場的疲倦與掛在嘴邊的歸隱心願。

方岳雖自言「一生拗性舊秋崖」（《秋崖詩詞校注》，頁 108），為官路上也屢次與人衝突，如因直言趙葵缺失而造成兩人反目，又因與賈似道不合使朝廷被迫將其調任他職，甚或不滿朝廷公務怠惰，憤而自動棄職等。他的性格與辛棄疾一般執傲如牛，且行事認真，雖一生官位不顯，但從他離開南康時百姓「呱泣之聲填街溢衢」的景象就可知方岳任地方官深得民心。不過，即使擁有如辛一般的堅強性格，愛國的情懷與統一大業對方岳來說，終究只停留在嚮往的層面。他一展抱負的宏願逐漸低迴，不僅於方岳的詞作上。前人研究指出，在方岳詩中，少數觸及戰事勝利或民生疾苦的詩作，其內容都被方岳輕描淡寫的帶過，似乎與他一貫給人的愛國形象並不相符。〔註 43〕方岳的愛國情懷，多

〔註 41〕〔宋〕辛棄疾撰、鄧廣銘箋注：《稼軒詞編年箋注》，〈滿江紅・送信守鄭舜舉被召〉，頁 195。

〔註 42〕〔宋〕辛棄疾撰、鄧廣銘箋注：《稼軒詞編年箋注》，〈水龍吟・過南劍雙溪樓〉，頁 337。

〔註 43〕張宏生撰：〈偏離群體的「別調」——論方岳詩〉，頁 96～97。

體現在他任官期間的詞作上，有官職在身時他有能力追尋抱負，不料卻因為種種因素屢遭罷官，甚或對朝廷產生不滿而憤怒棄職，最終只剩下思鄉的倦怠，也因此方詞的愛國情操多點到為止，多數是心中的願望與發展不如預期的牢騷，更深入的亡國之痛，他並沒有太多的體悟。畢竟，方岳本身身為南方人，南方資源優渥，生活還算平穩，他也沒有回不去的故鄉在北方，北方對他來說只存在於文人的想像中，這使得每逢任官不順，他便想歸家逃避，等時局好了再盡一番心力。可以說「獨善其身」是方岳受挫時的做法，兩人對於統一的執著有心態上的落差，執念與嚮往的深刻程度不同，也影響了兩人詞作中的詞情內涵。

# 第七章　結　論

方岳的相關研究，歷來多聚焦在他的詩作成就方面，詞作受到的關注甚少，尤其在臺灣學界，更是沒有專論方岳詞的論文研究。因此，本論文從方岳的生平與著作版本著手，從詩、詞、文及相關傳記之紀錄，為方岳生平整理清晰完整的脈絡，再深入了解他的政治理念與政壇交友狀況，接著進入他的詞作內容與風格特色分析，最後再論方詞繼承辛派之餘，兩人的差異與原因，望能闡明方詞的獨特之處，並彌補學界對於方岳詞研究的缺憾。

生平方面，方岳出身布衣之家，家無門第，雖自幼聰穎，科舉路卻坎坷，經歷兩次落榜，憑著鄉里交游與理學薰陶的責任心終於如願及第，開啟他風波不斷的仕宦生涯。方岳的為官生涯可分為兩個階段：（一）是趙幕時期，與趙葵志同道合，此期愛國作品激昂。（二）是脫離趙幕後，自傲不屈的性格使他三度罷官。第一次是語侵史嵩之，遭挾怨報復，第二次是朝廷奏格不下，憤而自罷，第三次則是晚年出仕，不服從權臣，又遭丁大全報復。此次之後，方岳心意已決，不再出仕，直至理宗景定三年（1262）方岳六十四歲卒於家鄉。

著作方面，版本始於方岳親編的《秋崖小稿》，原本如今已未能見，所幸方氏子孫皆致力於保存先祖作品，後續的《秋崖新稿》、《方秋崖先生全集》及歷經明代、清代二版的《秋崖先生小稿》，皆有賴方氏族人的維護。今日所見最完整的版本是《景印文淵閣四庫全書》所收錄的《秋崖集》四十卷，而後還有清光緒年間的《秋崖先生小稿》，此為古籍中最晚之版本。一直至近年，安徽省古籍整理出版規畫委員會將方岳詩詞列入《安徽古籍叢書》出版計畫，方岳的作品才有了標點、校注的出版機會。〔註1〕1998年，《秋崖詩詞校注》出版，以清代方岳十四世裔孫方鵬泰重刊本《秋崖先生小稿》為底本，校以《景印文淵閣四庫全書》所收錄的《秋崖集》與清光緒乙未（1895）重刊本的《秋崖先生小稿》，成為今日方岳作品中的唯一一本校注本，是學界於方岳研究上的一大邁進。

政治理念上，方岳果敢直言，曾與皇帝論對受讚賞，能舉出具體政策不空談。政治理念分明，堅持不與元議和，強調為國治世，主戰以保全國家，影響了他早年的詞作風格與政壇交友。交友方面，方岳詞作中多為與官場同僚、上司的往來唱和，凸顯了詞體本娛樂應酬之用的特性。其中對象包含長官趙葵，吳柔勝、吳淵、吳潛父子三人，方岳與吳家有理學淵源，同為主戰一派。又有趙尉、丘岳、朱渙、余玠等，分別為自己家鄉的縣尉與都曾在趙葵幕下的同袍。程元鳳則是方岳同鄉，官至右丞相，立場相合，同為主戰派，對方岳提拔有加。

詞作方面，本論文以唯一的校注本《秋崖詩詞校注》為底本，並補入一闋僅收入於《全宋詞》的〈八六子·子壽父〉，共九十二首詞作。依據內容的主題，主要分為（一）報國與求歸的仕隱衝突、（二）獨出一格與自我檢視的壽詞與（三）色彩繽紛的生活紀實三個類別探討。

（一）報國與求歸的仕隱衝突方面，主要論述的是方岳在愛國情懷與隱逸渴望中的掙扎，打破前人對於愛國與隱逸的二分法，重新依據他的詞情轉變分為三個階段：一是心懷家國：理想與現實的落差、二是內心衝突：仕與隱的矛盾、三是歸隱鄉里：掙扎後的獨善其身，此三階段則分別可對應為愛國詞、仕隱衝突詞與隱逸詞，可見方岳詞情複

〔註1〕〔宋〕方岳撰，秦效成校注，祖保泉、何慶善審訂：《秋崖詩詞校注》，〈序〉，頁3。

雜化的跡象。

（二）獨出一格與自我檢視的壽詞方面，則是探討方岳的祝壽詞作，主要依照對象的不同分為三類，並分析其詞情：一是壽官場朋友詞，內容獨特，不落窠臼，其中飽含的是振興家國的期待。二是壽父詞，對象為方岳之父方欽祖，從詞中可見方岳的一片孝心，與望父親能以自己為榮的期許。三是自壽詞，方岳的自壽詞中提供了反映詞人的心境、多有隱逸之思與生平歷程的紀錄等三方面的特色，其中描繪出的是一位夢落鷗傍鷺側，不情願的隱士形象。

（三）色彩繽紛的生活紀實方面，可以窺見難得輕鬆明快的方岳詞作，此類作品主要可依內容分為品蟹、節令與詠花詞。方岳在品蟹詞中，品出了他對於家國與享樂的內心掙扎。在節令詞中，依據不同的節慶，展現了新年之喜、感舊愁思與鐵漢柔情等三種不同的詞情，可見詞人受節慶氛圍影響甚深。詠花詞方面，則可根據花的不同，分為有所寄託的寄託之花，如梅花、瑞香花與芍藥。以及單純賞玩歌詠的欣賞之花，如海棠與牡丹。

理解方岳詞所涵蓋的主題與內容後，詞作的風格特色方面，則可以根據他的寫作技巧、創作詞體與使用的詞牌三方面，來歸納出屬於方岳詞的風格特色有三點：

（一）學步稼軒，好用典故：在寫作技巧上，透過詞作賞析，可見方岳詞中短短數語，可涵蓋數個典故，頗有辛詞風範。可惜的是現行唯一的校注本《秋崖詩詞校注》，時常有注解太簡的缺漏，是方岳研究上尚需補足的一環。

（二）唱酬櫽括，詞類多樣：由歸納表格可見，可以分類為唱和、贈酬與櫽括等三類的特殊詞體，就佔據了九十二首詞作中的四十七首，又同為相同的詞牌與主題，例如〈哨遍．問月〉與〈哨遍．用韻作月對和程中父國祿〉，成對之題材，一首為個人的慨歎，效仿天問體而作，另一首卻是與程元鳳的唱和詞，兩者詞類與用途皆有別，方岳卻能使其內容相乘，可見他詞體之多樣性。

（三）詞牌豪放，喜作長調：透過對方岳九十二首詞作的統計與歸納，可知九十二首詞作中，詞人共使用了三十二個詞牌，其中屬於長調者有十七首，小令者有十五首。在詞牌長短上雖然使用平均，但根據表格所見的創作數量，則可見方岳所作長調的闋數是六十三闋，小令二十九闋，可以明顯看出方岳喜作長調的特色，又方岳所選三十二個詞牌中，幾乎皆為豪放詞牌，不論長調或小令，皆以豪放風格為數最多，也可證明方岳作為豪放詞人的風格特色。

了解方岳詞的多元面貌後，必然會發現被尊為辛派詞人的方岳，其實仍存在與辛棄疾不同的差異，在辛詞與方詞的比較上，兩人詞作的相異處大約可以分為三個部分：

（一）時代背景不同：北人與南人。辛棄疾主抗金，方岳主抗元。兩宋雖都長期受到外患騷擾，對抗的對象卻大不相同，辛棄疾逝世時方岳年方九歲，辛沒能親眼見證金朝的滅亡，雖然宋室也沒能重返北方。方岳為官入仕後，面對的是元蒙的威脅，他青年時期初見朝廷勝利，胸懷大志，卻不料那只是一時的成功，最終他的愛國情懷於官場沉浮中消磨。除了時代差異外，兩人迥異的出身背景，也是影響詞作的根本差異。辛長於北方，性格與詞情陽剛奔放，山東美景與對家鄉的愛惜自幼深植辛棄疾心中，卻在正年輕氣盛時經歷家國滅亡，因此其詞中對於收復失土的悲憤和執著遠超他人，詞情悲慟，乃是親眼見家鄉失落所致。方岳則本為南宋人民，終究不曾見到國破家亡的景象，因此觀其詞作，詞情雖有抱負卻未必沉痛，多有家國之思，但少了亡國之悲的哀音。不過兩人的報復都以失敗收場，經歷又極為相似，導致後人研究時常將詞作背景的時代誤植，值得探討。

（二）隱逸情懷有別：被動與主動。辛體悟農村，方離群索居。辛棄疾罷官閒居鄉里近二十個年頭，其農村詞作學步淵明，從農村景色、習俗到與靦腆的鄉下農人的好交情，都可在他的隱逸詞中見到，可知辛棄疾的隱逸是融入農村，交流密切。反觀方岳雖常將「歸隱」的心願入詞，真正歸隱的時間其實甚少，即使罷官閒居，最長也不過四年，且不僅是遭人罷職，也曾自罷而歸。但他始終無法放棄官場與對自己抱負的追求，比起辛棄疾的閒散，方岳的隱逸更像是離群索居的逃難。

（三）詞情心態落差：執念與嚮往。辛有統一北方之志，方多內心悲嘆。方岳的愛國詞作，多集中在他早年任官的時期，但隨著官場多次罷官與挫折，方岳心中的家國之悲逐漸在詞中消失，取而代之的是對於官場的疲倦與掛在嘴邊的歸隱心願。而辛棄疾的愛國詞，則表現在親眼看見家鄉淪陷的悲痛上，統一北方是他一生的希冀，不論是失眠或登高，他想的總是在金人蹂躪下的故鄉，此生再也沒有機會見到北方的家鄉，使得亡國之思與無法統一的掙扎，貫穿了他一生，詞中沉鬱淒楚。方岳的愛國詞卻多是點到為止，對於亡國悲痛，並沒有太多更深入的體悟。這是兩人最大的不同。

兩人都曾因為性格問題遭到罷官，原因卻大不相同，辛曾多次遭控訴貪汙、嗜殺，品格上有其爭議。多次糾正後依然故我的固執性格，也是他能於逆境中堅持統一北方而不退讓的原因之一。方岳一身孤傲，為官也多次與人衝突，但行事認真，深受地方百姓喜愛，不過對於統一並未有執念，而停留在嚮往的層面上，因此當其仕途不順，多習慣選擇獨善其身，不若他脾氣上的強硬。

方岳作為辛派詞人，其詞名長年被自己的詩名所掩蓋，他以上千首詩著稱，然而詞作與辛派同流，並且多方學習參雜，雖僅有九十二闋，但他各家兼具，詞情複雜，確實是一位相當值得深入探究的南宋詞家。

# 參考及引用書目

## 一、方岳著作


1.《秋崖集》〔宋〕方岳撰，收入《景印文淵閣四庫全書》，臺北：臺灣商務印書館，1983 年。

2.《秋崖詩詞校注》〔宋〕方岳撰，秦效成校注，祖保泉、何慶善審訂，合肥：黃山書社，1998 年。

3.《全宋詞》唐圭璋編，北京：中華書局，1965 年。

4.《全宋詞補輯》孔凡禮輯，臺北：源流出版社，1982 年。


## 二、古籍（按作者朝代、姓氏筆畫排序）

### （一）經、史、子部


1.《史記》〔漢〕司馬遷撰，北京市：中華書局，1989 年。

2.《淮南子》〔漢〕劉安撰，許匡一譯注，臺北：臺灣古籍出版社，1996 年。

3.《周禮鄭氏注》〔漢〕鄭玄注，臺北：新文豐出版公司，1985 年。

4.《禮記正義》〔漢〕鄭玄注，〔唐〕孔穎達等正義，臺北：藝文印書館，1989 年。

5.《新校本後漢書并附編十三種》〔南朝宋〕范曄撰，楊家駱主編，臺北：鼎文書局，1999 年。

6.《晉書》〔唐〕房玄齡撰，北京：中華書局，1974 年。

7.《通志》〔宋〕鄭樵撰，杭州：浙江古籍出版社，2000 年。

8.《金史》〔元〕脫脫撰，北京：中華書局，1975 年。

9.《宋史》〔元〕脫脫撰，北京：中華書局，1985 年。

10.《安徽省弘治徽州府志》〔明〕彭澤修，汪舜民纂，收入於《天一閣藏明代方志選刊》，臺北：新文豐出版公司，1985 年。

11.《宋論》〔清〕王夫之撰，臺北：金楓出版，1986 年。

12.《祁門縣志》〔清〕周溶修、汪韻珊纂，臺北：成文出版社，1975 年。

13.《宋會要輯稿》〔清〕徐松纂輯，臺北：新文豐出版公司，1976 年。

14.《廿二史札記》〔清〕趙翼撰，董文武注，北京：中華書局，2008 年。

15.《宋史翼》〔清〕陸心源編，北京：中華書局，1991 年。

16.《尚書集釋》屈萬里撰，臺北：聯經出版公司，1983 年。

17.《春秋左傳注》楊伯峻編著，臺北：洪葉文化，2015 年。

18.《莊子纂箋》錢穆撰，臺北：東大圖書，2015 年。

## （二）集部：全集、別集、選集類

1.《四民月令》，〔漢〕崔寔撰，〔民國〕唐鴻學校輯，收錄於《叢書集成續編》，臺北：新文豐出版公司，1991 年。

2.《世說新語校釋》〔南朝宋〕劉義慶撰、〔南朝梁〕劉孝標注，上海：上海古籍出版社，2011 年。

3.《荊楚歲時記》〔南朝梁〕宗懍撰，譚麟注，武漢：湖北人民出版社，1999 年。

4.《昭明文選》〔南朝梁〕蕭統編，張啟成、徐達譯注，臺北：臺灣古籍，2001 年。

5.《王維集校注》〔唐〕王維撰，陳鐵民校注，北京：中華書局，1997 年。

6.《松陵集校注》〔唐〕皮日休、陸龜蒙等撰，王錫九校注，北京：中華書局，2018 年。

7.《杜詩詳注》〔唐〕杜甫撰，〔清〕仇兆鰲注，臺北：里仁書局，1980 年。

8.《孟浩然集校注》〔唐〕孟浩然撰，徐鵬校注，北京：人民文學出版社，1998 年。

9.《韓偓詩註》〔唐〕韓偓撰，陳繼龍注，上海：學林出版社，2000 年。

10.《昌黎先生文集》〔唐〕韓愈撰，〔宋〕文讜注，收錄於《續修四庫全書》，上海：上海古籍出版社，2002 年。

11.《小畜集》〔宋〕王禹偁撰，臺北：臺灣商務印書館，1967 年。

12.《臨川先生文集》〔宋〕王安石撰，臺北：華正書局，1975 年。

13.《東堂詞》〔宋〕毛滂撰，現收於《景印文淵閣四庫全書》，臺北：臺灣商務印書館，1983 年。

14.《可齋雜稿》〔宋〕李曾伯撰，現收於《景印文淵閣四庫全書》，臺北：臺灣商務印書館，1983 年。

15.《稼軒詞編年箋注》〔宋〕辛棄疾撰，鄧廣銘箋注，上海：上海古籍出版社，1993 年。

16.《李清照集箋注》〔宋〕李清照撰，徐培均箋注，上海：上海古籍出版社，2002 年。

17.《類編草堂詩餘》〔宋〕何士信輯，〔明〕武陵逸史編次，現收於《續修四庫全書》，上海：上海古籍出版社，2002 年。

18.《李易安集繫年校箋》〔宋〕李清照撰，何廣棪校箋，臺北：花木蘭出版社，2009 年。

19.《東京夢華錄箋注》〔宋〕孟元老撰，伊永文箋注，北京：中華書局，2006 年。

20.《清真集箋注》〔宋〕周邦彥撰，羅忼烈箋注，上海：上海古籍出版社，2008 年。

21.《平齋文集》〔宋〕洪咨夔撰，臺北：臺灣商務印書館，1966 年。

22.《全芳備祖》〔宋〕陳景沂撰，杭州：浙江古籍出版社，2014 年。

23.《花經》〔宋〕張翊撰，收錄於《俗文化四書五經》，深圳：海天出版社，1996 年。

24.《貴耳集》〔宋〕張端義撰、李保民點校，上海：上海古籍出版社，2012 年。

25.《山谷詩集注》〔宋〕黃庭堅撰，任淵、史容、史季溫注，黃寶華點校，上海：上海古籍出版社，2003 年。

26.《洛陽牡丹記》〔宋〕歐陽修撰，收錄於《文津閣四庫全書》，北京：商務印書館，2005 年。

27.《劉克莊集箋校》〔宋〕劉克莊撰，辛更儒箋校，北京：中華書局，2011 年。

28.《清異錄》〔宋〕陶穀撰，鄭州：大象出版社，2003 年。

29.《白雲小稿》〔宋〕趙崇嶓撰，收錄於《叢書集成續編》，臺北：新文豐出版公司，1989 年。

30.《明解增和千家詩註》〔宋〕謝枋得撰，臺北：世界書局，2010 年。

31.《蘇軾詩集》〔宋〕蘇軾撰，〔清〕王文誥輯注，孔凡禮點校，北京：中華書局，1982 年。

32.《東坡樂府編年箋注》〔宋〕蘇軾撰，石聲淮、唐玲玲箋注，臺北：華正書局，2008 年。

33.《蘇軾全集校注》〔宋〕蘇軾撰，張志烈、馬德富、周裕鍇主編，石家莊：河北人民出版社，2010 年。

34.《本草綱目》〔明〕李時珍撰，臺北：文光圖書，1970 年。

35.《唐寅集》〔明〕唐寅撰，周道振、張月尊輯校，上海：上海古籍出版社，2013 年。

36.《漢魏六朝百三家集》〔明〕張溥撰，新北：新興書局，1963 年。

37.《宋詩鈔》〔清〕吳之振、呂留良等編，北京：中華書局，1995 年。
38.《古今圖書集成》〔清〕陳夢雷編，臺北：鼎文書局，1988 年。
39.《宋十五家詩選》〔清〕陳訏輯，收錄於《續修四庫全書》，上海：上海古籍出版社，2002 年。
40.《全唐詩》〔清〕聖祖康熙編纂，北京：中華書局，1996 年。
41.《標點本鄭板橋集》〔清〕鄭燮撰，新北：漢京文化公司，1982 年。
42.《楚辭集校》黃靈庚集校，上海：上海古籍出版社，2009 年。

## （三）集部：詩文評、詞話、詞譜類

1.《樂府指迷箋釋》〔宋〕沈義父撰，蔡嵩雲箋釋，臺北：木鐸出版社，1987 年。
2.《詞源》〔宋〕張炎撰，北京：人民出版社，1963 年。
3.《填詞名解》〔清〕毛先舒撰，收錄於《四庫全書存目叢書》，臺南：莊嚴文化，1997 年。
4.《樂府餘論》〔清〕宋翔鳳撰，收錄於《叢書集成續編》，臺北：新文豐出版公司，1989 年。
5.《古今詞話》〔清〕沈雄撰，收錄於《詞話叢編》，北京：中華書局，2005 年。
6.《詞苑叢談》〔清〕徐釚撰，唐圭璋校注，北京：中華書局，2008 年。
7.《康熙詞譜》〔清〕陳廷敬主編，長沙：岳麓書社，2000 年。
8.《白雨齋詞話》〔清〕陳廷焯撰，收錄於《詞話叢編》，北京：中華書局，2005 年。
9.《詞話叢編》唐圭璋編，北京：中華書局，2005 年。

## 三、近人專著（按作者姓氏筆畫排序）

1.《東吳大學宋元文學學術研討會論文集》王偉勇撰，臺北：東吳大學中國文學系，2001 年。

2.《詞曲史》王易撰，臺北：五南出版，2013 年。
3.《士與中國文化》余英時撰，上海：上海人民出版社，1987 年。
4.《中國節令史》李永匡、王熹撰，臺北：文津出版社，1995 年。
5.《花與中國文化》何小顏撰，北京：人民出版社，1999 年。
6.《辛棄疾研究》辛更儒撰，北京：人民出版社，2008 年。
7.《詞籍序跋萃編》施蟄存主編，北京：中國社會科學出版社，1994 年。
8.《宋詩研究》胡雲翼撰，收錄於張高評、丁原基主編：《民國時期文學研究叢書．第一編》，臺中：文听閣圖書，2011 年。
9.《讀詞常識》陳振寰撰，臺北：國文天地雜誌社，1983 年。
10.《辛稼軒詞集導讀》常國武撰，成都：巴蜀書社，1988 年。
11.《宋南渡詞人》黃文吉撰，臺北：臺灣學生書局，1985 年。
12.《中國歲時禮俗》喬繼堂撰，天津：天津人民出版社，1991 年。
13.《北宋十大詞家研究》黃文吉撰，臺北：文史哲出版社，1995 年。
14.《從詩到曲》鄭因百撰，臺北：中國文化雜誌社，1971 年。
15.《宋詞文化學研究》蔡鎮楚撰，長沙：湖南人民出版社，1999 年。
16.《唐宋詞與唐宋文化》劉尊明、甘松撰，南京：鳳凰出版社，2009 年。
17.《南宋詠梅詞研究》賴慶芳撰，臺北：臺灣學生書局，2003 年。
18.《宋詞通論》薛礪若撰，臺北：臺灣開明書局，1978 年。
19.《中國詞學史》謝桃坊撰，成都：四川人民出版社，2015 年。
20.《辛派三家詞研究》蘇淑芬撰，臺北：文史哲出版社，2005 年。

## 四、工具書（按作者朝代、姓氏筆畫排序）

1.《揚州芍藥譜》〔宋〕王觀撰，收錄於《文津閣四庫全書》，北京：商務印書館，2005 年。
2.《四庫全書總目提要》〔清〕永瑢、紀昀等撰，臺北：臺灣商務印書館，1976 年。

3.《南宋制撫年表》〔清〕吳廷燮撰、張忱石點校，北京：中華書局，1984 年。

4.《御定佩文齋廣群芳譜》〔清〕汪灝、張逸少撰，收錄於《文津閣四庫全書》，北京：商務印書館，2005 年。

5.《千頃堂書目》〔清〕黃虞稷撰，上海：上海古籍出版社，2001 年。

6.《宋人傳記資料索引》昌彼得等編，臺北：鼎文書局，2001 年。

7.《歷代名人年里碑傳總表》姜亮夫撰，臺北：臺灣商務印書館，1965 年。

8.《歷代名人生卒年表》梁廷燦等撰，北京：北京圖書館出版社，2002 年。

9.《中國人名大辭典》臧勵龢撰，臺北：臺灣商務印書館，1958 年。

## 五、學位論文

1.《兩宋元宵詞研究》陶子珍撰，臺北：東吳大學中國文學研究所碩士論文，1992 年。

2.《兩宋上巳寒食清明詞研究》張金蓮撰，臺北：東吳大學中國文學研究所碩士論文，1993 年。

3.《兩宋七夕與重陽詞研究》劉學燕撰，臺北：東吳大學中國文學研究所碩士論文，1996 年。

4.《宋代梅花詞研究》廖雅婷撰，嘉義：國立中正大學中國文學研究所碩士論文，2003 年。

5.《方岳詩歌研究》朱秀敏撰，濟南：山東師範大學碩士學位論文，2008 年。

6.《南宋徽州詞壇研究》李智撰，南京：南京師範大學碩士學位論文，2008 年。

7.《方岳詩詞研究》吳樹燊撰，漳州：閩南師範大學中國古典文學碩士論文，2008 年。

8.《元代詠花詞研究》余惠婷撰，臺南：國立成功大學中文系碩士在職專班碩士論文，2011 年。

9.《南宋方岳詩歌研究》邱伶美撰，嘉義：南華大學碩士學位論文，2011 年。

10.《宋代除夕詩詞研究》施衫撰，武漢：湖北大學碩士學位論文，2015 年。

11.《方岳詩集箋注》郭瑾撰，大連：遼寧師範大學碩士學位論文，2015 年。

12.《方岳詠物詩研究》黃蓉蓉撰，蘭州：西北師範大學碩士學位論文，2020 年。

## 六、期刊論文

1.〈方岳與秋崖詞〉，宛敏灝撰，《學風》，1936 年第 6 卷第 2 期。

2.〈偏離群體的「別調」——論方岳詩〉，張宏生撰，《江蘇社會科學學報》，1994 年第 3 期。

3.〈方岳研究三題〉，《黃山學刊》，秦效成撰，1998 年第 11 卷第 4 期。

4.〈論南宋壽詞的興盛及其文化成因〉，李紅霞撰，《陝西師範大學學報》，2002 年第 31 卷第 4 期。

5.〈一代詠梅成正聲——論宋代詠梅詩詞創作熱〉，榮斌撰，《東岳論叢》，2003 年第 24 卷第 1 期。

6.〈試論宋代元宵詞的情感意蘊及時代特徵〉，張榮東、逯雪梅撰，《西南交通大學學報》，2004 年第 3 期。

7.〈論南宋壽詞的分型及特徵——兼論祝壽文學的歷史演進〉，李紅霞撰，《深圳大學學報》，2005 年第 22 卷第 3 期。

8.〈檃括體詞淺論——以宋人的創作為中心〉，彭國忠撰，《詞學》，

2005 年第 16 輯。
9.〈宋代六部架閣官制度〉，劉斌撰，《晉陽學刊》，2005 年第 6 期。
10.〈方岳詞初探〉，朱秀敏撰，《時代文學》，2006 年第 6 期。
11.〈宋代方岳壽詞的文化意蘊及藝術表現〉，沈文凡、李博昊撰，《長沙理工大學學報》，2006 年第 4 期。
12.〈辛派詞人方岳〉，單芳撰，《甘肅廣播大學學報》，2006 年第 6 卷第 3 期。
13.〈司馬相如的道家與神仙思想〉，趙雷撰，《濟寧師範專科學校學報》，2006 年第 5 期。
14.〈南宋自壽詞的人生體悟〉，韓立平撰，《西南農業大學學報》，2007 年第 5 卷第 6 期。
15.〈試論方岳及其隱逸詞〉，吳樹桑撰，《重慶科技大學學報》，2008 年第 3 期。
16.〈醉眼渺河洛，遺恨夕陽中——論方岳詞〉，吳樹桑撰，《湖北經濟學院學報》，2008 年第 1 期。
17.〈方岳是否江湖詩人辨〉，朱秀敏撰，《蘭州教育學院學報》，2009 年第 4 期。
18.〈兩宋立春、除夕、元旦詞中所見之飲食文化〉，王偉勇撰，《文史知識》，2010 年第 6 期。
19.〈南宋徽州詞人方岳詞作特點〉，李智撰，《長春理工大學學報》，2010 年第 2 期。
20.〈淺析南宋壽詞興盛的原因〉，王璇撰，《湖南工業職業學院學報》，2010 年第 10 卷第 5 期。
21.〈方岳詠物詩初探〉，李丹霞撰，《南昌教育學院學報》，2011 年第 5 期。
22.〈方岳田園詩歌書寫的主題——走出江湖詩派〉，鄭定國、許竹宜撰，《漢學研究集刊》，2012 年第 14 期。

23.〈方岳山居詩群之抒寫主題探析〉，鄭定國、許竹宜撰，《文學新論》，2012 年第 16 期。

24.〈方岳詩詞用韻考〉，高永安撰，《語言研究》，2013 年第 2 期。

25.〈梅花吐蕊綻幽香——南宋詩人方岳詠梅詩之探析〉，鄭定國、許竹宜撰，《漢學研究集刊》2013 年第 16 期。

26.〈方岳詩歌中的江西風調論析〉，朱秀敏撰，《懷化學院學報》，2014 年第 1 期。

27.〈《秋崖小稿》的成書及刊行流傳〉，郭瑾撰，《青年作家》，2014 年第 20 期。

28.〈檃括詞概念辨析及其與音樂的關係探究〉，朱玲芝撰，《中國韻文學刊》，2015 年第 29 卷第 4 期。

29.〈螃蟹詩詞的文化景象〉，錢倉水撰，《常熟理工學院學報》，2015 年第 5 期。

30.〈方岳詩歌理趣研究〉，尹文淼撰，《文學教育》，2017 年第 5 期。

31.〈宋詞獨木橋體源流考辨〉，朱玲芝撰，《中國韻文學刊》，2017 年第 31 卷第 4 期。

32.〈年誌書寫：論劉克莊「自壽詞」的自我形象〉，佘筠珺撰，《成大中文學報》，2017 年第 59 期。

33.〈南宋徽籍名士方岳詩詞中的休閒哲學〉，章輝撰，《阜陽師範學院學報》，2017 年第 2 期。

34.〈論方岳的論詩詩〉，張靜撰，《常州工學院學報》，2018 年第 6 期。

35.〈方岳散文之成就論析〉，鄭愛馨撰，《連雲港職業技術學院學報》，2019 年第 3 期。

36.〈論皇帝召見對辛棄疾詞之影響〉，劉宥均撰，《有鳳初鳴年刊》，2019 年第 15 期。